AtV

Das Hotel TERMINUS ist ein schon länger nicht mehr renovierter Bau aus der Gründerzeit, der noch eine Ahnung der ehemaligen Eleganz verspüren läßt. Diskretion wird im TERMINUS groß geschrieben, dafür sorgt schon Henk, der alte Portier, der noch die besseren Tage des Hotels mitbekommen hat. Dauergast ist auch die Polizei, denn nirgendwo in der Stadt kommen seltsamere Gäste zusammen als hier: eine Schwangere, die unbedingt da ihr Kind auf die Welt bringen will, wo sie es empfangen hat, ein Kokain-Engel auf der Flucht, ein ehemaliger Pornostar mit Selbstmordabsichten, ein Journalist, der für einen handfesten Polit-Skandal sorgen will, und eine Jazzsängerin, die, statt die Welt zu retten, die Liebe ihres Lebens findet.

Unglaubliche Geschichten finden im Hotel TERMINUS statt, erzählt von den besten Autoren des Genres, die sich zu einem einzigartigen Projekt zusammengefunden haben.

Hotel Terminus

Ein Kriminalroman von zwölf Autoren

Konzipiert von
H. P. Karr und Jürgen Alberts

Aufbau Taschenbuch Verlag

ISBN 3-7466-2113-5

1. Auflage 2005

Umschlaggestaltung Mediabureau Di Stefano, Berlin
unter Verwendung eines Fotos von photonica
Druck und Binden GGP Media GmbH, Pößneck
Printed in Germany

www.aufbau-taschenbuch.de

Willkommen im Hotel TERMINUS
Gepflegte Gastlichkeit in Citynähe

Einzelzimmer normal	55,- EURO
Doppelzimmer normal	85,- EURO
Einzelzimmer Messezeit	95,- EURO
Doppelzimmer Messezeit	135,- EURO

Sämtliche Zimmer verfügen über internationale Standardausstattung mit Dusche und WC oder Bad und WC, Radiowecker, Direktwahltelefon, Farbfernseher und Minibar

Firmen-, Gruppen und Wochenendpreise auf Anfrage

1.

Mach dir nichts vor, das hier ist das Ende. Aus, finito, rien ne vas plus, no way out. TERMINUS. Wie passend! Die Leuchtschrift auf dem Vordach flackerte in den Abend. Aus dem Gulli stank es nach Kloake. Es war halb neun, also war er eine halbe Stunde zu spät. TERMIN – und ein flackerndes US. Letzte Woche hatte er deswegen einen Elektriker angerufen. Der hatte auch versprochen, jemanden zu schicken, aber natürlich war bis heute niemand aufgetaucht. Henk nahm sich vor, gleich morgen um acht, wenn der Tagesportier ihn ablöste, noch einmal anzurufen.

Das Pflaster war abgetreten. Die Gehsteigplatten zeichneten ein buntes Muster aus alt und neu, gesprungene dazwischen, besonders rund um die Klappe des Bieraufzugs an der Eckkneipe. Vor dem Krieg saß da die Parteileitung. An Henks fünftem Geburtstag hatte sein Vater das ganze Hotel beflaggt, und in der Bar spielte eine Kapelle, extra für ihn. Das hatte er jedenfalls geglaubt, bis ihm jemand erzählte, daß an diesem Tag die Panzer über die holländische Grenze gerollt waren. Damals liefen im Hotel hohe Tiere in braunen Hosen und Hemden herum, tranken Champagner aus Flaschen und brachten ihm bei, »die Fahne hoch« zu singen.

Manchmal wehten die roten Stoffbahnen mit dem Kreuz auch heute noch durch seine Tagträume, und er hörte im Gepolter der Bierfässer den Badenweiler Marsch erklingen.

Ein ferner Donner grollte, es lag Regen in der Luft. Taxis rauschten vorbei. Ein Trupp Fußballfans grölte den Endsieg herbei. Der Bahnhof lag ganz in der Nähe. Es war mal wieder Messezeit. Eigentlich war immer Messezeit, und das war gut so, denn so gab es immer Gäste, die auf den letzten Drücker ein Zimmer brauchten.

Henk sah an der renovierten Gründerzeitfassade hoch. Die Graffiti und Hakenkreuze hatten sie mit einem Sandstrahler entfernen müssen. Das TERMINUS war genau das richtige für Leute, die auf den letzten Drücker was brauchten. 37 Zimmer. Mittelklassestandard, seit der Renovierung vor zehn Jahren. Die Kosten hatten der Erbengemeinschaft, der das Hotel bis dahin gehörte, das Rückgrat gebrochen. In letzter Sekunde waren dann die Anzugtypen mit ihren Aktenkoffern aufgetaucht. Sie hatten ihre Visitenkarten mit dem Namen eines Immobilienfonds verteilt, hatten der Erbengemeinschaft ihren Vertrag hingelegt – und die Designerfüller zum Unterschreiben gleich dazu. Die Füller durften die Herrschaften hinterher behalten – der erste und letzte Akt von Großzügigkeit der Anzugträger.

Ein Windstoß trieb Reklamezettel für ein Popkonzert in der Stadthalle über den Gehsteig. Erste Regentropfen sprenkelten das Pflaster. Henk warf im Vorbeigehen einen Blick ins Schaufenster des Tattoostudios, das vorletzte Woche zwei Häuser weiter in den Räumen des Fingernagelstudios aufgemacht hatte. Vor dem Fingernagelstudio waren dort eine Sonnenbank, ein Telefonladen, eine Spielhalle, eine Videothek gewesen, aber die beste Erinnerung hatte Henk immer noch an den Laden des alten Ritzenhoff. Bei dem gab es Brausewürfel und Hustekuchen und später, als die Amerikaner auftauchten, auch Kaugummi, Cola und Lucky Strikes.

Henk zog die Luft ein. Immer noch Entzugserscheinungen, die Sucht nach einer Zigarette – trotz der Röntgenbilder, die ihm der Arzt gezeigt hatte. Der alte Ritzenhoff hatte ständig geraucht, qualmte schon morgens um sechs Stumpen und am Ende war er 92 gewesen, als sie ihn aus seinem Laden trugen. Out and over, passé, tillt.

Der Tattooladen strahlte hell erleuchtet. Zwei Teenager begutachteten die chinesischen Drachen und Schlangen auf den Musterbögen. In dem alten Zahnarztstuhl präsentierte ein untersetzter Mittvierziger dem Meister der Elektronadel seinen nackten Bauch. Der Tätowierer war ein kleiner Kerl, der Henk ein bißchen an Klaus Kinski erinnerte. Seit ein paar Tagen nickte er Henk sogar zu, wenn er am Schaufenster vorbeikam.

Der Regen wurde stärker. Henk nahm die beiden Stufen zum Hoteleingang langsam, um seine Arthritis nicht unnötig zu provozieren, und drückte die Glastür mit der Goldschrift auf. Sicher gab es elegantere Entrees als dieses hier, sicher gab es Hotelhallen, in denen sich das Parfum schöner Frauen mit dem Duft teurer Havannas mischte.

In denen dezente Gespräche in allen Sprachen der Welt den Hintergrund für das geschäftige Hantieren des Personals an der Rezeption bildeten. Sicher gab es das, aber nicht hier. Auf dem Teppichboden in einem gewagten Schilfgrün zeigten die Trampelpfade der Gäste, was das TERMINUS für sie war – eine Durchgangsstation: Direkt zur Rezeption, dann hinüber zum Lift. Oder quer durch den Raum zur Bar, aus der leise die Vonda-Shepard-CD dudelte, mit der Juan sie alle seit Tagen nervte.

»Henk!« Carlos, einer der beiden Tagesportiers, rief die Belegübersicht im Rezeptionscomputer auf. Fast ausgebucht. »Du bist zu spät, weißt du das?«

Henk nickte und schob sich hinter den Tresen. Während er seine Jacke aufhängte und die Portiersjacke mit den Goldbordüren am Revers anzog, stand Carlos mit abgewinkeltem Bein bereits an der Glastür. »Ich hab eine Überstunde, schreibst du das auf, okay?« Dann schwang die Tür auch schon hinter ihm zu.

Henk tippte Carlos' Dienstende und seinen eigenen Beginn in den Computer und rief die Reservierungen auf. Zwei Doppelzimmer ab morgen für drei Nächte, vier Einzel für jeweils vier Tage, eines davon ein late arrival und zwei auf Firmenrechnung. Messezeit eben.

Früher, bevor die Immobilienanzüge das Restaurant aus dem Hotel ausgegliedert und an einen Italiener verpachtet, bevor ein Maurertrupp flüchtig den Zugang von der Halle zugemauert und eine Horde von angeblichen Fachleuten für Innenausbau den großen Konferenzraum im ersten Stock zum Frühstückszimmer umgerüstet hatten, war die Halle des TERMINUS zu dieser Zeit voller Leben gewesen. Gäste hatten auf ihre Verabredungen gewartet, hatten in der Bar einen Drink genommen, hatten getuschelt, geflüstert, gelacht, gehandelt, getratscht, geflirtet. Jetzt warteten ein Ledersofa und vier Sessel darauf, daß sich jemand ihrer erbarmte. Henk glaubte, den Staub zu schmecken, obwohl die Putzen alles spiegelblank gewienert hatten. Er setzte sich; seitdem ihm die Arthritis zu schaffen machte, gönnte er sich das. Er griff zum Telefon und drückte Dianas Nummer. »Ich wollte nur sagen, daß ich jetzt da bin.«

»Henk!« sagte Diana, und so wie sie es sagte, schloß er, daß sie mindestens schon bei der zweiten Flasche Rotwein war. Wahrscheinlich der Medoc, den Juan nebenbei kistenweise zum Sonderpreis verkaufte. »Dann kann ich mich ja hinlegen!« Diana seufzte. »Hat Carlos dir die Fundsache gegeben?«

Henk sah sich um. Auf der Ablage vor den Zimmerfächern stand ein schmaler Aluminiumkoffer, einer von der Sorte, wie ihn die Turnschuhtypen aus der Computerbranche herumtrugen. Fundstück hatte das Zimmermädchen auf einem Zettel dazu vermerkt, und Carlos hatte nur sein penibles C mit dem kreisförmigen Punkt darunter gemalt.

»Der Koffer?« fragte Henk.

»Lag auf dem Gang in der zweiten Etage, zwischen der 28 und der 29. Das Zimmermädchen hat ihn heute morgen gefunden.« Diana gähnte. »Gute Nacht.«

»Gute Nacht!« Henk legte auf und kontrollierte die Buchungen für die 28 und die 29.

Die 29 war am Morgen ausgecheckt: laut Meldezettel Ludmilla Berendonk aus Vlotho, für eine Nacht. Die 28 stand leer, seit letztem Freitag schon, nachdem der letzte Gast im Suff das Bad zerlegt hatte.

Henk probierte die Schlösser des Koffers. Abgeschlossen. Kein Anhänger, kein Hinweis auf den Besitzer. Dem Gewicht nach konnten höchstens ein paar Papiere darin sein. Als Henk ihn schüttelte, war ein dezentes Rascheln zu hören. Er trug den Koffer in die Kladde für Fundstücke ein und deponierte ihn in dem Fach mit dem anderen Strandgut: den Kulturbeuteln und Reiseweckern, den Dokumentenmappen, Schmuckkästchen, den beiden Gebissen, dem Lederbustier, dem Diaphragma und den Handschellen. Natürlich, es gab Hotels, in denen telefonierte man hinter den Gästen her, wenn sie etwas vergessen hatten. Es gab Hotels, die schickten einem die Sachen auf eigene Kosten nach und legten noch einen Gutschein für eine ermäßigte Übernachtung dazu. Sicher, das gab es in anderen Hotels, aber nicht im HOTEL TERMINUS.

Regula Venske

Siebenschläfer

Sobald er zur Tür hinausgetreten und die beiden Eingangsstufen hinuntergehumpelt war, war aus Carlos, wie er sich seit einiger Zeit nannte, wieder Krüppel-Carlo geworden. Er klappte den Kragen seines alten Staubmantels hoch, zog den Gürtel fester um die Taille und seufzte. Würde dieser Regen je ein Ende nehmen? Wenn es doch wenigstens ein anständiger, erfrischender Sommerregen gewesen wäre! Einer, der zur Jahreszeit paßte. So ein eleganter Platzregen, der die Leute laut aufjuchzen und in den Straßen tanzen ließ. Ein veritabler Wolkenbruch, der den einen oder anderen Mitmenschen dazu verführte, in der Hotelhalle seine Zuflucht zu suchen und ein Gläschen mit ihm zu trinken oder zwei. Ein gediegener Guß, bei dem man wußte, woran man war, der die Blusen der Frauen durchtränkte, so daß sie an der bloßen Haut festklebten und sich die darunter befindlichen Rundungen anmutig abzeichneten. Ach, ihre malvenfarbenen Knospen. Bei der bloßen Vorstellung mußte Krüppel-Carlo noch einmal seufzen. Dieser Nieselregen brachte nichts, führte zu nichts, taugte nichts. Lediglich eine trübe Stimmung ließ er aufkommen, als wäre heute der leibhaftige Buß- und Bettag, wie man ihn in Jugendjahren zur Genüge kennengelernt hatte. Oder Heiliger Abend. Die Sorte Weihnachten, die den Schnee am meisten vermissen ließ. Tatsächlich hätte er jetzt lieber Frost und Schnee gehabt als diese laue Nässe.

Wie das Wetter heute war, so sollte es angeblich sieben Wochen lang bleiben. Nun, das war, wenn man es recht betrachtete, weniger eine Drohung als ein Versprechen –

das Versprechen nämlich, daß es nur sieben Wochen so bleiben würde. Dieses Drippelwetter war doch von einer derart aufdringlich unscheinbaren Art, daß man befürchten mußte, es würde einem für den Rest des Jahres und immer und ewig weiter so wie heute in den Kragen tropfen. Wirklich perfide, dachte Krüppel-Carlo. Und daß Henk ihn wieder hatte warten lassen, hatte seine Stimmung auch nicht gerade gesteigert. Aber damit wäre es bald schon vorbei. Henks letzte Nacht hatte begonnen. Genauer gesagt, Krüppel-Carlos letzte Nacht. Oder, noch genauer, die letzte Nacht von *Carlos*. Seine Majestät der Tagesportier. Genauigkeit war wichtig für ihn, der seit je und immer noch Analphabet war. Wie mühselig, sich ewig durchmogeln zu müssen.

Sein bester Job war damals am Stutti als Parkplatzwächter gewesen. Wenngleich es jetzt im Zeitalter des Computers leichter als früher war. Es hatte sich doch immer ein nettes Zimmermädchen gefunden oder ein verständnisvoller Gast, der auf seine Ausreden hereinfiel und ihm die Blamage ersparte. Und ein paar Schleichwege im Computer hatte er schließlich gelernt. Die paar nötigen Mausklicks hatte er sich doch aneignen können, wo handschriftliche Bemühungen unweigerlich versagt hatten. Dennoch, Henk war ihm auf der Spur, die Anzeichen häuften sich. Zeit für den Abgang. Und – für einen letzten Auftritt. Und dann, leb wohl, oller Henk. TERMINUS, adieu!

So schnell er nur humpeln konnte, bahnte sich Krüppel-Carlo seinen Weg durch den naß glänzenden Juniabend. Wie leicht kam man an solch einem Abend ins Rutschen. Und er hatte noch so viel vor heute nacht. Ein bißchen würde es ja wirklich wie Weihnachten werden. Ob Henk ihn erkennen würde? Und wenn? Es war im Grunde egal, und doch hoffte er, daß es Nicole gelungen war, die passenden Requisiten für seine Kostümierung aufzutreiben, so, wie sie es verabredet hatten.

Beim Gedanken an Nicole wurde Krüppel-Carlo, wie er seit Kindertagen genannt wurde, wieder zu Karl. Zu Karlchen, genauer gesagt. Nicole schaffte es, der Krüppel fiel von ihm ab. Er war plötzlich ein Mann. Ein Mann von zweiundfünfzig Jahren, wenn er genau sein sollte. Mit dreißig hatte er schon so schrecklich alt ausgesehen, daß er jetzt jünger schien. Das war der Vorteil, wenn man ein Krüppel war. Man alterte nicht so sichtbar wie andere Leute. Mit sechzig würde er wahrscheinlich noch genauso frisch wirken wie heute. Wenn er dagegen an Henk dachte und dessen Arthritis! Was tat der Mann sich damit schwer!

Zwischen den Männern war keine Freundschaft entstanden. Henk war einfach zu alt, er hätte ja sein Vater sein können. Der kam aus dem TERMINUS nicht mehr heraus. Krüppel-Carlo hingegen humpelte weniger denn je zuvor. Mit zweiundfünfzig *mußte* einer ja nicht mehr Fußball spielen. Es setzte, wenn man das Bein nachzog, auch keine Klassenkeile mehr. Nicht alle Frauen wollten permanent Tango tanzen. Es kam nicht einmal mehr so sehr darauf an, ob man impotent war. Mit zweiundfünfzig erwischte es längst schon auch die anderen. Die, die immer vorgeprescht waren. Die zwar nie gehumpelt, jetzt aber gar nichts mehr waren. Es raffte immer mehr von ihnen dahin. Er nahm es staunend zur Kenntnis. Er aber hatte plötzlich volles, schwarzlockiges Haar. Das hatte früher gar keine Rolle gespielt. Aber Nicole reichte es, mit ihren geschickten Händen darüber zu streichen. War sie vielleicht sogar froh, daß er sie mit allem anderen in Ruhe ließ? Heute nacht aber – ach, in Erwartung dessen, was er vorhatte, stapfte Krüppel-Carlo in eine dicke Pfütze, und es machte ihm gar nichts aus.

Die ersten Gäste, die sich während Henks Schicht ins TERMINUS verirrten, waren die beiden Täubchen. Als wäre eigens für sie der rote Teppich ausgerollt, trippelten sie herein, lugten in diese Ecke und jene, pickten hier, pickten da und plusterten sich ganz unangemessen auf. Aber konnte man sich denn überhaupt anders als unangemessen aufplustern? Schon möglich, grübelte Henk. Der rote Teppich war in Wahrheit gar nicht rot, sondern von einem scheußlichen, schilffarbenen Grün, aber Henk nannte ihn bei sich nur den Roten. Man mußte schließlich nicht alles mitmachen und absegnen, was die Welt sich für einen ausgedacht hatte. Für Henk war der Teppich rot, war es immer gewesen. Und ein kleiner weißgrauer Klecks darauf schadete nichts.

Jetzt hatten sich die beiden Täubchen für die Ecke hinter der Sitzgruppe entschieden. Henk sah ihnen mit leichter Belustigung zu, wie sie hinter dem abgewetzten Ledersofa verschwanden. Ja gurret nur, surret nur! So gut wie ihr zwei hat es nicht jedes Pärchen.

Draußen stoppte ein verbeulter schwarzer Golf im Halteverbot. Auf seine Motorhaube – wenn er denn überhaupt noch einen Motor hat, dachte Henk – hatte ein stolzer Besitzer in orangefarbener Leuchtfarbe einen Kringel gesprüht, der bei gutem Willen und schönem Wetter einem Peace-Zeichen oder auch einem Venusspiegel ähneln mochte. In der Fontäne, die von der Fahrbahn hoch gegen die Fensterscheiben spritzte, konnte Henk die Bewegung des herausspringenden Fahrers mehr ahnen als wirklich sehen. Der Motor tuckerte und die Scheibenwischer wirbelten weiter emsig Wasser auf, während der Mann in die Hotelhalle stürmte.

»Ein Zimmer, bitte, schnell«, keuchte der Fremde. »Meine Frau ist schwanger. Hören Sie?«

»Doppel oder Einzel?« fragte Henk. So leicht ließ er

sich nicht aus der Ruhe bringen. Erst einmal galt es stets, die Grundlagen abzuklären.

»Damals war's ein Einzel«, gestand der Mann. »Ist Zimmer Nummer 29 zufällig frei?«

»Da haben Sie Glück.« Henk nickte. »Mit Frühstück, der Herr? Beziehungsweise die Dame?«

»Ich weiß nicht«, stotterte der andere. »Es kommt darauf an – aber – na ja, ein Frühstück, sicher, warum nicht?«

»Schwangere essen in der Regel für zwei. Jedenfalls sollten sie das«, belehrte ihn Henk gutmütig. »Also ein Einzelzimmer, Messepreis, mit Extra-Frühstück. Die 29. Wenn Sie sich bitte hier eintragen wollen ...«

Inzwischen hatte sich die Beifahrerin aus dem Golf herausgequält und in die Halle geschleppt. Als Henk sie auf sich zukommen sah, bekam er nun doch einen Schreck, auch wenn er sich so etwas infolge langjähriger Übung nicht anmerken ließ und selbst kaum mehr wahrnahm. Die Frau war nicht nur schwanger, wie der Mann ja zugegeben hatte – Henk hatte angenommen, daß ihr Begleiter ihr lediglich die Reservierung hatte abnehmen wollen. Es war jedoch nicht zu verkennen, daß die Niederkunft unmittelbar bevorstand.

»Schnell, Juppi«, keuchte sie. »Ich glaube, es kommt.«

»Soll ich nicht lieber einen Krankenwagen ...«, schlug Henk vor.

»Kommt nicht in Frage«, herrschte die Schwangere ihn an. »Hier haben wir's empfangen, hier wird's auf die Welt gebracht. Gib mir mal deinen Arm, Jupp.«

Sie stützte sich schwer auf ihn und ließ sich von ihm zum Fahrstuhl führen.

»Wir haben das Kind hier gezeugt«, erklärte der Mann und warf einen verständnisheischenden Blick hinüber zu Henk. »Deshalb ...«

»Empfangen!« korrigierte ihn die junge Frau. »Immer

müßt ihr alles aus eurer Perspekt ... Au, verdammt! Au, verdammt!«

»... und zugenäht«, murmelte Henk. Er war froh, als sich die Fahrstuhltür hinter dem Pärchen schloß und er die Frau nicht mehr hörte. Wenigstens für den Moment war sie außerhalb seiner Reich-, Riech- und Sichtweite. Er verspürte keine große Lust, heute nacht den Geburtshelfer zu spielen. Dumm, daß Diana sich hingelegt hatte. Wenn sie erst einmal schlief, war sie für den Rest der Welt verloren. Zumal, wenn sie Rotwein trank. Auf der Stelle mußte er einen Krankenwagen bestellen. Hoffentlich war es noch nicht zu spät! Und nun war auch noch die Notrufnummer besetzt, und er kam und kam nicht aus dieser Warteschleife heraus. Immer wenn er dachte, jetzt sei er endlich dran, verhöhnte ihn ein ungesundes Klicken im Hörer, und dann wurde er mit einem altmodischen Besetztzeichen abgehängt. Verdammt und zu...

Während er noch fluchte und die Wahl wiederholte, waren neue Gäste gekommen. Wenn man vom Teufel sprach ... Da schickte ihm ein gnädiges Schicksal doch tatsächlich heute nacht eine Krankenschwester. Sie trug eine blütenweiß gestärkte Tracht und ein adrettes Häubchen, als sei sie nicht soeben, wie alle anderen auch, durch den Regen gelaufen. Offenbar war sie der Typ, an dem Schmutz, Unrat und Nieselwetter unweigerlich abperlen mußten. Wenn es nur mehr von der Sorte gäbe! Sie schob einen Rollstuhl vor sich her, in den ein Greis windschief hineingestopft war. Dem Anschein nach war der Ärmste schon recht gebrechlich. Trotz des grauen Juniabends trug er eine große schwarze Sonnenbrille. An seinem Revers prangte eine gelbe Brosche mit drei schwarzen Punkten, und hinter dem rechten Ohr lugte ein Hörgerät hervor, das ein enervierendes Fiepgeräusch von sich gab. Immerhin verriet die ungezähmte graue Haarmähne, die entfernt an Beethoven erinnerte, etwas von der ursprünglich wohl einmal vorhanden gewesenen Manneskraft. Oder war es eine Perücke? Der Mann erinnerte Henk vage an jemanden, den er kannte. Freilich sah man dem Portier diesen Gedanken nicht an.

»Wir haben vorbestellt«, kommandierte die Krankenschwester.

»Late arrival«, krächzte der Greis.

»Sehr wohl«, sagte Henk.

Schon das zweite Paar heute nacht, das sich ein Einzelzimmer teilte. Ach Gott, die Liebe, dachte Henk. Oder die Rezession. Aber was kümmerte es ihn, mochte der Krüppel doch, wenn er wollte, in seinem Rollstuhl schlafen.

Sobald sich die beiden auf den Weg zu ihrem Zimmer gemacht hatten, wollte Henk noch einmal die Notrufnummer probieren, aber die Glastür schwang schon wieder auf. Ein albernes Kichern schwappte in die Halle. Zwei junge Frauen waren eng umschlungen hereingeglitten, mädchenhafte, nein, knabenhafte Gestalten, deren kurze, fahlblonde Meckihaarschnitte Henk mit Sehnsucht an die Bilder alter italienischer Meister denken ließen. Er mochte solche Kurzhaarschnitte bei Frauen nicht. Immerhin wies ihr Kichern die beiden Mädels eindeutig als zum weiblichen Geschlecht zugehörig aus.

»Können Sie bitte Frau Berendonk Bescheid geben, daß wir da sind«, flötete die dünnere der beiden.

»Zimmer 29«, zwitscherte ihre Freundin. »Frau Berendonk erwartet uns.«

»Tut mir leid«, bedauerte Henk. »Frau Berendonk ist heute vormittag abgereist.«

»Aber – das kann nicht sein!« entsetzte sich die erste.

»Zimmer 29!« wiederholte die zweite.

»Die 29 ist bereits anderweitig vergeben«, sagte Henk.

»Ehrlich gesagt, ich wünschte selber, Frau Berendonk wäre noch da.«

Die jungen Frauen schauten sich enttäuscht an. Henk, der sich darauf trainiert hatte, genausogut weghören zu können wie hinzuhören, wenn Dinge, die ihn nichts angingen, verhandelt wurden, schnappte einzelne Wortfetzen auf. »… Ludmilla nicht ähnlich …«, »… so zuverlässig sonst …«, »… eindeutig der 27. Juni …«

»Vielleicht kommt sie noch«, schlug die dünnere vor.

»Hat Frau Berendonk vielleicht eine Nachricht für uns hinterlassen?« fragte die andere.

Henk schüttelte bedauernd den Kopf.

»Das ist ein Mißverständnis«, beharrte die erste. »Ich bin sicher, Ludmilla hat uns nicht vergessen. Sie hat uns für heute abend hierher bestellt. Sicher hat sie das Teil irgendwo für uns hinterlegt und läßt uns noch eine Botschaft zukommen, wo wir es abholen können. Komm, wir holen uns erst mal einen Schluck aus der Bar.« Dann wandte sie sich an Henk. »Geben Sie uns sofort Bescheid, wenn Frau Berendonk sich melden sollte. Wir warten hier.«

Nach kurzer Zeit kehrten die beiden aus der Bar zurück, mit einer Flasche Champagner und zwei Gläsern bewaffnet. Kichernd und turtelnd ließen sie sich auf dem Sofa nieder. Offenbar waren sie zu dem Entschluß gekommen, weiterhin guter Laune zu sein. Henk beschloß, den beiden bis auf weiteres nicht zuzuhören. Was interessierte ihn eine Botschaft von Ludmilla Berendonk?

Krüppel-Carlo hockte auf dem Bett und sah Nicole zu, wie sie sich des Schwesternhäubchens entledigte. Der Rollstuhl, in dem er vorhin als Greis eingecheckt und Henk so köstlich getäuscht hatte, war neben der Minibar geparkt.

»Du, warte mal«, sagte er. »Sieh doch mal unter dem Bett nach, ob da neue Knöpfe sind.«

Nicole bückte sich gehorsam und gab Krüppel-Carlo dabei reichlich Gelegenheit, ihre Rückseite zu betrachten. Er tätschelte sie wohlwollend, stöhnte aber erst in dem Moment laut auf, als sie wieder hervorkroch und ihm ihre Ausbeute zeigte. Ein weißer Manschettenknopf, wie er sie im Laufe seines Lebens schon zu Dutzenden zutage gefördert hatte, und dazu ein kugelförmiges Prachtexemplar aus geschliffenem Glas, das lilafarbenes Funkeln versprühte. Der Knopf hätte zu einer dicken, wollenen Kostümjacke gepaßt. Hatte die Berendonksche nicht bei ihrer Ankunft so etwas Meliertes getragen? Was hatte die Dame in diesem Zimmer getrieben, daß ihr dabei ein Knopf abhanden gekommen war? Und überhaupt, sie hatte doch die 29 zwei Zimmer weiter gehabt. Und dann die herrliche Nachlässigkeit, das gute Stück nicht wieder einzusammeln. Erregt schloß Krüppel-Carlo seine Finger um das edle Andenken. Als hielte er die Berendonksche in seiner Hand, dachte er, als müßte sie zwischen seinen Handflächen hüpfen.

»Hol doch mal den Beutel hervor«, sagte er rauh.

Nicole wollte gerade nach ihrer großen Schwesterntasche greifen, da hörten sie aus einem der Nebenzimmer einen seltsamen Schrei. Sie stutzte, griff dann aber erneut nach ihrer Tasche. Krüppel-Carlo runzelte die Stirn. Er kannte die verschiedenen Schreie der Hotelgäste genau, verbrachte er doch so manchen Nachmittag damit, die dunklen Flure entlang zu humpeln und leise atmend an den Türen zu lauschen. Meist konnte er die Art der Schreie und Seufzer, zu denen sie fähig waren, schon bei der Anmeldung der Hotelgäste erraten. Er erkannte die Stummen und die Stammelnden, die Nichtssagenden und die Beredten. Oft sah er auch den Knöpfen schon bei der

Ankunft an, ob sie ihm den Gefallen taten und unter das Bett kullerten oder sirrten. Diesen Schrei aber kannte er nicht. So einen Schrei hatte er sein Lebtag noch nicht gehört. Und doch ... und doch ... Irgendwie klang der Schrei seltsam vertraut – als müßte irgendwann im Leben einmal genau so geschrien werden.

So schrie man doch nur, wenn man ermordet wurde, oder nicht? Wie war das wohl damals bei Blut-Else gewesen? Bis er Nicole getroffen hatte, war sie die große Liebe seines Lebens gewesen. Aber Blut-Else war tot.

Da, wieder ein Schrei.

»Ich schau mal nach, was da los ist«, sagte Nicole.

Sie drückte ihm ihre Tasche in die Hand, dann war sie weg, und Krüppel-Carlo blieb allein mit seiner Knopfsammlung zurück. Seufzend leerte er den Inhalt der Tasche auf dem Bett aus und griff gierig in das bunte Leben hinein. Ah, tat das gut! Wie geschmeidig sie sich anfühlten, wie robust, rund und glatt und doch zart und bescheiden, wie freundlich sie der Hand schmeichelten. Solange sie irgendwo festgenäht waren, nahm man sie ja kaum wahr. Jetzt aber erstrahlten sie in dem ihnen gebührenden Glanz. Jetzt wurden sie einzeln gewürdigt – mochten sie auch in ihrem Dienst versagt haben, mochten sie Kratzer an sich tragen und andere Blessuren, mochte ihnen ein Ecklein oder ein Zäcklein fehlen. Manche hatten nur zwei Löchlein, das waren die Braven und Steten, manche Vorwitzigen aber brauchten vier. Echte Draufgänger waren darunter, bei denen alle Vorsichtsmaßnahmen nichts nützten. An manchen hing noch das Jungfernfädchen, so zart, rot, weiß oder hellblau ...

Ah, ah! Krüppel-Carlo atmete schwer.

Bei den meisten Stücken konnte er noch genau sagen, woher sie stammten, unter welchen Umständen er sie gefunden, wann und wo er sie seiner Sammlung einverleibt hatte. Der dicke Hirschhornknopf da, das war der Onanist. Ein Zigarrenraucher. So dick, daß sich keine Frau mehr freiwillig unter ihn legte. Der schmucke Goldene stammte von der Uniformjacke eines schwedischen Marineadmirals. Der hatte es mit zweien oder dreien gleichzeitig getrieben. Die dezenten dunkelblauen Kostümknöpfe aber stammten von seinem Lieblingsgast, Frau Mariella, die sich jeden Mittwoch in der 14 mit ihrem Edgar traf. Auch der kleine silberne Seidenblusenknopf stammte von ihr. Erst hatte er sie für eine ganz gewöhnliche Ehebrecherin gehalten. Dann erkannte er peu à peu, daß die beiden Liebenden verheiratet waren. Mittwochs wurden die Kinder zur Großmutter oder sonstwohin *wegorganisiert*, und dann frönten Mann und Frau hier bei ihm im TERMINUS ihrem Eheleben. Unter Krüppel-Carlos Fittichen, ja, genau so war's. In seinem Reich. Gelegentlich zog der Mann seiner Geliebten-Ehefrau ein Flanellnachthemd der Ehefrau-Ehefrau an, Gipfel der Perversion, dachte Krüppel-Carlo. Hier, dieser mit rosa Stoff bezogene Flanellnachthemdknopf erinnerte noch daran. Wenn der Kerl seine Frau auszog, dann sprangen nicht nur die Knöpfe, dann gab es jedesmal den einen oder anderen Riß. Wie gutwillig sie alles mitmachte. Hatte sie selbst ihren Spaß daran? Wer weiß, was die ihren Freundinnen alles erzählte, wenn die Damen abends bei einem Glas Wein aus dem Nähkästchen plauderten ... Aber monogam waren die zwei, das mußte man anerkennen. Ihr Zuhause war im Holunderweg 14, und auch im TERMINUS blieben sie dieser Zahl treu.

Krüppel-Carlo rang nach Luft. Dabei versuchte er, das Grunzen, das aus ihm herauswollte, im Zaume zu halten. Seufzen und Stöhnen, das war ja durchaus in der Ordnung, Keuchen, Knurren und Knören auch. Aber das Grunzen mochte er nicht. Er kannte sich dann selbst nicht wieder. Er war jetzt einer Ohnmacht nahe. Mit Kopf und Händen wühlte er in den Knöpfen. Hier, die drei braunen Lederknöpfe. Der junge Mann. Die Stiefel. Zwei, die sich auseinandergelebt hatten. Die Geschäftsreisende aus Perlmutt, die besseren Zeiten nachtrauerte. Ach, und das einsame Druckknöpflein! Bei Männern meist Hemden- und Manschettenknöpfe. Deren Leidenschaft blieb oberhalb. Kontrolliert. Bei Frauen platzte der Bund. Bei Frauen platzte …

Nun war das Grunzen doch über ihn gekommen. Tief aus ihm heraus, aus Tiefen, von denen er tagsüber nichts wissen wollte, hatte es sich seinen Weg gebahnt. Hemmungslos schluchzte Krüppel-Carlo auf und warf sich über seine Schätze. Ihr alle, daß ihr nur ja bei mir bleibt, daß ihr mir die Treue haltet! Hört ihr, ich liebe euch! Ja, ich liebe! Und du, Nicole, Nicole. Wo bist du? Warum? Warum bist du … Meine Rosenholzspange. Blut-Else, mein Johannisbrotbaum. Ach warum …

Wie immer, wenn er so überglücklich war, bettete Krüppel-Carlo zum Schluß sein Haupt auf seine Knöpfe. Er weinte hingebungsvoll.

Wie lange er so gelegen hatte, wußte er nicht. Irgendwann platzte Nicole in sein Weinen hinein. Sie war schon zuvor einmal ins Zimmer gekommen, er hatte es kaum bemerkt. Flüchtig hatte sie zu ihm hinüber gelächelt, leiser Spott hatte sich um ihre Augen gelegt. Auf Zehenspitzen war sie ins Bad gehuscht und hatte dann ebenso behutsam, wie sie gekommen war, das Zimmer wieder verlassen, einen Stapel frischer Handtücher unter dem Arm. Nun hatte sie weniger Rücksicht genommen. Energisch kam sie ins Zimmer gestürmt.

»Es ist ein kleines Mädchen«, rief sie zu Krüppel-Carlo hinüber.

Der blinzelte verständnislos zu ihr hoch.

»Wir brauchen ein neues Laken«, erklärte Nicole. »Mach doch mal Platz.«

Damit schob sie Krüppel-Carlo beiseite und fegte die Knöpfe vom Bett. Mit beiden Händen raffte sie das Bettzeug zusammen, drückte es Krüppel-Carlo in die Arme und riß mit der Rechten in einem Ruck das Laken heraus. Ein leichtes Plopp war zu hören. Der oberste der noch vorhandenen Knöpfe hatte sich von ihrer Kittelschürze gelöst. In hohem Bogen hüpfte er zu seinen Kumpanen und kam neben bunt schillerndem Gesocks auf dem Teppich zur Ruhe. Da, wo der Knopf gesessen hatte, gab nun eine kleine Stofflücke einen Blick auf Nicoles Busenansatz preis. Krüppel-Carlo war wieder zu sich gekommen und schaute ihr interessiert zu.

»Was sagst du? Ein Mädchen?«

Ihm war tatsächlich, als höre er aus der Ferne Säuglingsgeschrei.

»Ja, in 29! Stell dir vor, im Herbst haben sie's dort gemacht, deshalb sollte es hier die trübe Funzel der Welt erblicken. *Bébé TERMINUS*. Ich hab ein bißchen geholfen, auch wenn ich ja in Wahrheit gar keine Krankenschwester bin, aber die Tracht hat beruhigend auf das Mädel gewirkt. Tja, die Hure, die ihren Beruf verfehlte. Übrigens ist mir so, als wäre ich dem jungen Vater schon einmal begegnet. Bestimmt habe ich den heute nicht zum letzten Mal gesehen, so viel ist klar.«

Sie strich ihm zärtlich über die Beethoven-Mähne.

»Tschüß, mein Guter. Nicht traurig sein. Komm rüber, wenn du fertig bist, und bring ein bißchen Sekt aus der Minibar mit. Das fördert den Einschuß der Milch.«

Lachend küßte sie ihn auf die Wange, nahm ihm das Bettzeug ab und war so schnell verschwunden, wie sie gekommen war.

Krüppel-Carlo sah ihr wehmütig nach, dann bückte er sich und machte sich daran, seine Kleinodien vom Teppich aufzulesen. Es war nicht der erste Knopf ihrer Schwesterntracht, der in seiner Sammlung gelandet war. Insgeheim hatte er sie in Verdacht, vor ihren Verabredungen jeweils ein wenig am Steg zu manipulieren.

Dem Betrachter, der scheu die Tür zum Zimmer Nummer 29 aufdrückte, bot sich ein anheimelndes Bild. An sein Ohr drangen sanft schrammende, meditative Klänge. Im Bett schlummerten Mutter und Säugling, die fortan ihr Leben getrennt führen mußten, in zweifacher Gestalt. Im Schlaf waren sie noch einmal zu einem Wesen vereinigt und atmeten friedlich im Takt. Auch Nicole schlief. Ihre Beine hatte sie seitlich lang von sich gestreckt, den Rücken gegen die Bettkante gelehnt und Kopf und Arm etwas verdreht neben dem Knie der jungen Mutter auf die Matratze geschmiegt. Zu ihren Füßen kauerte der junge Vater, ein fast leeres Sektfläschchen in der Hand. Er war der einzige, der aufschaute, als der Alte mit der großen Sonnenbrille ins Zimmer lugte.

»Fördert den Milcheinschuß, was?« raunte der Greis ihm zu und wies auf das Fläschchen.

Der junge Mann nickte freundlich. Rüstiger, als er für möglich gehalten hätte, humpelte der Alte ins Zimmer und stellte mehrere mitgebrachte Piccolos auf den Tisch, neben den Kassettenrekorder und die Kassettenhülle, die das Geschrappe aus dem Rekorder als »Gebären mit Yogi Shra Wigwa Meen« auswies.

»Nachschub für später«, murmelte er. »Ihr braucht's nicht auf die Rechnung zu setzen.«

Dann hatte er eine Idee.

»Wie wär's mit einem Umtrunk an der Bar? Mit was Richtigem, meine ich, nicht so einer Plurche. So was muß doch unter Männern gefeiert werden. Übrigens, ich heiße Karl.«

»Jupp«, sagte der junge Vater und streckte dem Alten hilfesuchend die rechte Hand entgegen.

Es dauerte eine Weile, bis er aufstehen konnte. Seine Beine, immerhin die, waren gründlich eingeschlafen. Ächzend half der Alte ihm auf, und dann dauerte es wiederum eine Weile, bis der junge Mann fit genug war, um den zittrigen Greis mitsamt seinem Rollstuhl in den Fahrstuhl zu hieven.

Als sich die Fahrstuhltür unten in der Halle vor den beiden öffnete, nahm Krüppel-Carlo auf der Stelle Abstand von seinem Plan. Genauer gesagt, er überdachte die nötige Änderung. Diese beiden Täubchen dort drüben auf dem Sofa waren ja ganz allerliebst. Warum mit diesem Jupp allein an der Bar herumhängen, wenn man das freudige Ereignis mit solch bezaubernden Geschöpfen gemeinsam begießen konnte. Zwei Pullen Champagner hatten die beiden offenbar schon geleert, das bewies guten Geschmack. Nichts sprach dagegen, das dritte Fläschchen, aber Magnum, gemeinsam mit ihnen zu killen. Er würde auch Henk, dem müden Nachtportier, ein Gläslein spendieren. Dann müßte Juan ihnen zum Abschluß noch einen soliden Schlummertrunk servieren. Der Champagner war nur für die Form. Majestätisch grüßte Krüppel-Carlo zu Henk hinüber, während ihn Jupp im Rollstuhl zur Sitzgruppe schob. Dann schickte er den jungen Mann als Boten zur Bar nebenan. Der führte brav alles aus, wie ihm aufgetragen. Einen guten Ehemann gibst du ab, dachte Krüppel-Carlo. Als Juan die Flasche gebracht und ihnen eingeschenkt hatte, ergriff er mit zitternden Fingern sein Glas.

»Also, auf den jüngsten Gast heute nacht im TERMINUS«, krächzte er. »Übrigens, wie soll das Mädel denn heißen?«

»Ein kleines Mädchen? Wo? Hier, im Hotel?« quietschte die dünnere der beiden Frauen. War so etwas wie Enttäuschung in ihrer Stimme zu hören?

»Was sonst«, bestätigte Krüppel-Carlo. »Wie soll es nun heißen, das Gör?«

»Vielleicht Nicoletta«, meinte Jupp. »Aber die Idee kam mir erst vorhin. Wegen der netten Hebamme. Ich muß es noch mal mit Mary – meiner Frau – besprechen.«

»Übrigens übernachten Kinder unter zwölf im Zimmer ihrer Eltern umsonst«, belehrte ihn Krüppel-Carlo. Dann wandte er sich an die beiden Hübschen auf dem Sofa. »Und was führt die Damen heute nacht hierher?«

Die beiden sahen sich verlegen grinsend an.

»Wir warten auf ... Nachschub«, gestand die dünnere schließlich. Offenbar schien sie die Wortführerin der beiden zu sein.

»Keine Drogen, nichts, was Sie vielleicht denken«, erklärte die andere rasch. »Wir haben eine Sammlung, aber unsere Freundin ist leider schon abgereist.«

Auch wenn diese Feststellung wenig erhellend für ihre Zuhörer sein mußte, so versuchte es Krüppel-Carlo doch sogleich mit seinem alten Trick. Gib deine eigene Perversion preis, dann erfährst du die Geheimnisse deines Gegenübers.

»Ich würde Sie beide zu gern einmal auf mein Zimmer einladen«, sabberte er. »Um Ihnen meine Knopfsammlung zu zeigen. Es ist eine sehr spezielle Sammlung, ganz einzig in ihrer Art, wissen Sie.«

Die beiden Frauen prusteten gleichzeitig los.

»Knöpfe?« kicherte die eine.

Die andere schüttelte ungläubig den Kopf und klopfte sich auf den Oberschenkel.

»Sie haben selbst sehr hübsche Nieten da vorn«, schäkerte Krüppel-Carlo. »Lachen Sie nicht zu laut, sonst platzt Ihnen noch die Hose. Dann springen die Nieten ab.«

Darüber wollten sich die beiden erst recht schlapplachen.

»Huch, Muschi, die Nieten springen!«

»Vorsicht, die Hose platzt!«

Sie kriegten sich gar nicht mehr ein; Zeit für Krüppel-Carlo, Cocktails für die Runde zu ordern. Wiederum schickte er Jupp mit seinem Auftrag an die Bar, und wenig später kam Juan mit einem Tablett zurück, auf dem vier große Cocktailgläser prangten. Sie waren mit einer taubenblauen Flüssigkeit gefüllt. An den geeisten und gezuckerten Rändern klebten Maraschinokirschen, Erdbeeren und Pflaumen, blaugraue Federn waren darauf gesteckt.

»Schau, Muschi, wie hübsch«, sagte die dünnere, von der Krüppel-Carlo inzwischen in Erfahrung gebracht hatte, daß sie Heidi hieß. Jetzt konnte er die beiden endlich, wie es sich für einen Kavalier der alten Schule gehörte, mit ihren Namen ansprechen.

»Das Gesöff nennt sich Dead Pigeon, *Totes Täubchen*«, predigte er mit seiner Greisenstimme und deutete im Sitzen zwei Verbeugungen an. »Also, Heidi! Muschi! Sehr zum Wohlsein, die Damen.«

Alle nippten neugierig an ihren Gläsern und setzten dann zum zweiten und dritten Schluck an. Krüppel-Carlo grinste Heidi mit seinem wissenden Greisenlächeln an und beugte sich dann vertraulich zu ihr hinüber.

»Auf Ihre Sammlung, was immer es sein mag! Mögen Sie sich bald an Ihrem Nachschub erfreuen.«

Heidi rutschte ihm auf der Stuhlkante entgegen. Knöpfe! Herrlich. Mal sehen, ob der Tattergreis auch ihr Laster verstand.

»Also, wissen Sie, um ehrlich zu sein, meine Freundin und ich sammeln Gemächte.«

»Wie bitte?« stammelte Jupp.

»Gemächte«, wiederholte Muschi freundlich. »Edle Teile, auch Phallus, Schwanz, Dingel oder Dödel genannt. Oder wie auch immer. Sie wissen schon.«

»Seien Sie froh, daß Sie ein Mädchen gekriegt haben«, nuschelte Heidi nach einem weiteren Schluck aus ihrem Glas.

»Genau, vor uns ist nichts sicher. Passen Sie bloß auf«, stimmte ihre Freundin ihr nicht weniger nuschelnd zu.

»Unsere ... Bekannte ist hier in den letzten Tagen im TERMINUS abgestiegen. Sie sagte, es sei ein ertragreicher Ort. Wir wollten sie eigentlich heute abend hier treffen.«

»Sie hat immer etwas für uns, eine Schachtel, einen Beutel, eine Tüte. Mit – na, eben Nachschub darin. Aber der Nachtportier weiß leider von nichts.«

»Ja, das ist traurig«, tröstete Krüppel-Carlo. »Ein individuelles Hobby haben sich die Damen da ausgesucht. Vielleicht verabreden wir wirklich einmal ein Treffen? Das klingt interessant.«

Jupp sah den Alten entsetzt an. War der verrückt geworden? Entweder erlaubten sich die beiden einen Scherz mit ihnen, aber dann war es keiner von der witzigen Sorte. Oder meinten sie es wirklich ernst? Dann wollte man sich doch nicht freiwillig mit ihnen treffen! Ob der Alte, wie man so sagte, jenseits von Gut und Böse angelangt war? Nun, was kümmerte es ihn. Es war spät, und er war heute zum ersten Mal – jedenfalls, soweit er wußte – Vater geworden. Mit weichen Knien erhob sich der junge Mann aus seinem Sitz.

»Ich muß gehen. Zeit, bei meinen Mädchen nach dem Rechten zu sehen. Danke für die Glückwünsche und alles. War schön, Sie kennenzulernen.«

Ehe die anderen noch antworten konnten, war er schon fort und in den Fahrstuhl geschlüpft.

Heidi und Muschi sahen ihm mit Bedauern nach.

»Schade«, meinte Heidi.

»Ja, der schien gut gebaut. Und Vater ist er immerhin schon mal geworden. Ich verstehe einfach nicht, wieso Ludmilla ...«

»Ach, wart's ab, die meldet sich noch. Vielleicht meinte sie *morgens* um neun? Laß uns in der Zwischenzeit ein klein wenig schlafen.«

Sie rollten sich, ohne weiter auf den Alten Rücksicht zu nehmen, ungeniert zu einer Brezel ineinander und fanden so tatsächlich gemeinsam auf dem Sofa liegend Platz. Langsam, in kleinen, gierigen Schlucken leerte Krüppel-Carlo sein Glas, während er den beiden Frauen beim Einschlafen zuschaute. Nach kurzer Zeit hörte man sie tief und gleichmäßig atmen.

»Was für ein entzückender Anblick«, krächzte er hinüber zu Henk. »Ein ganz reizendes Paar.«

Der Portier nickte. Was hatte er da eben gehört? War es denn möglich? Behutsam zog er die Fundsache des vergangenen Tages aus dem dafür vorgesehenen Fach. Konnte die Dürre vielleicht den Alukoffer gemeint haben? Mit *Nachschub* von Ludmilla Berendonk? Die Dame hatte er so ganz anders wahrgenommen. Aus Vlotho kam sie – war das etwa ein Ort, in dem solche Monster wohnten?

Wieder schüttelte er den Koffer ganz sacht, wieder hörte er das dezente Rascheln. *Edle Teile* – aber solche Leichtgewichte? In Seidenpapier?

Henks Herz klopfte rasch. Lange hielte er diesen Job nicht mehr aus, wenn sich diese Art Aufregungen häuften. Und dann dieser widerliche Greis dort drüben, wie wurde er jetzt den wieder los?

Soeben rollte sich der Alte im Rollstuhl zum Empfangstresen hinüber. Genau vor Henk stoppte er ab und musterte lauernd dessen graues Gesicht.

»Ziemlich betäubt, die beiden Täubchen«, keckerte er. »Sonst irgendwas Besonderes los heute nacht?«

»Keine außergewöhnlichen Vorkommnisse, würde ich meinen«, antwortete Henk.

»Ich kündige«, sagte Krüppel-Carlo. »Sucht euch einen anderen Dummen. Ab jetzt bin ich auch für dich Karl.«

Damit riß er sich die Beethoven-Haare vom Kopf und warf die Perücke auf den Empfangstresen. Gleichzeitig hatte er sich aus seinem Rollstuhl erhoben. Ohne weiter auf Henks Reaktion zu achten, humpelte er Richtung Eingangstür. Kurz bevor er sie erreichte, hielt er inne, nahm die Sonnenbrille ab und drehte sich um.

»Schau doch bei Gelegenheit auch einmal hinter das Sofa«, rief er und wies mit dem Brillenbügel zur Sitzgruppe hinüber. »Da findest du noch ein paar Täubchen, die ziemlich hinüber sind. Ich habe nämlich gestern abend ein bißchen Gift ausgelegt.«

Kichernd humpelte er zur Glastür hinaus. Henk schaute ihm aus müden Augen nach, dann stand auch er auf und räumte den Rollstuhl beiseite. Als er noch einmal hinausschaute, war Krüppel-Carlo längst im bleichen Junimorgen verschwunden.

Dead Pigeon I (*)

1 Maß Lemoncello
1 Maß blauer Curaçao
mit trockenem Sekt aufgießen; Glas vor dem Servieren in Zucker tauchen, auf dem Zuckerrand mit lila Trauben dekorieren

Dead Pigeon II
(The Maltese Pigeon) (*)

1 Maß Bacardi
1 Maß Pisang Ambon
mit Orangensaft und Banana Squash auffüllen; ein paar Spritzer Taubenblut und Blue Curaçao nach Geschmack hinzu; zur Dekoration schnitzt man ein Monument aus Apfel- und Kiwispalten, das man auf den Glasrand steckt und das dem Getränk von sehr intensiv »dumpfer« Farbe zusätzlich die Aura von etwas Statischem, Totem verleiht.

(*) Ich danke Carmelo »Charly« Bonavia, President of the Maltese Bartender Association, Selmun Palace, Malta, für hochprozentige Inspiration. R.V.

2.

Der Kopfschmerz sagte Diana, daß es gestern abend eine Flasche Medoc zu viel gewesen sein mußte. Unter der warmen Dusche ließ das Pochen in den Schläfen ein wenig nach, und gegen den Rest nahm sie zwei Aspirin. Ihr

Frühstück stand wie üblich auf einem Tablett vor der Zimmertür – das war einer der wenigen Vorteile, wenn man gleich an seinem Arbeitsplatz wohnte. Ihr Appartement unterm Dach des TERMINUS bestand aus drei zusammengelegten Dienstmädchenzimmern, und es sparte ihr mit seiner citynahen Lage fast 500 Euro Miete im Monat. Aus dem Fenster konnte sie das Treiben auf der Straße beobachten, das morgendliche Gewusel und Geschiebe der Lieferwagen, die sich zu den Läden in der Einkaufsstraße drängten. Im Café gegenüber saßen die Frühstücksgäste neben den übriggebliebenen Nachtschwärmern unter der Markise.

Diana trank noch einen Kaffee, zwang sich einen trockenen Toast hinein und spülte mit dem Orangensaft nach, der nur für sie jeden Morgen frisch gepreßt wurde.

Henk schlief jetzt nach seiner Nachtschicht sicher schon in seiner kleinen Wohnung drei Straßen vom Hotel entfernt. Oder er schlief auch nicht, weil ihm seine Arthritis wieder zu schaffen machte. Sie hatte ihm gesagt, daß er ohne weiteres in den Ruhestand gehen könne und sich nicht mehr länger hinter der Rezeption zu quälen brauchte, aber immer, wenn sie es ihm sagte, meinte er: »Und du – du müßtest doch auch nicht mehr als Hausdame arbeiten!«

Nein, mußte sie nicht, schon gar nicht, seitdem die Herren des Immobilienfonds das Haus gekauft hatten. Doch bei den Verhandlungen, die sie im Auftrag der ganzen Bagage aus zerstrittenen Cousinen und Cousins geführt hatte, denen im Erbgang Anteile am TERMINUS zugefallen waren, hatte sie sich diesen Posten ausbedungen. Auf Lebenszeit. Zuerst nur aus Trotz, um dem geschmeidigen Auftreten der Jungmanager etwas entgegenzusetzen. Erst später war ihr klar geworden, daß sie instinktiv das Richtige getan hatte, daß sie es niemals geschafft hätte, ihre Wohnung hier oben unter dem Dach und das Hotel zu verlassen.

»Aber gnädige Frau!« hatten die Herren gesagt. »Sie werden doch nicht in Ihrem Alter noch ...«

»Das lassen Sie getrost meine Entscheidung sein.«

»Wir versichern Ihnen, daß wir ...«

»Das einzige, was Sie mir versichern dürfen, ist dieses Recht auf Lebenszeit.«

Als sie schließlich darauf eingingen, hatte Diana natürlich irgendeinen Trick vermutet. »Das Personal bleibt selbstverständlich auch, solange Sie das Haus als Hotel betreiben!«

Sie genoß das Entsetzen in den Blicken der Herren. »Unmöglich! Es gibt Rentabilitätsberechnungen, die ...«

So ging es ein paar Stunden hin und her, bis sie alle erschöpft genug waren, um ohne Gesichtsverlust etwas zugeben zu können. »Sie übernehmen Henk, den Portier. Ebenfalls aufs Lebenszeit.«

»Der alte Herr? Den wir vorhin gesehen haben?«

»Ja.«

»Wie hoch ist sein Gehalt?«

Ihre Blicke vereisten, als sie es ihnen sagte. »Unmöglich. Das ist weit über Tarif.«

Diana ließ sie noch ein paar Minuten zappeln. »Sie zahlen ihm den Tarif«, sagte sie schließlich. »Die Differenz bekommt er von mir.«

Ein feines Lächeln verbreitete sich unter den Herren. »Kein Problem, gnädige Frau.«

»Diese Regelung bleibt vertraulich.«

»Wie Sie wünschen. Wann dürfen wir Ihnen den Vertragsentwurf zukommen lassen?«

Henk würde niemals etwas von dieser Vereinbarung erfahren. Sie überwies die Differenz für sein Gehalt jeden Monat von ihrem Privatkonto an die Bewirtschaftungs-

GmbH, die von den geschmeidigen Herren gegründet worden war, um das Personal besser heuern und feuern zu können.

Nach einer weiteren Tasse Kaffee riskierte Diana einen Blick auf die leeren Flaschen des vergangenen Abends. Es war eine mehr als sie in Erinnerung hatte, und damit war ihr Vorrat aus dem Kistchen, das Juan ihr besorgt hatte, besorgniserregend gering geworden. Egal, dort, wo das Kistchen herkam, gab es bestimmt noch mehr davon. Gegen den Rest von Kopfschmerz war ein kleiner Schluck genau das richtige. In der Küche entkorkte sie eine Flasche und nahm ein Glas mit in den Wohnraum. Von dem übergroßen Ölbild über der Couch sahen ihre Eltern lächelnd zu, wie sie den ersten echten Schluck des Tages nahm.

Das Telefon auf ihrem Schreibtisch mit den Dienstplänen für die Zimmermädchen, den Lieferscheinen für den ganzen Hotelbedarf und den Handwerkerrechnungen klingelte. Sie war überrascht, Henks Stimme zu hören, und verstand nur zur Hälfte von dem, was er ihr von Carlos und seinem absurden Abschiedsauftritt erzählte. Zwischendurch legte sie den Hörer hin, um sich in der Küche noch ein Glas Medoc zu holen. Als sie zurückkam, sagte Henk gerade, daß sie sich beim Arbeitsamt um einen neuen Tagesportier kümmern sollte und er solange einspringen würde.

»Aber Henk«, sagte Diana langsam. »Das geht doch nicht … in deinem Alter …« Der Medoc schärfte ihren Verstand, wie sie es gehofft hatte. »Du gehst jetzt heim. Ich mache das schon, hörst du? Es genügt vollkommen, wenn du heute abend wieder auf deinem Posten bist.«

Nachdem sie aufgelegt hatte, leerte sie ihr Weinglas in einem Zug, atmete tief durch und sagte sich, daß sie schon mit ganz anderen Krisen fertiggeworden war als mit einem durchgedrehten Nachtportier.

Silvia Kaffke
Engel und Erzengel oder Der letzte Mord

Dann und wann stieg Gabriel im TERMINUS ab. Er kam durch die Tür, groß, mit Hut und Mantel, in der Hand diesen lächerlich wirkenden Stock mit Silberknauf. »Lächerlich« hatte Carlos, der Tagesportier – nein, Henk berichtigte sich: der ehemalige Tagesportier – den Stock genannt. »Er braucht ihn gar nicht, Henk. Sieh doch, wie er die Treppen hinaufsteigt. Wenn der was mit den Beinen hat, fresse ich einen Besen.«

Nun, Carlos mußte das wissen, schließlich war er selbst ein Krüppel, wie er gern bemerkte. Henk seufzte. Nach einem halben Tag unruhigen Schlafs war er ein wenig träge. Er hatte diesen Tagesportier nie gemocht. Immer laut, immer indiskret, es sei denn, er schlich sich heimlich durch das Hotel; um wer weiß wem nachzuspüren. Henk dagegen sah alles, aber er hielt den Mund. Vor fünf Jahren war Gabriel zum ersten Mal mit diesem Stock im TERMINUS abgestiegen. Seit damals hatte er ihn nie mehr ohne ihn gesehen.

Wenn Darius Gabriel im TERMINUS abstieg, hatte er stets zwei Koffer bei sich, einen mittelgroßen Hartschalenkoffer und einen kleinen metallenen Aktenkoffer. Er verlangte immer dasselbe Zimmer, Nr. 34, teuerste Kategorie. Er sagte nie, wie lange er bleiben würde. Manchmal waren es mehr als drei Monate, manchmal nur ein paar Tage.

Henk mochte Gabriel. Er war ein höflicher, unkomplizierter Gast, mit dem es nie Ärger gegeben hatte. Im Laufe der Jahre hatte es sich ergeben, daß er manchmal mit einer Rotweinflasche unter dem Arm nachts im Foyer auftauchte und Henk einlud. Sie sprachen dann über die Reisen, die er gemacht hatte, die vielen, wunderbaren Kunstwerke und Sehenswürdigkeiten, die er gesehen hatte. Gabriel war ein echter Kunstkenner. Allenfalls seine Schwäche für die Präraffaeliten, vor allem für Rossetti, verwunderte Henk manchmal. Er selbst fand ihre Gemälde kitschig und bevorzugte jene italienischen Meister, denen sie nacheiferten. Nach den Maßstäben eines Gast-Portier-Verhältnisses waren sie beinahe so etwas wie Freunde, obwohl ihre Gespräche nie persönlich wurden. Mehr, als daß Gabriel gebürtiger Tscheche war, wußte Henk über ihn nicht. Er pflegte sich vorzustellen, Gabriel sei ein Kunsthändler. Er wollte gar nicht wissen, was er wirklich war.

Als er diesmal kam, wie gewöhnlich am Abend, spürte Henk, daß etwas anders war als sonst. Vielleicht hielt er sich nicht ganz so gerade, den Kopf nicht ganz so hoch. Der Schritt erschien unsicherer. Er bat Henk, den Meldezettel für ihn auszufüllen. Seine Stimme mit dem weichen, fast wienerischen Dialekt klang müde. Henk sah ihm nach, wie er langsam zum Aufzug ging, den Hartschalenkoffer in der einen, den Alukoffer in der anderen Hand, den Stock unter den Arm geklemmt. Alukoffer! schoß es Henk durch den Kopf. Da war noch dieser Alukoffer bei den Fundsachen ... Er würde sich darum kümmern müssen.

Oben im Zimmer ließ sich Gabriel erschöpft auf das Bett fallen. Alles wurde so mühsam: den richtigen Knopf am Lift zu drücken, das richtige Zimmer zu finden, den Schlüssel ins Schlüsselloch zu stecken.

Sein Termin in der Klinik war erst in vier Wochen, solange würde er mindestens im TERMINUS bleiben. Er setzte sich ächzend auf. Zeit zum Ausruhen blieb ihm noch genug.

Er öffnete die Türen des Kleiderschranks und tastete links und rechts unten und dann genauso oben nach den kleinen Haken, welche die Rückwand festhielten. Er selbst hatte sie vor einigen Jahren angebracht. Die Platte löste sich, und er schob sie zur Seite. Dahinter gähnte ein Loch in der Zimmerwand. Eigentlich war es nur eine Spanplatte, mit der man bei der letzten Renovierung die Tür zwischen den beiden Räumen einer Suite verschlossen hatte, aus der er sorgfältig einen Teil ausgesägt hatte. Seit er dieses Plätzchen entdeckt hatte, gehörte das TERMINUS zu seinen Stammhotels.

Er griff in das Loch und verzog dann zufrieden das Gesicht. Alles war an seinem Platz. Ohne große Eile setzte er die Rückwand des Schranks wieder ein und begann, seinen großen Koffer auszupacken. Dann suchte er nach einem passenden Sender im Radio. Es würde eine lange ereignislose Zeit werden, bis er wieder abreiste. Und was konnte er schon tun außer Radio hören?

Ein paar Tage später registrierte Gabriel, daß im Nebenzimmer jemand eingezogen war, eine Frau. Trotz der Schränke vor der ehemaligen Tür waren diese Zimmer hellhöriger als andere. Zunächst hörte er sie nur – ein Telefongespräch, er konnte nicht verstehen, was sie sagte, aber er hatte nicht den Eindruck, daß sie besonders glücklich klang. Dann roch er ihr Parfum im Gang zu den Aufzügen. Schließlich begegnete er ihr am Morgen auf dem Weg in den Frühstücksraum. Sie kamen gleichzeitig aus ihren Zimmern. Der teure Duft aus Paris wehte Gabriel entgegen, er kniff die Augen zusammen. Rote oder tiefbraune Haare und ein weißes Kleid, zwei fahle Farbflecken, die über den Gang schwebten.

»Guten Morgen.« Ihre Stimme klang tiefer, als er vermutet hatte, ein sanfter und angenehmer Alt, und sofort setzte sich bei Gabriel ein merkwürdiges Bild im Kopf fest. Seerosen. Wasserkühle. Ophelia. Rot. Ihre Haare mußten dieses Rot haben. Das hatte ihn zunächst verwirrt, aber jetzt schien sie ihm engelhaft, schemenhaft, mit verschwimmenden Konturen am Rande seines Gesichtsfeldes, wie ein Wesen aus einer anderen Welt. Am Abend würde er Henk nach ihrem Namen fragen, das nahm er sich fest vor.

In den nächsten Tagen begegnete ihm der Engel von nebenan noch öfter. Jetzt trug sie dunkle Kleider, die Haare waren irgendwie weniger geworden. Gabriel erinnerte sich an ein Bild von Sargent, *Madame X*, er hatte es in New York gesehen. Streng, hochaufgerichtet. Die Art, wie sie den Kopf hielt, erinnerte Gabriel an vergangene Tage in vergangenen Museen, damals, als er alles Schöne auf dieser Welt wenigstens einmal gesehen habe wollte.

Obwohl der Himmel bedeckt war, empfand er das Licht draußen als grell. Er verließ das Hotel selten, er fühlte sich zu unsicher in letzter Zeit. Doch manche Gänge ließen sich nicht vermeiden und der zum Schneider gehörte dazu. Für die meisten Leute im Bahnhofsviertel war der Laden nichts als eine der üblichen Änderungsschneidereien, aber Gabriel kannte den Schneider schon lange. Hier hatte er einige seiner erstklassigen Maßanzüge erstanden – unter anderem.

Der Weg führte ihn am Bahnhof vorbei, mitten durch hektische Menschen, die ihren Zug bekommen wollten. Konzentriert achtete er auf das, was er aus den Augenwinkeln wahrnahm. Er hörte die Penner und Junkies, die sich auf Bänken oder dem Boden niedergelassen hatten, Leute, die auf Busse warteten oder zu Taxis eilten. Ein Schwall von abgestandenem Bier und Zigarettenqualm stieg ihm in die Nase. Es war nicht einfacher geworden für Gabriel in der letzten Zeit. Er ließ seinen Stock ein wenig schwingen. Trotzdem konnte er es nicht vermeiden, den einen oder anderen Passanten anzurempeln.

»Entschuldigung«, sagte er. Er war mit jemandem rechts von ihm zusammengestoßen, einer Frau im schwarzen Mantel.

»Keine Ursache.«

Gabriel stutzte. Es war die Engelsstimme, und er hatte Henk immer noch nicht nach ihrem Namen gefragt. »Oh, Sie sind es.«

»Hallo, Herr Nachbar.« Dem Klang ihrer Stimme nach schien sie nicht allzu erfreut über die Begegnung zu sein.

»Ich bin auf dem Weg zu meinem Schneider.« Gabriel kam sich albern vor. Das klang wie ein alternder Tenor, kurz bevor er sich seinen weißen Schal über die Schulter warf.

»Ich ... ich schnappe nur ein wenig frische Luft.« Sie kam ihm nicht weniger gekünstelt vor.

»Ja.« Gabriel suchte nach irgendeiner Phrase, mit der er antworten konnte, aber es wollte ihm nichts einfallen. »Ich muß los.« Für einen Moment hatte er das Gefühl, die Richtung verloren zu haben, aber dann ging er langsam weiter. Sie blieb stehen, und er konnte geradezu spüren, daß sie ihm nachsah. Nur kein Stolpern jetzt, kein Rempler. Bis zum Laden waren es nur ein paar Straßenecken.

Der Schneider begrüßte ihn freundlich.

»Hallo, Vanni. Irgendwelche Nachrichten für mich?« fragte Gabriel.

»Ein Job in Griechenland.« Vanni zuckte die Schultern. »Ich habe abgelehnt, sagte, du hättest dich zurückgezogen. Es war ein Distanzjob.«

Gabriel nickte. »Das war richtig.« Er stellte den Stock in den Schirmständer bei der Tür und wußte, daß Vanni ihn genau dabei beobachtete. Vanni war eine seiner drei Telefonnummern, sein Agent gewissermaßen. Er sagte ihm nicht, daß er wirklich entschlossen war, aufzuhören. Die beiden Morde in Philadelphia vor einem Jahr und Pittsburgh vor ein paar Wochen waren seine letzten gewesen. Ein Messer auf der Stadiontoilette und eine Schlinge in einem einsamen Zugabteil. Es war gefährlich, seinen Opfern so nah zu kommen, und es war lächerlich, wenn er jemanden brauchte, der ihm die Opfer brachte.

»Ist es schlimmer geworden?« Vanni bekam ein Prozent, das war ein gutes Geschäft, aber vielleicht sorgte er sich auch wirklich um ihn.

»Wie wäre es mit ein paar neuen Anzügen, Vanni?«

Etwas klingelte Sturm mitten in der Nacht. Gabriel hatte einen leichten Schlaf und war gleich wach. Er tastete nach dem Telefon, bis er begriff, was da wirklich klingelte. Es war der Feueralarm, und von weitem konnte man schon eine Sirene hören. Für einen kurzen Moment überlegte er, ob er die Kiste aus dem Loch hinter dem Schrank holen sollte, aber dann besann er sich eines besseren, griff nach dem Morgenmantel, schlüpfte in seine Schuhe, band sie schnell zu und nahm dann den kleinen Koffer. Kurz bevor er die Tür hinter sich schließen wollte, fiel ihm der Stock mit dem Silberknauf ein. Er machte kehrt und fand ihn an seinem Platz direkt neben dem Bett.

Auf dem Flur draußen war nur das Nachtlicht an. Er hatte sein Zimmer schon ewig nicht mehr nachts verlassen und überlegte, wo der Lichtschalter war. Langsam tastete er sich die Wand entlang Richtung Lift. Schließlich fand er den Schalter. Er drückte ihn. Nichts geschah, es blieb dunkel wie zuvor. Wie groß war dieses Feuer? Und wo war es? Riechen konnte er es nicht.

Plötzlich spürte er eine Hand an seinem Arm. »Nicht

zum Lift. Hier herüber, zur Treppe.« Es war die Engelsstimme, und nun zog ihn eine kleine, kräftige Hand in die andere Richtung. Sie duftete anders als am Tag.

Im Treppenhaus war Licht, hier roch es auch nach Rauch, aber das kam nicht von unten, es war über ihnen. Aus den Ritzen der Zugtreppe zum Dachboden drang ein dünner schwarzer Schleier.

»Gehen Sie nur«, sagte Gabriel und hob seinen Stock hoch. »Ich komme nach. Ich kann nicht so schnell.« Treppen waren schwierig.

»Ich lasse Sie doch nicht allein. Vielleicht brennt schon der ganze Dachstuhl!« Sie hakte sich an seiner rechten Seite ein, und sie gingen vorsichtig, aber zügig die Treppen hinunter.

Im zweiten Stock begegnete ihnen Henk. »Gott sei Dank. Sie beide sind die einzigen aus dem Dritten, die noch fehlen.«

»Was ist denn los, Henk?« Gabriel bemerkte gleich, daß Henk aufgeregt war.

»Nichts Bedrohliches. Irgend etwas auf dem Dachboden hat sich entzündet. Ein ungefährlicher Schwelbrand. Mehr Qualm als Flammen. Die Feuerwehr ist gleich da.«

Die drei gingen ins Foyer, wo einige andere Gäste in Bademänteln Gratis-Cocktails schlürften. »Eigentlich müßten sie ja alle raus auf die Straße, aber das TERMINUS wird schon nicht abbrennen«, meinte Henk, bevor er sich wieder hinter die Rezeption verzog.

»Da hinten in der Ecke ist noch ein Sitzplatz«, sagte die Frau. Sie hatte sich immer noch bei Gabriel eingehakt, und sie hatte auch einen kleinen Alukoffer bei sich. Beide gingen gemeinsam dorthin, und da ließ sie ihn los. Das Licht war schummrig, aber als Gabriel den Kopf drehte, konnte er wahrnehmen, daß sie ihr Haar wohl zu einem Zopf geflochten hatte.

Er stellte seinen kleinen Koffer ab und setzte sich. »Ich weiß nicht einmal Ihren Namen. Ich heiße Darius Gabriel.«

»Claire.«

Er fragte nicht nach einem Nachnamen.

Etwa zwei Stunden dauerte die ganze Aktion. Die Feuerwehr hatte den Brand schnell im Griff, er war kleiner, als die Rauchentwicklung hatte vermuten lassen. Der Dachboden würde allerdings entrümpelt werden müssen, und im dritten Stock gab es einen Wasserschaden durch das Löschwasser.

Glücklicherweise war es nicht Gabriel, der sein Zimmer räumen mußte. Gemeinsam mit Claire war er wieder hinaufgefahren, und nun lag er wach auf seinem Bett, den kleinen Koffer neben sich. Es war gut, daß er den Inhalt noch nicht in die Kiste im Loch geräumt hatte. Wenn das Hotel abgebrannt wäre, hätte er wenigstens das hier noch gehabt. Er strich mit der Hand über die glatte Oberfläche des Koffers und stutzte plötzlich.

Er stand auf, machte auch das Deckenlicht an, befühlte den Koffer, hob ihn ganz nah vor die Augen. Ein Aufkleber rechts unten warb für etwas, das er nicht entziffern konnte. Hektisch ließ er die Schlösser aufschnappen und öffnete den Koffer. Mehrere weiche Plastikbeutel lagen darin. Gabriel zog sein Schweizer Offiziersmesser aus der Tasche und ritzte vorsichtig einen Beutel an. Dann befeuchtete er einen Finger und probierte das weiße Pulver. Zungenspitze und Zahnfleisch fühlten sich sofort eiskalt an. Kokain.

In diesem Moment klopfte es zaghaft an die Tür. »Ich bin's, Claire.«

»Einen Augenblick.« Blitzschnell schloß er den Koffer und stellte ihn in die Ecke neben den Fernseher. Dann ging er zur Tür und drehte den Schlüssel um.

»Können Sie auch nicht schlafen nach der Aufregung?« Sie schlüpfte herein, trug etwas bei sich. »Ich fürchte, wir haben unsere Koffer vertauscht ...« Sie drückte ihn Gabriel in die Hand.

»Vertauscht?«

»Ja, meiner sieht fast genauso aus wie Ihrer, aber er hat einen Aufkleber.« Sie sah sich im Zimmer um, entdeckte den anderen Koffer und holte ihn. »Sehen Sie, hier.«

»Oh. Tut mir leid, das hatte ich nicht bemerkt.« Gabriel war sicher, sie hatte das Geld in seinem Koffer gesehen.

»Macht doch nichts. Das kann doch in solch einer Situation passieren.« Sie schien erleichtert. »Ich versuche jetzt noch ein bißchen zu schlafen.«

»Gute Nacht, Claire.«

»Gute Nacht, Darius.«

Es war lange her, daß ihn jemand beim Vornamen genannt hatte. Selbst Vanni dachte wohl, daß Gabriel sein Vorname sei. Ihr Duft, dieser Nachtduft, hing noch eine Weile im Zimmer. Gabriel blieb stehen, um ihn ganz in sich aufzunehmen. Dann schüttelte er energisch den Kopf. Sie war kein Engel. Sie hatte ein paar Kilo Kokain bei sich, und das war ganz und gar nicht engelhaft.

Am darauffolgenden Abend ging Gabriel mit einer Rotweinflasche, die er in einem exzellent sortierten kleinen Laden in der Altstadt erstanden hatte, zu Henk hinunter. Henk lief sofort los, um in der Bar Gläser und einen Korkenzieher zu organisieren. Der alte Portier freute sich auf ein gepflegtes Gespräch über Kunst, aber Gabriel hatte etwas anderes im Sinn, als sie sich auf das Ledersofa in der Halle setzten.

»Sagen Sie, Henk, meine Zimmernachbarin ...«

»Frau Schmidt?«

Gabriel runzelte die Stirn. Hatte sie sich wirklich unter Schmidt eingetragen? »Frau Schmidt, ja, Claire ... Ist Ihnen etwas an ihr aufgefallen?«

Bei jedem anderen Gast hätte Henk geschwiegen oder etwas Belangloses erzählt. »Nun, sie ist ausgesprochen hübsch ... nein, sie ist schön. Eine wirklich schöne Frau. Doch das wissen Sie ja selbst.«

Gabriel nickte nur, und Henk fuhr fort: »Es ist tatsächlich etwas vorgefallen. Unser neuer Tagesportier hat sie vor ein paar Tagen um ihre Kreditkarte gebeten, damit wir die Rechnung für die erste Woche abbuchen können. Sie hat sich schrecklich darüber aufgeregt, weil sie wohl meinte, wir hielten sie für eine Betrügerin. Zum Glück bin ich dazugekommen und konnte sie beruhigen – und mich für meinen neuen Kollegen entschuldigen!«

»Merkwürdig.« Gabriel nahm einen Schluck Rotwein. »Und geht sie oft weg?«

»Wenn ich abends komme, hängt ihr Schlüssel immer am Brett. Auf dem Weg hierher habe ich sie schon zweimal am Bahnhof herumstehen sehen.«

»Das ist keine Gegend für solch eine Frau.«

»Nein, bestimmt nicht.«

Henk schenkte nach. Das war das erste Mal, daß sich Gabriel für einen anderen Gast interessierte, aber ein wenig konnte er ihn verstehen. »Frau Schmidt« war wirklich nicht alltäglich.

Das zweite Glas genossen sie schweigend. Dann erzählte Gabriel von der Toskana und den Uffizien und Henk von den italienischen Meistern im Louvre. Ganz schnell waren sie wieder bei ihrem liebsten Diskussionsthema: Rossetti, Millais, Watts und die anderen Präraffaeliten gegen Raffael, da Vinci und Botticelli.

Kurz nach Mitternacht verabschiedete sich Gabriel. Als er aufstand, verzog er das Gesicht und schnüffelte. »Ich merke das schon die ganze Zeit ... irgend etwas riecht hier merkwürdig.«

Henk schnüffelte ebenfalls. »Sie haben recht.« Er

schaute unter das Sofa und entdeckte die Bescherung. Die Täubchen. Hatte Carlos bei seinem Abgang nicht etwas von Gift gesagt? Er wurde wirklich alt: Wie konnte er so etwas vergessen? Und die Putzfrauen im TERMINUS wurden auch immer nachlässiger. »Ich werde mich darum kümmern, Herr Gabriel. Gute Nacht.«

»Gute Nacht, Henk.«

Gabriel stand vor dem Spiegel im Hinterzimmer des Schneiderladens. Heute war einer seiner guten Tage. Das Licht schmerzte nicht, und die dunklen Schatten hatten sich in die Augenwinkel verkrochen. Vanni paßte gerade die Ärmel ein. »Sag mal, Vanni, gibt es irgendwelche ungewöhnlichen Nachrichten aus der Szene?« fragte er so beiläufig wie möglich.

»Ungewöhnlich?« Gabriel konnte nur schließen, daß Vanni das gefragt hatte, denn er hatte Stecknadeln im Mund. Er befestigte den Ärmel, und als er die letzte Nadel gesteckt hatte, meinte er: »Hier ist alles ruhig, doch es gibt Gerüchte, und ich muß sagen, sie sind eher erfreulich – für unsere Leute.« Er griff sich den zweiten Ärmel, und Gabriel befürchtete schon, er würde wieder schweigen, bis er ihn angeheftet hatte, aber Vanni erzählte weiter. »In Duisburg ist eine große Lieferung Kokain verschwunden. Und der Idiot, dem sie gestohlen wurde, ist ein Albaner. Nicht einer von den kleinen, dreckigen, sondern ein großes Tier, gut im Geschäft und ein angesehener Bürger dazu.« Er lachte leise auf. »Seine Frau soll mit dem Stoff durchgebrannt sein. Da tut sich eine Lücke für unsere Leute auf und wirft die Albaner erst einmal wieder zurück.«

»Sucht er seine Frau?«

»Ganz sicher, und wenn er sie findet, dann gnade ihr Gott. Wenn er ein Italiener wäre, wäre es zumindest so, und ich denke nicht, daß das bei den Albanern anders ist.« Vanni heftete den zweiten Ärmel an. »Sitzt perfekt.«

Abends im Hotel überlegte Gabriel, ob er mit Claire reden sollte. Es war nur eine Frage der Zeit, wann der Ehemann oder einer seiner Leute hier auftauchen würde, doch sie hatte ihn nicht ins Vertrauen gezogen, und er wollte ihr gegenüber auch nicht zugeben, daß er ihren Koffer geöffnet hatte. Außerdem – wie sollte er erklären, woher er von ihrem albanischen Ehemann wußte?

Lange Zeit hatte er sich gesagt, daß er sich mit seiner fortschreitenden Sehschwäche abfinden müsse. Die Phase, in der er sich noch gut orientieren konnte, war bald vorbei. Der leere Fleck in der Mitte seines Gesichtsfeldes breitete sich mehr und mehr aus, langsam, aber sicher. An den Rändern rund um dieses Nichts begannen die Farben zu verblassen. Manchmal, wenn er unwillkürlich versuchte, etwas zu fixieren und da nur der leere Fleck war, geriet er unwillkürlich in Panik. Bald würde das Leben nur noch aus Gerüchen und Geräuschen bestehen. Der Zeitpunkt, seinen Beruf aufzugeben, war längst gekommen. Manch einer hätte schon früher aufgehört und wäre nicht von Schußwaffen auf Schlingen und Messer umgestiegen. Aber jetzt haderte er mit seinem Schicksal. Es gab keine Möglichkeit, Claire zu beschützen, wenn sie am Bahnhof versuchte, das Kokain zu verkaufen. Nicht einmal hier im Hotel konnte er etwas für sie tun. Er würde eine verdächtige Person gar nicht bemerken. Denn im Augenwinkel sah eine Silhouette aus wie die andere.

Er ging ins Bad, um sich das Gesicht kalt zu waschen. Als er vom Waschbecken hochkam und nach dem Handtuch tastete, sah er das Nichts im Spiegel. Er konnte sich nicht mehr erinnern, wann er zuletzt sein Spiegelbild klar gesehen hatte. Früher hatte er jede neue Falte registriert.

Seit er vierzig war, tat er das. Er war eitel, war es immer gewesen. Und nun, wo er auf die Sechzig zuging, konnte er nicht einmal mehr sehen, ob er irgendwo einen Schmutzfleck hatte.

Wütend hieb er mit der bloßen Hand auf den Spiegel ein. Er zerbrach. Gabriel tastete seine Hand ab, irgendwo fühlte es sich feucht an, aber er konnte nicht sagen, ob es Blut war oder Wasser. Das Bild entglitt ihm, wann immer versuchte, es zu fixieren. Vorsichtshalber wickelte er sich das Handtuch um die Hand und rief Henk an.

Henk kam selbst, wie er gebeten hatte.

»Der Spiegel ... es tut mir leid.«

»Haben Sie sich die Hand verletzt?«

»Ich weiß es nicht.« Er war froh, Henks Blick nicht sehen zu müssen. Henk war ein kluger Mann, wahrscheinlich wußte er längst, was mit ihm los war.

»Zeigen Sie mal.« Henk wickelte vorsichtig das Handtuch ab. Da war nur ein kleiner Schnitt. »Nichts Ernstes. Ein Pflaster wird reichen. Ich werde Ihnen gleich eines besorgen.« Er ging ins Bad und sah sich die Bescherung an. Vorsichtig klaubte er die großen Spiegelscherben aus dem Becken. »Ich werde der Hausdame Bescheid sagen. Morgen bekommen Sie einen neuen Spiegel.«

Gabriel lächelte müde. »Lassen Sie sich ruhig Zeit.«

Vielleicht hätte er Henk ins Vertrauen ziehen sollen, damit er ein Auge auf Claire haben konnte. Aber wie sollte er ihm das alles erklären? In den nächsten Nächten schlief er noch unruhiger als sonst. Manchmal, wenn sie sich morgens auf dem Flur trafen, frühstückten Claire und Gabriel zusammen. Sie sprachen nicht viel, aber trotzdem hatte er den Eindruck fortschreitender Verzweiflung bei Claire. Der Engel schwebte nicht mehr. Der Engel hatte Angst.

Gabriel hatte keine Ahnung, wie spät es war, als ihn ein paar laute Geräusche aus dem Nebenzimmer aus dem Schlaf rissen. Er versuchte sie zu identifizieren. Wahrscheinlich waren Möbel umgefallen. Eine Männer- und eine Frauenstimme stritten sich, zunächst noch leise. Gabriel stand auf und ging zum Schrank. Er brauchte nicht einmal die Rückwand herauszunehmen, um zu hören, um was es ging.

»Weißt du eigentlich, was du mir angetan hast?« fragte der Mann. Er sprach akzentfreies Deutsch. »Nicht nur, daß alle glauben, ich hätte meine Frau nicht im Griff und hinter meinem Rücken über mich lachen! Den Stoff zu stehlen ... das bringt mich in Lebensgefahr, ist dir das eigentlich klar?«

»Ja.«

»Was hast du gesagt?«

»Ja. Ich weiß genau, was ich getan habe. Und du hast es verdient.« Claire klang ängstlich, aber auch sehr wütend. »Du hast mich von Anfang an belogen über das, was du tust.«

»Aber mein Geld hast du gern genommen, nicht wahr?«

Ein kurze Pause entstand, doch Gabriel konnte sich denken, was vorging. Jetzt hatte er sie gepackt, vielleicht nur bei der Hand.

»Du wirst jetzt deinen Koffer packen, und dann fahren wir nach Hause.«

»Nein. Laß mich los!«

»Wir können die Sachen auch hier lassen, das ist mir ganz egal.«

Noch eine Pause. »Was wird mit mir passieren?«

»Ich werde allen zeigen, daß meine Frau sich nicht an Dingen vergreift, die mir gehören. Und wenn du Glück hast, lasse ich dich leben.«

»Laß mich los! Ich werde packen.«

Gabriel stand vor dem Schrank. Er hörte, wie sie die Kleider von den Bügeln riß. Und dann, im nächsten Moment, einen dumpfen Schlag. Er griff in die Innentasche seines Mantels und zog Handschuhe und eine Drahtschlinge hervor. Er streifte die Handschuhe über und nahm die Schlinge in eine Hand. Dann rannte er zu Claires Zimmertür.

»Claire«, rief er. »Geht es Ihnen gut?«

Ein ersticktes »Ja« war zu hören.

»Machen Sie auf. Ich bin es … Darius.«

Es dauerte eine Weile, bis sie die Tür öffnete. Sie zitterte, Gabriel konnte es spüren. Er ließ die Schlinge in der Tasche seines Morgenmantels verschwinden, behielt die Handschuhe jedoch an und drückte auf den Lichtschalter für das Deckenlicht. Es blendete ihn, aber er konnte eine Gestalt auf dem Boden erkennen.

»Ich habe ihm mit dem Fuß der Nachttischlampe auf den Kopf geschlagen, als er mir den Rücken zudrehte. Ich glaube, er ist tot.«

Gabriel beugte sich über den Mann, tastete nach seinem Hals. Er konnte durch den dünnen Lederhandschuh hindurch den Puls fühlen, der recht kräftig schlug. »Nein, er lebt.«

»O Gott.«

»Ist das Ihr Mann?«

Sie nickte. »Ich … ich brauchte Geld. Ich wollte etwas verkaufen, aber das hat nicht geklappt. Und als ich mit meiner Kreditkarte bezahlte, hat er mich wohl gefunden.«

»Sie wollten sein Kokain verkaufen.«

Claire war nicht so dumm zu fragen, woher er das wußte. »Ich habe es ihm gestohlen. Ich bin schwanger. Ich brauchte Geld für mich und das Kind. Um irgendwo neu anzufangen.« Sie stockte. »Er hat sich bewegt …«

»Wollten Sie ihn mit dem Schlag töten?«

»Ja, verdammt, das wollte ich.«

»Und wollen Sie ihn immer noch töten?«

»Ja.«

Gabriel nahm die Schlinge aus der Tasche, entrollte sie und wickelte beide Enden um seine Hände. Der Albaner hob stöhnend den Kopf. Gabriel schlang den Draht um seinen Hals und zog zu. Der Mann wehrte sich. Gabriel fragte sich, ob Claire zusah oder sich abgewendet hatte. Es war eine schmutzige, langwierige Art, jemanden so zu töten.

Schließlich wurde der Körper schlaff. Er hielt die Spannung noch einen Moment, um sicherzugehen, dann ließ er locker und fühlte den Puls. Der Mann war tot. Gabriel tastete in der Manteltasche seines Opfers nach den Autoschlüsseln.

»Claire? Sind Sie in Ordnung?«

»Ja. Ist er jetzt tot?«

Gabriel nickte. »Wir müssen ihn wegschaffen. Kennen Sie seinen Wagen?«

»Ja.«

Er drückte ihr die Schlüssel in die Hand. »Suchen Sie ihn und fahren Sie ihn hinten in den Hof des Hotels zum Lieferanteneingang.«

»Aber ich … ich …«

»Tun Sie, was ich sage.«

»Er war vielleicht nicht allein.«

»Ein Typ wie er sucht allein nach seiner Frau, glauben Sie mir. Die Blöße wird er sich vor anderen nicht geben.«

Claire verschwand, und Gabriel überlegte einen Moment. Der Kopf der Leiche und der Teppich darunter waren feucht, Blut nach Claires Schlag. Er zog die Handschuhe aus und steckte die Schlinge weg. In seinem Zimmer zog er sich rasch etwas an, steckte ein paar Scheine ein und fuhr dann mit dem Lift hinunter ins Foyer.

»Guten Abend, Henk.«

»Guten Abend, Herr Gabriel.«

»Was müßte ich Ihnen zahlen, damit Sie vergessen, daß Frau Schmidt heute abend Besuch hatte?«

Henk zögerte einen Moment. »Sie müssen mir gar nichts zahlen, Herr Gabriel.«

»Auch nicht, wenn ich Sie bitte, in der nächsten halben Stunde Pause zu machen?«

»Auch dann nicht. Ich habe nichts gesehen, und hier ist alles ruhig – und so bleibt das auch bis zum Ende meiner Schicht.«

Gabriel streckte seine Hand aus und Henk griff sie. »Danke«, sagte er leise. »Bevor Sie verschwinden, könnten Sie mir noch eine Flasche Rotwein holen? Es darf ruhig der teure sein.«

Gabriel war lange genug Gast im TERMINUS, um zu wissen, wo die Zimmermädchen ihre Wäschewagen abstellten. Der Raum war nicht verschlossen, und er holte einen heraus. Als Claire zurückkam, hatte er die Leiche bereits quer darübergelegt. Mitten im Zimmer, da, wo das Blut gewesen war, lagen jetzt die Scherben einer Flasche. Rotwein versickerte im Teppich.

»Fleck ist Fleck«, meinte Gabriel. Er trug wieder seine Handschuhe.

Sie hatte den Wagen direkt vor dem Lieferanteneingang geparkt, eine Stelle, die von außen kaum einsehbar war. Als sie das kurze Stück vom Aufzug zum Hinterausgang durchquerten, waren das Foyer und die Rezeption leer. Henk hatte Wort gehalten. Draußen hievten sie die Leiche in den Kofferraum.

»Wohin bringen wir ihn?«

»Setzen Sie sich hinter das Steuer.«

»Warum ...?«

»Weil ich fast blind bin, deshalb.«

Auf der ganzen Fahrt sprachen sie kein Wort, nur dann und wann fragte sie Gabriel nach dem Weg, den sie nehmen mußten, und er antwortete knapp. Sein Gedächtnis ließ ihn nicht im Stich.

Sie hatten das Auto samt Leiche in ein Hafenbecken rollen lassen. »Es wird eine Weile dauern, aber man wird ihn finden«, meinte Gabriel.

»Und wie kommen wir zurück zum Hotel?«

»Wir werden laufen. Alles andere wäre zu auffällig.«

Sie hatten einen weiten Weg vor sich, Claire hatte sich bei Gabriel eingehakt, damit er sicherer war. Er spürte, daß sie etwas beschäftigte. »Was ist mit Ihren Augen?« fragte sie plötzlich.

Diese Frage hatte er nicht erwartet. »Makuladegeneration. Sorbysche Fundusdistrophie.« Er warf die Fremdworte vor sie hin. »Es entsteht ein blinder Fleck im Zentrum des schärfsten Sehens, der sich ausbreitet. Rechts sehe ich fast gar nichts mehr.« Er fühlte den feuchten Wind im Nacken und daß sie ihn musterte.

»Und kann man …?«

»Nein, es ist nicht heilbar. Ich war bei vielen Ärzten. Es schreitet langsam voran, und niemand kann es aufhalten.«

»Wie viele Menschen haben Sie umgebracht? Sie sind doch ein … ein Killer, oder?«

Das war die Frage. »Ich habe aufgehört zu zählen.«

»Das glaube ich Ihnen nicht.«

Die Sicherheit, mit der sie das sagte, erstaunte und traf ihn. »Und Sie haben keine Angst vor mir?«

»Nein, warum? Sie würden mir nie etwas tun.« Auch da schien sie sich ganz sicher.

Gabriel fühlte ihre Nähe und genoß jeden Schritt. Es war so lange her, daß er mit einer Frau eine Straße heruntergegangen war. Das war, bevor das Morden angefangen hatte. Sie hat sich nur eingehakt, weil du blind bist, dachte er, doch es gab Momente, da konnte er es vergessen.

»Hat Claire ausgecheckt?«

Henk sah Gabriel aufmerksam an. »Ja, heute morgen sehr früh.«

Sie hatten das besprochen, in der Nacht, als sie vom Hafenbecken zurückkehrten und sie nicht in ihrem Zimmer bleiben wollte. »Man wird nach ihm suchen, und es wird Leute geben, die wissen, wo er hinwollte. Du wirst die Hauptverdächtige sein, Claire.«

»Aber ich habe kein Geld. Ich kann nirgendwohin.« Sie lag neben ihm auf dem Bett und klammerte sich an seine Hand, als müsse sie ertrinken, wenn er losließ.

»Du hast doch in meinen Koffer geschaut«, sagte er.

»Ja.«

»Es ist kein gutes Geschäft für dich, das Kokain ist viel mehr wert, aber ich würde dir das Geld geben. Das ist besser als nichts.«

»Und das Kokain?«

»Ich habe Verbindungen.«

Schließlich war sie einverstanden. Die ganze Nacht hatte er wach gelegen und ihren Atemzügen gelauscht.

»Sie hat eine Nachricht hinterlassen«, riß ihn Henk aus seinen Gedanken. »Sie wollte, daß ich Sie Ihnen vorlese.«

Gabriel sagte nichts.

Henk las. »Lieber Darius, ich weiß schon, wo ich hingehen möchte. Es gibt einen Ort in der Nähe von Aix-en-Provence, Ansouis, da war ich als Kind oft mit meinen Eltern. Ein guter Ort, um ein Kind aufzuziehen. Ich hinterlasse am Postamt eine Nachricht für Dich, wo Du mich finden kannst.« Henk ließ den Zettel sinken. »Werden Sie hinfahren?«

»Wohl kaum.«

»Aber warum nicht?«

»Weil ich ein alter, fast blinder Mann bin.«

»Das weiß sie doch.«

Gabriel war sich sicher, daß Henk lächelte. »Ich wünschte nur, ich hätte sie einmal sehen können. Mehr als einen verschwommenen Fleck roter Locken aus den Augenwinkeln.«

»Vielleicht haben Sie das ja. Sie sah aus wie die Frauen auf den Gemälden von Rossetti.«

Ja. Das war, was er sich vorgestellt hatte, schon, als er ihr das erste Mal begegnete.

»Darf ich Ihnen einen Rat geben, Herr Gabriel?«

»Nein.«

»Fahren Sie hin. Warten Sie ab, was passiert. So eine Chance bekommt man nicht oft. Und ein alter, fast blinder Mann schon gar nicht.«

Irgend etwas trieb Gabriel dazu, am nächsten Tag seine Koffer zu packen – den großen alten und einen neuen, ebenso großen, den er sich besorgt hatte. Er hatte die Kiste aus dem Loch hinter dem Schrank geholt und füllte nun den Koffer mit den Geldbündeln, meist waren es Dollarnoten. Dann stellte er Claires Alukoffer mit dem Kokain in das Loch, befestigte die Rückwand wieder und schloß den Schrank. Drei Anzüge, die er nicht hatte unterbringen können, ließ er hängen. Er würde nach Frankreich fahren. Aber die Entscheidung, in den Süden zu reisen, hatte er noch nicht getroffen.

Er checkte aus, Henk las ihm seine Rechnung im Detail vor und er bezahlte wie immer bar. »Da hängen noch ein paar Anzüge. Ich brauche sie nicht mehr. Auf Wiedersehen, Henk.« Er setzte seine Sonnenbrille auf.

»Auf Wiedersehen, Herr Gabriel.« Als er Darius

Gabriel zu seinem Taxi gehen sah, aufrecht und gar nicht unsicher, da beschlich Henk das Gefühl, daß er ihn zum letzten Mal gesehen hatte. Er kam sich vor, als hätte er einen Freund verloren. Ja, genauso war das.

Willkommen an Bord der einzigartigen Queen Elizabeth II

Stellen Sie sich einen schwimmenden Palast von unübertroffener Eleganz vor. Wo Mitglieder der Königlichen Familien, Millionäre und Filmstars auf schimmernden Teakdecks spazierten, um die eindrucksvollsten Panoramen dieser Erde zu genießen.

Träumen Sie zu den Klängen der Cocktail-Musik in der Crystal-Bar oder bequem ausgestreckt auf einem Liegestuhl am Pool. Frönen Sie den Formen des klassischen Zeitvertreibs, etwa bei der Lesung eines berühmten Krimi-Autors oder in der Aquarell-Klasse eines echten Könners.

Passagiere 1778
Besatzung 1015
Kabinen 1004
Decks 12
Länge 293,5
Breite 32,03
Baujahr 1967

3.

An der Rezeption gab es Krach, aber das war nichts Neues. Juan sortierte die Flaschen vor dem Barspiegel, Rum braun und weiß, den Whisky, Malt und Rye, die fünf

Sorten Gin und den Rest, der nicht so oft gebraucht wurde. Als die schrille Frauenstimme von draußen auch durch Henks ruhiges Organ nicht zum Schweigen gebracht wurde, drückte er Vonda Shepard in den CD-Player. »I've been searchin' my soul tonight ...«

Henk hatte ihn gefragt, ob er nicht auch einmal etwas anderes spielen könne, weil er inzwischen jeden Song mitpfeifen könnte. No Sir. Never ever.

Er jagte das Eis durch den Crasher, sortierte Grapefruits, Kiwis und Limonen, schnitt zwei Blutorangen auf. Die Milch in der Kühlbox war noch frisch, die Sahne auch und die Obstsäfte sowieso. Sein Hemd war frisch gewaschen und gebügelt, die Fliege saß korrekt, das Haar war gegelt, die Augenbrauen gezupft, der silberner Ohrstecker dezent. Juan setzte sein Lächeln auf: »You are welcome!«

Er war kein Kellner, er war der Keeper. Die Seele der Bar. Er war der Kumpel für die Kumpel, der Therapeut für die Therapiebedürftigen, der Diener für die Herren und der immergleiche Freund für alle Trinker dieser Welt. Dafür hatte er ein Jahr gelernt, noch ein Jahr als Hilfskeeper und Zitronenaufschneider in einer Berliner Nobelbar geknechtet. Hatte seine Fähigkeiten und sein Englisch im »Gonzo Inn« in Los Angeles verfeinert, einer Bar im Stil der Speakeasies der dreißiger Jahre, einem Geheimtip der Filmleute. Hatte überhört, wie softcore starlets action heroes mit Schmollstimme abschleppten, und übersehen, wie in den Nischen Millionenverträge auf Servietten notiert wurden. Hatte sich von einem Oscar-Kandidaten anpöbeln lassen und Dutzende von handjobs unter den Tischen ignoriert. Jede Bar hatte ihre eigenen Gäste. Hier im TERMINUS waren es die ewigen Aufreißer, die Vertreter in ihren karierten Jacketts und die geklonten Businessleute in ihren Dreiteilern, die den Damen ungeniert auf die Titten glotzten und dezent mit einem Hunderter winkten. Für diese Herrschaften hatte er etwas Besonderes: »Unsere Spezialität, mein Herr – auf Kosten des Hauses!«

Keiner schmeckte der Spezialität die 6 cl hochprozentigen Wodka an, und man mußte nur noch den richtigen Moment erwischen, um den Patienten zu entfernen: »Darf ich Ihnen helfen, mein Herr?« Neben dem Telefon hatte er einen Knopf, um den Portier anzuklingeln. Meist war es Henk, der dann diskret erschien. »Der Portier begleitet Sie gern auf Ihr Zimmer, mein Herr!«

Henk nahm mit den Patienten dann lieber die Treppe, auch wenn es bis hinauf ins dritte Stockwerk ging, weil im Lift schon manchem schlecht geworden war und dann die Putzfrauen am Morgen wieder Zeder und Mordio schrien.

»Juan, Schätzchen!« Diana klang nach ein bis zwei Flaschen Medoc und umhüllte sich mit einer Wolke »Je reviens«.

Juan lächelte sie an. »Diana!« So, wie er es sagte, klang es wie bei Paul Anka. Diana erinnerte ihn an Jo-Ann aus dem »Gonzo Inn«. Ihre Karriere war schon zu Ende gewesen, als er noch nicht einmal geboren war – Jo-Ann, die screaming queen aus »Teenage-Vampires I bis III« und »I married a werewolf«.

Ihr Appartement war mit ihren Filmplakaten tapeziert, ihre Stimme so rauchig vom Single-Malt wie Dianas Timbre vom Rotwein. Ihre Hände schmal und feingliedrig, so wie Dianas. Diana bemerkte, wie er sie ansah. »Ach, Juan ...«

Das Leben war einfach gewesen mit Jo-Ann. Über Liebe hatten sie nicht gesprochen, weil das nicht nötig gewesen war; und über Freundschaft hatten sie nicht zu sprechen gewagt. Am Ende hatte Juan dann den Vertrag für den Job auf der Queen Elizabeth II in der Tasche, und Jo-Ann ein zweifelhaftes Angebot von einem zweifelhaften Produzenten, der sie als Beraterin für eine Hardcore-Version ihrer alten Filme dabeihaben wollte. Sie waren noch einmal ins Bett gegangen, hatten sich in den Armen gehalten und sich angesehen, er spürte ihre Brüste auf seiner Haut, ihre Schenkel, als sie sich über ihn schob. Er sah die Melancholie in ihrem Blick und hatte sich ihr nah gefühlt.

Sein Vertrag für die QE II begann im nächsten Frühjahr. Das TERMINUS war eine passable Zwischenstation, die ihm die Anzeige der TERMINUS-Hotel-Betriebsgesellschaft in der Internet-Stellenbörse für Barkeeper beschert hatte. Seinen Vorgänger hatte Diana gefeuert, weil er zu viele Drinks auf eigene Rechnung ausgeschenkt hatte.

»Hast du noch ein Kistchen Rotwein für mich?«

»Aber ja.« Juan lächelte. »Ich bringe es nachher hoch.«

Dianas Blick glitt über die Gäste. Ein Liebespärchen in der dunklen Nische, zwei Männer am Ende der Bar. Der eine mit Tränensäcken unter dem verlebten Blick und der andere eine Art Riesenbaby mit einem grauenhaften Toupet. Sie tranken Wodka-Tonic und Bourbon auf Eis und redeten leise.

Juan musterte seinen Vorrat, alles im grünen Bereich. »Ich habe gehört, unser neuer Tagesportier beschwert sich schon über die Dienstzeiten?«

Diana senkte die Lider. »Portiers kommen, Portiers gehen.«

»Keeper auch. Ich habe mich schon einmal nach einem Nachfolger für mich umgehört, wenn ich im Frühjahr gehe.«

Ihr Blick streifte ihn. »Ich hätte vielleicht auch gehen sollen. An irgendein anderes Haus. In Berlin oder Hamburg, oder München. Kannst du mir sagen, warum ich im TERMINUS geblieben bin, Juan? Warum ich mich mit Henk im Gloria-Kino um die Ecke rumgetrieben habe, statt abzuhauen? Wir haben ›River of no Return‹ gesehen,

›Blondinen bevorzugt‹ und ›Niagara‹. Und natürlich zwischendurch eine Menge Schrott.«

Juan sah aus den Augenwinkeln, wie das Riesenbaby auf sein Glas deutete, und machte ihm einen neuen Wodka-Tonic fertig.

»Aber ich hatte keine Ahnung, wohin ich gehen sollte«, sagte Diana. »Mein Vater war aus der Eifel zurückgekommen und führte das Hotel, ich war bei den Nonnen am Kaiserberg auf der Schule und hab nachmittags heimlich mit Henk unten im Wäschereikeller selbst gedrehte Zigaretten geraucht.«

Juan servierte den Wodka-Tonic und kam zurück. »Man muß einfach gehen«, sagte er. »Dann findet sich schon alles.«

»Aber Henk wollte nie gehen«, meinte Diana nach einer Weile. »Nicht, daß wir darüber gesprochen hätten. Ich glaube, er hat niemals daran gedacht, das TERMINUS zu verlassen. Nach der Schule hat er als Boy gearbeitet und zwischendurch mit den Zimmermädchen zusammengesessen. Sein Vater wollte das nicht; er hat gemeint, daß die Mädchen einen schlechten Einfluß auf ihn ausüben.« Sie straffte sich. »Aber Zimmermädchen kommen und gehen ...« Dann war sie auf dem Weg zur Tür, und Juan sagte sich, daß er im Februar auf der QE II anfing, und danach würde er schon weitersehen.

H. P. Karr
Schreibers Geschichte

Es gab Tage, da mochte Schreiber die Leute, da half er sogar den Muttis mit dem Kinderwagen über die Treppen und machte den Omas Platz. An diesen Tagen war er mit sich selber im reinen, fragte sich nicht, was er noch erreichen wollte, zerkratzte sich nicht das Hirn wegen irgendeiner Story. Ganz entspannt im Hier und Jetzt, das war er an diesen Tagen. Bloß war heute keiner davon.

Nicht, daß Schreiber etwas an dem Hotel auszusetzen gehabt hätte. Im Vergleich zu dem Dreckloch in Tirana, in dem er damals auf die Audienz mit dem durchgeknallten Rebellenführer gewartet hatte, war das TERMINUS sogar erste Sahne. Das Zimmer verströmte den Charme der frühen Neunziger; ein Teppichboden, für dessen Farbe er versuchsweise den Begriff »kotzgrün« prägte, dazu ein halbwegs akzeptables Bett und das übliche Nullmobiliar. Auf dem Schreibtisch die Kunstledermappe mit den Hotelinfos. Vom Bildschirm seines Laptops spottete ihn eine halbleere Manuskriptseite an.

Ein Mann wie Marek Schreckenberg ist es gewohnt, Fakten zu schaffen. Denn Marek Schreckenberg ist ein Mann, der mit Fakten zu tun hat, mit Geld- und Briefkursen, Anleihen und Arbitragen. Als Devisenhändler einer der größten Banken dieses Landes hat Marek Schreckenberg Tag für Tag Millionen Euro bewegt. Von den Fakten, die er schuf, hingen die Arbeitsplätze ab, mit den Fakten, die er schuf, machte oder vernichtete er Vermögen. Wie ein solcher Mann reagiert, wenn plötzlich etwas in Unordnung gerät zwischen dem aktuellen Dollarkurs und dem Vorgartenzwerg, das konnten Marek

Schreckenbergs Chefs erleben, nachdem sie ihn am Dienstag vorletzter Woche zu einem Gespräch gebeten hatten. Es war ein Gespräch, wie es in Deutschland jeden Tag tausendfach stattfindet, ein Gespräch, bei dem man erst einmal einen Kaffee bringen läßt und der Vorzimmerdame sagt, daß man nicht gestört werden möchte. Ein Gespräch, das mit großem Lob für die Leistungen beginnt, die der andere fürs Unternehmen gebracht hat, und in dem dann eine kleine, eine tödliche Pause eintritt. Eine Pause, in der der andere begreift, daß alles anders sein wird, wenn er aus diesem Büro geht. Daß man ihn abschießen will, auch wenn von einer »neuen Aufgabe« die Rede ist.

Marek Schreckenberg ist 54, unsportlich, geschieden. Für die Geldyuppies mehr als ein alter Sack. Einer, der schon längst fällig gewesen wäre. Am vorletzten Dienstag war es für Marek Schreckenberg soweit: Sein Chef, der für den Devisenhandel zuständige Vorstand, übertrug ihm das neue Ressort »Foreign Investor Relations«. Im Klartext: Man schob Schreckenberg in einen Außenstellenpavillon ab, weitab von der Bankzentrale. Man gab ihm eine Sekretärin und einen Praktikanten – aber man gab ihm nicht die Spur einer neuen Aufgabe. Denn die Foreign Investors der Bank kann man sich an den Fingern einer Hand abzählen, und die Relations beschränken sich auf einen elektronischen Newsletter, den sie zweimal im Monat bekommen. Mit einem Wort: Als Marek Schrekkenberg letzten Dienstag das Vorstandsbüro verließ, war er draußen.

Das war wohl der Moment, in dem Marek Schreckenberg eine Entscheidung traf.

Er entschied sich, der Bank zu zeigen, daß man sich so etwas mit ihm nicht erlauben konnte. Eine Entscheidung, die dazu führte, daß ich Marek Schreckenberg jetzt in einem abgewrackten Hotel gegenübersaß und er mir einen Satz mit 12 CD-ROMS zeigte ...

Schreiber löschte den Text. Die Story ging nicht darum, daß auch Devisenhändler aufs Abstellgleis geschoben wurden. Die Story ging um die Daten auf den zwölf Silberlingen, die er mitgenommen hatte, um die Aufzeichnungen der Devisengeschäfte, welche die Bank in den letzten drei Jahren für ein paar Großkunden abgewickelt hatte. Kontendaten, Überweisungswege von fast zwei Milliarden Euro. Auch für Sie als Außenseiter nachvollziehbar, behauptete Schreckenberg: Woher, wohin? Von wem – für wen?

Schreckenberg hatte Schreiber die Scheiben gezeigt, aber ihm dann nur eine gegeben, damit er sie sich auf seinem Laptop anschauen konnte. Die Tabellen sagten Schreiber nichts, aber er hatte die ersten Megabyte über die schneckenlangsame Modemverbindung in die Redaktion übertragen. Da gab es Experten, die sich besser auf Devisengeschäfte und Geldwäsche verstanden. Dann hatte Schreckenberg seine Scheibe zurückverlangt und sie zusammen mit den anderen wieder irgendwo versteckt: »Erst der Deal, dann die Ware.«

Es klopfte. Zweimal, Pause, einmal, dann spähte Schreckenberg herein, um zu sehen, ob Schreiber auch wirklich allein war. Mit seinen kräftigen ein Meter achtzig, dem Ringerkreuz und den stämmigen Beinen, dem kugelförmigen Kopf und seinen babyblauen Augen wirkte er wie jedermanns Nachbar: ein harmloser Kerl mit fünf Kilo Übergewicht, einem Rentenanspruch bei der BfA und einer Mitgliedskarte für die Hardcore-Videothek. Schreiber fiel es schwer, sich Schreckenberg im dunklen Dreiteiler vorzustellen – obwohl Kissling ihm aus der Redaktion einen Haufen Archivbilder gemailt hatte, damit Schreiber sich im TERMINUS auch mit dem Richtigen traf: Schreckenberg mit dem Bankvorstand, Schrekkenberg mit dem Finanzminister, Schreckenberg beim EZB-Präsidenten.

Schreckenberg feuerte das Toupet, das Schreiber ihm besorgt hatte, aufs Bett. »Das juckt. Ich bekomme Ausschlag davon.«

Schreibers Handy zirpte. »Das Material verspricht einiges«, sagte Kissling. »Das waren jetzt erst mal Kundendaten, nichts Weltbewegendes, aber alles echt.« Das war ihr großes Trauma: daß man ihnen gefälschtes Material andrehte. Im Hintergrund tutete ein Dampfer, die Redaktion lag direkt am Hamburger Hafen, und beim Magazin pflegte man gern hanseatisches Understatement. »Bleib an ihm dran«, sagte Kissling. »Da könnte eine große Story drin sein. Sein Anwalt hat sich gemeldet und ein Angebot gemacht. Wir verhandeln noch.«

»Verstehe«, sagte Schreiber und wollte auflegen, als Kissling noch sagte: »Ich schicke dir jemand zur Verstärkung.«

»Nicht nötig«, sagte Schreiber in die tote Leitung.

Schreckenberg kratzte sich zwischen den Beinen. »Und?«

Schreiber klappte das Handy zusammen. »Wir haben Interesse.«

»Interesse!« Schreckenberg lachte kurz. »Gut. Sehr gut. Wie viel Interesse?«

»Fragen Sie Ihren Anwalt!« sagte Schreiber. »Ich darf nicht verhandeln. Ich schreibe nur die Story.« Er reichte Schreckenberg das Toupet. »Wieso wollen Sie eigentlich Geld? Sie haben doch bestimmt nicht schlecht verdient.«

»Wenn ich nichts verlangen würde, sieht's doch so aus, als wäre das Material nichts wert«, sagte Schreckenberg.

»Außerdem ... ich muß jetzt doch irgendwo neu anfangen. Da braucht man jeden Euro. Und noch was: Die zwei Typen draußen auf dem Gang. Sagen Sie denen, daß sie sich verpissen sollen? Sonst gibt es keine Story.«

»Okay!« meinte Schreiber, obwohl er überhaupt nichts von zwei Typen wußte. »Sie sind der Boß.«

Die beiden waren eine Spur zu elegant für einen Laden wie das TERMINUS, hatten ein paar Muskeln zu viel, um als Geschäftsleute durchzugehen, und rochen ein wenig zu sehr nach CK-One, um den Gestank ihrer billigen Zigaretten zu überdecken. Sie saßen hinter dem sanften Schwung des Tresens in der Bar, tranken Mineralwasser und redeten in einer Sprache, die unschöne Erinnerungen in Schreiber weckte. 1998, Albanien. Die Redaktion hatte ihre Drähte spielen lassen und ihm einen Platz in einem Hubschrauber des Kommandos »Spezialkräfte« besorgt, als die bei Nacht und Nebel nach Tirana eingeflogen waren, um ein paar Deutsche herauszuholen. Vom Flughafen Tirana, für dessen Zustand nicht mal Schreiber ein passendes Wort eingefallen war, hatte er sich zu seinem Kontaktmann durchgeschlagen, über den die Absprachen wegen des Interviews mit dem Rebellenführer gelaufen waren, der endlich mal seinen Namen in der westlichen Presse gedruckt sehen wollte. »Später«, war eines der drei deutschen Worte gewesen, die er konnte. »Nachher« und »Unmöglich« die anderen beiden.

Hinter dem Barkeeper stand ein Bild eines Kreuzfahrtschiffes im Flaschenregal.

Schreiber blinzelte und erinnerte sich an die Farbstrecke über die QUEEN ELIZABETH II, die sie mal im Heft gehabt hatten. Der Keeper bemerkte Schreibers Blick, lächelte für sich und schob eine CD in die Anlage. Vonda Shepards Stimme legte sich über das Gespräch der

Albaner. Sie hielten sich an ihren Wassergläsern fest und ignorierten sogar die Blondine, die hereingestöckelt kam. Sie rutschte auf den Hocker neben Schreiber.

»Madame?« Der Keeper polierte die Bar vor ihr.

»Daiquiri.«

Schreiber sah dem Eiswürfel in seinem Scotch beim Schmelzen zu. »Mister Schreiber, I presume?« Neben ihm schnappte ein Ladylight. »Ich bin deine Verstärkung«, sagte die Blonde. »Wir sind jetzt ein Team. Ich halte dir den Rücken frei.« Sie streckte ihm die Hand entgegen. »Tanja Ricken.« Sie hatte blaue Augen, ein paar geschickt retuschierte Krähenfüße und perfekte Zähne.

»Ricken«, murmelte Schreiber.

»No jokes with names!« warnte sie. »Wie weit bist du mit Schreckenberg?«

Er nippte an seinem Whisky. Daß Kissling sie hinter ihm hergeschickt hatte, hieß ja wohl, daß man sich mit Schreckenbergs Anwalt einig geworden war. Er fragte sich, warum er nichts davon wußte. Tanja lächelte den Barkeeper an, und der Barkeeper lächelte Tanja an, und Schreiber starrte weiter in seinen Whisky. Tanja Ricken. Ein halbes Dutzend Geschichten im Deutschlandteil. Kommunale Korruption, Subventionsmauscheleien. Und jetzt traute man ihr wohl auch die großen Sachen zu. Und sie traute sich sowieso alles zu, natürlich.

Er bemerkte Schreckenberg erst, als sich dessen schwere Pranke auf seine Schulter legte. »Schon Anschluß gefunden?« Er hievte sich auf den Hocker neben Tanja und schob sich sein Toupet zurecht.

»Tanja Ricken«, sagte Tanja. »Ich arbeite mit Schreiber.«

»Ricken!« Schreckenberg leckte sich die Lippen. »Freut mich.« Er fing an, mit Tanja zu tuscheln. Schreiber verstand etwas von asiatischen Währungsanleihen, Puts und Calls und Bankenaufsicht. Tanja notierte sich Stichworte auf ihrem ledergebundenen Block. Schreiber rutschte vom Hocker und steuerte den Ausgang an. Am Ende der Bar fing ihn der Keeper ab und spähte nach seinem Schlüssel. »Die Herrschaften sind Ihre Gäste?«

Schreiber sah noch einmal zu den beiden. Schreckenberg gab den gelassenen Finanzmenschen, Tanja die interessierte Unschuld. »Ja«, sagte er. »Das geht auf Spesen.«

Im Foyer roch er Hugo schon, noch ehe er ihn sah. Und noch ehe er sich einreden konnte, daß er sich täuschen mußte, weil es eigentlich gar keinen Grund für einen wie Hugo gab, sich hier ins TERMINUS zu verlaufen, sah er den Rauch seiner Havanna über dem Sessel bei dem imitierten Kamin. Hugos Blick wanderte unter halb gesenkten Augenlidern von Schreiber zur Hoteltür und dann wieder zurück auf seine blankgewichsten Schuhe. Schwarze Budapester, Handarbeit aus London, Pferdeleder, wie er Schreiber einmal erklärt hatte. Nicht erklärt hatte er ihm, wie man sich als mittlere Charge beim Landeskriminalamt so einen Luxus leisten konnte.

Hugo behielt seine Schuhspitzen im Blick, während Schreiber den Postkartenständer an der Rezeption drehte und überlegte. Der junge Nachtportier hatte mit einer eleganten Rothaarigen zu tun, die gerade ihren Trolley vorm Tresen parkte und einen Zettel aus ihrer Handtasche kramte. »Markowski. Ich hatte reserviert.«

Der Portier klickte etwas auf seinem Computer an und studierte stirnrunzelnd die Fehlermeldung auf dem Bildschirm. Noch ehe er die Reservierung der Roten gefunden hatte, schlenderte Schreiber durchs Foyer zur Glastür und trat nach draußen. Im Tattooladen neben dem Hotel hing der Tätowierer in seinem Behandlungsstuhl und saugte gedankenverloren an einem gigantischen Joint. Mit einer süßlichen Wolke schwappten die Hula-

Hula-Gitarren aus seinem Ghettoblaster durch den Perlenvorhang in der Tür. Es dauerte nicht lange, bis Hugo kam. Der Duft seiner Havanna mischte sich in den Dampf des Joints.

»Hallo, Schreiber.« Hugo verstaute die Zigarre in einem Metallröhrchen und schraubte es zu. »Von allen abgewrackten Hotels dieser Welt verschlägt es dich ausgerechnet ins TERMINUS? Sag mir warum?«

»Und dich?« fragte Schreiber. »Was treibt dich hierher?«

»Nur die üblichen Verdächtigen!« Hugo steckte die Metallhülse ein. »Laß mich raten: der Typ mit dem Toupet, der ja eben in die Bar gegangen ist, ja? Der erinnert mich an irgend jemanden.«

»Du täuschst dich.«

Doch Hugo war nicht umsonst für sein gutes Gedächtnis bekannt. Er knabberte kurz an seiner Unterlippe. »Ein Bankmensch. Ich komme gerade nicht auf seinen Namen.«

Schreiber sagte nichts. Hugo wippte zu den Hula-Gitarren auf den Fußballen. »Noch ein, zwei Jahre, dann bin ich weg«, sagte er schließlich. »In den Süden. Sonne. Nicht zu den Rentnern nach Mallorca. Viel weiter!«

»Dom-Rep«, schlug Schreiber vor. »Du könntest in Santo Domingo eine bayerische Bierkneipe aufmachen. Soll bombig laufen, so was.«

Hugo lächelte. »Was glaubst du eigentlich, wie viel man als Beamter mit A 16 auf die Seite legen kann?«

Nicht viel, wenn Schreiber daran dachte, daß er Hugo immer im feinsten Zwirn und einem BMW-Jahreswagen gesehen hatte. Hugo knipste sein Lächeln aus. »Wir haben hier einen toten Albaner im Hafen gehabt«, sagte er. »War in Duisburg ein großer Mann im Drogengeschäft. Wir wissen, daß ihm seine Frau mit ein paar Kilo Stoff stiften gegangen war und er die Sache selber glattziehen wollte. Jetzt ist er tot, der Stoff ist immer noch weg, und weil seine Frau zuletzt hier im Hotel gewohnt hat, haben wir ein Auge aufs TERMINUS. Interessante Gäste hier.«

Schreiber konnte sich denken, was Hugo sich dachte, und wenn er an die beiden Albaner aus dem Hotel dachte, konnte man durchaus meinen, daß Hugo richtig gedacht hatte.

»Und du?«, fragte Hugo.

»Der Bankmensch mit dem Toupet«, sagte Schreiber. »Schreckenberg.«

Hugo pfiff durch die Zähne. »Richtig. Die Kollegen von der Wirtschaft haben da gestern auf unserm Kegelabend was erzählt.« Hugo grinste dem Tattoo-Mann freundlich zu, als der die Hula-Kassette umdrehte. »Seine Bank soll angeblich bei zwei oder drei Dotcom-Pleiten die Millionen für die Bosse verschoben haben.«

Ein Wagen fuhr vorbei. Im Scheinwerferlicht schimmerte ein Meer von Fingerabdrücken auf der Schaufensterscheibe. Hugo sagte weiter nichts, weil er nichts weiter sagen mußte. Schreiber wußte auch so, daß er ihm noch etwas schuldete, weil Hugo ihm bei der Sache mit dem bulgarischen Mädchenhändler auf die Sprünge geholfen hatte. Es war eine gute Geschichte geworden, eine schöne, runde Story mit viel Herz und Tränen, und Schreiber hätte es damit sogar auf den Titel geschafft, wenn nicht im letzten Moment noch das Exklusivinterview mit Madonna hereingekommen wäre.

»Wenn dieser Schreckenberg da jetzt Material haben sollte, wo das Geld versickert ist«, meinte Hugo, »da könntet ihr Schutz gebrauchen. Du und der Typ.«

Schreiber ging ein paar Schritte. An der Fassade neben dem Tattooladen prangte ein silberschwarz gesprühter Sägefisch. JESUS LIEBT DICH stand auf dem Plakat, das die freikirchliche Gemeinde daneben gepappt hatte.

Hugos Schuhe knarrten. »Komm doch mit«, sagte er. »Machen wir zusammen ’ne bayerische Bierkneipe in Santo Domingo auf. Oder was hältst du von hessischen Spezialitäten in Mexiko City? Ich kümmere mich um das Geschäft, und du sitzt hinten rum und schreibst dein Buch. Oder zwei oder drei.«

»Ich überleg’s mir«, sagte Schreiber nur.

»Hast du übrigens gehört«, meinte Hugo, als er schon auf dem Weg zum Hotel war, »daß letztes Jahr 96 Journalisten umgebracht worden sind? Stand in irgendeiner Statistik.«

Als Schreiber wieder ins Hotel kam, war die Anspannung auf einmal wieder da, die er sich eben in der Bar weggetrunken hatte. Er folgte Vonda Shepard und entdeckte, daß Tanja und Schreckenberg gegangen waren. Die beiden Albaner brachen gerade auf. Er machte ihnen Platz in der Tür. Der Keeper stellte ihm einen Whisky hin, als sei er nie weg gewesen, und füllte die Erdnüsse in seinem Schälchen nach. Schreiber prostete ihm zu. Er war am Nachmittag mit Schreckenberg noch gut vorangekommen. Zwei DAT-Cassetten mit Infos. Noch keine harten Fakten, aber durchaus Dinge, die man wohl mit den Daten von seinen Silberlingen würde belegen können: wie die Pleitegesellschaften Luftgeschäfte mit Firmen in Fernost gemacht hatten, die nur aus einem Telefon und einem Postfach bestanden, wie mit Ad-hoc-Mitteilungen die Kurse gepusht worden waren und wie die Bosse ihre Aktienpakete zum Höchstpreis losgeworden waren, ehe die ganze Blase geplatzt war. Hintergrundmaterial, alles nichts wert ohne die harten Fakten auf den CD-ROMS. Und was Kissling verlangte, waren harte Fakten und Namen – aus der Bank, aus den Chefetagen, bis rauf ins Wirtschaftsministerium. Die Männer, für die Schreckenberg an seinem Computer die richtigen Knöpfe für die Geschäfte gedrückt hatte. Wie war es ihm dabei gegangen? Hatte er gewußt, daß jede Million, die er für einen dieser Börsen-Yuppies auf die Cayman-Inseln schaffte, eine Hundertschaft Kleinaktionäre ihre Altersversorgung in den Wind schreiben konnte?

»Bleib sachlich!« meldete sich Kissling in seinem Hinterkopf zu Wort. »Wir bringen nur die Fakten. Wer hat wen wo geschmiert? Wo haben sie gegen die Regeln verstoßen, wo haben sie gelogen? Wir saugen uns hier keine Krimis aus den Fingern. Wir bleiben bei den Tatsachen.«

Schreiber lehnte sich zurück und fragte sich, ob er nicht vielleicht doch ein Buch schreiben wollte, während Hugo sich um die Geschäfte ihrer Bierstube in Mexiko kümmerte.

Der Keeper nahm das Bild der QE II aus dem Regal und wischte es ab, ehe er es wieder hinstellte. »Mein nächster Job«, sagte er, als er Schreibers Blick bemerkte.

»Welche Bar?«

»Anfangs wird man abwechselnd eingeteilt.« Der Keeper sah sich um. »Das TERMINUS ist nur was für zwischendurch.«

»Nichts gegen die Bar hier«, sagte Schreiber.

»Na ja«, meinte der Keeper. »Aber das Hotel ...«

Schreiber fragte sich, ob der Whisky jetzt definitiv sein letzter gewesen sein sollte oder ob er noch einen allerletzten nehmen sollte, als ein Luftzug die Rote hereinwehte, die eben eingecheckt hatte. Sie trug ihr Haar streng zurückgebunden, ihr Blick schimmerte blaugrün hinter der Designerbrille, und ihr Business-Kostüm mußte so viel gekostet haben, wie Kissling normalerweise für eine Seite Text im Heft rausrückte.

Sie legte ihren Schlüssel auf die Bar und bestellte einen

Martini. Schreiber sah ihr zu, wie sie routiniert den ersten Schluck nahm, den Geschmack aufblühen ließ, den Rest hinterher goß. Ihr Kehlkopf hüpfte – Schreiber suchte nach einem Wort und entschied sich für: ganz allerliebst.

Sie schob dem Keeper das Glas hin. »Noch einen.«

Schreiber schob sein Whiskyglas dazu. »Für mich auch!«

»Ein Martini, ein Whisky on the rocks.« Der Barkeeper lächelte. Die Rote lächelte. Schreiber lächelte.

Sie hieß Rosa Markowski und kam angeblich aus Heilbronn. Schreiber glaubte ihr kein Wort. Nicht, weil er sie nicht kannte, sondern weil er Heilbronn kannte.

»Messebau!« sagte sie. »Wir wollen hier ins Geschäft kommen. Unsere Jungs haben sich ein neues System für die Stände ausgedacht. Multifunktional. Flexibel.«

»Hört sich toll an«, sagte Schreiber und versuchte sich vorzustellen, wie sie wohl ohne ihre Designerbrille aussah.

»Und Sie?«

»Schriftsteller«, sagte Schreiber, weil das besser klang.

Sie schaute sich um. »Auf Recherche?«

»Sozusagen.«

Schreckenberg saß schon beim Frühstück, als Schreiber am nächsten Morgen herunterkam. Tanja Ricken brachte ihm Orangensaft und ein Ei vom Büfett. Am Fenster kratzten die Albaner die Diät-Margarine aus den Portionsdöschen. Zwei Tische weiter saß ein Pärchen und behielt beim Turteln zwischen Honigtoast und Käsebrötchen die Albaner im Auge. Hinter Schreiber huschte ein Zimmermädchen durch den Gang. Die Tür zum Wäschezimmer klappte.

»Wir haben schon mal angefangen«, tönte Schreckenberg, als Schreiber sich setzte. »Tanja kümmert sich um Hintergrundrecherche.«

Schreiber nahm sich Kaffee. Tanja wirkte wie frisch von der Beautyfarm, das Make-up perfekt, das Haar frisch gefönt und das androgyne Parfum dezent. Schreckenberg neigte den Kopf zu den Albanern. »Die beiden sind wohl doch harmlos. Ich war ein bißchen überreizt gestern.«

»Wir sollten das Hotel wechseln«, sagte Schreiber. »Zu viele komische Gestalten hier.« Tanja schüttelte diskret den Kopf, und weil sich im nächsten Moment sein Handy meldete, beschloß er, es nicht zu sehen.

»Ist Tanja …« Hinter Kissling murmelte die Frühkonferenz.

»Ja«, sagte Schreiber nur. »Wir sprechen uns deswegen noch.«

»Zick nicht rum. Die Kleine ist gut. Sie hat ihre Chance verdient.« Gegenüber köpfte Schreckenberg sein Ei, ohne Schreiber dabei aus den Augen zu lassen. Tanja löffelte ihr Müsli. »Mit seinem Anwalt sind wir inzwischen klargekommen«, sagte Kissling. »Er kriegt treuhänderisch 50000, sobald ihr die CD-ROMS habt.«

Die Albaner standen auf und gingen. Das Pärchen verlor schlagartig das Interesse an Honigtoast, Käsebrötchen und aneinander. In Schreckenbergs Hosentasche zirpte es, und er holte sein Handy heraus. »Ja?« Während er zuhörte, bildeten sich zufriedene Grübchen in seinen Mundwinkeln, und Schreiber wußte, daß sie jetzt im Geschäft waren. Das Pärchen stand auf und ging.

»Das war mein Anwalt!« Schreckenberg rieb sich die Hände. »Die CD-ROMS. In zehn Minuten. Auf meinem Zimmer, okay?« Er zwinkerte Tanja zu und leckte sich einen Rest Eigelb von der Oberlippe.

»Wir müssen noch ein Interview machen!« sagte Tanja. »Wieso und warum Sie … Sie da reingerutscht sind.«

»Morgen«, entschied Schreiber. »Und in einem anderen Hotel. Wir checken aus.«

»Was hast du denn?« quengelte Tanja.

»Ein ganz blödes Gefühl«, sagte Schreiber.

Schreckenberg zerbröselte die Schale seines Frühstückseis. »Aber erst machen wir den Deal«, sagte er. »In zehn Minuten! Zimmer 34, okay?«

Als Schreiber an der Wäschekammer vorbeikam, hörte er ein Schniefen. Die Tür war nur angelehnt, und als er sie aufdrückte, entdeckte er das Zimmermädchen, das ihm vorhin über den Weg gelaufen war. Sie kauerte neben dem Regal mit der Bettwäsche und blutete aus der Nase. Schreiber warf einen Blick in den Gang – nichts. Das Zimmermädchen versuchte sich das Blut aus dem Gesicht zu wischen. »Kein Problem! Nichts passiert!«

Ihr Akzent erinnerte Schreiber an Tirana. Er hatte eine Woche in einem schmuddeligen Hotel gesessen und in der Bar ein paar Mädels getroffen, die mal in Frankfurt gearbeitet hatten. Zu Hause hatte er noch einen Packen Kassetten mit dem, was sie ihm erzählt hatten.

Er reichte dem Zimmermädchen ein Handtuch aus dem Regal. »Albanien?« Der Frotteestoff saugte das Blut auf.

Sie nickte. »Männer ...«, schniefte sie.

Schreiber zog die Tür zu. »Die beiden Albaner?«

»Suchen nach Koffer ... Koffer von Frau. Haben mir Foto gezeigt. Weiß ich doch nichts von Koffer ... hab nur gesehen, wie Frau und Gast von Zimmer 34 zusammen gewesen sein.«

Zimmer 34. Schreiber rannte los.

Daß die Sache schon gelaufen war, wurde ihm sofort klar, als er das Pärchen aus dem Frühstückszimmer vor Schrekkenbergs Zimmer sah. Die beiden hatten sich mit gezogenen Waffen an beiden Seiten der Nummer 34 plaziert, in dem gerade Tanja aufschrie. Ein Mann brüllte etwas auf albanisch, etwas polterte.

»Ganz ruhig!« Schreiber fühlte Hugos Hand auf der Schulter »Die beiden haben das im Griff.«

Die Polizistin nickte ihrem Kollegen zu, und der trat die Tür ein. Im Zimmer brüllten alle durcheinander, und als es ruhiger wurde, wollte Schreiber sich schon entspannen – als dann doch noch ein Schuß fiel.

»Scheiße«, flüsterte Hugo und lief mit gezogener Waffe an Schreiber vorbei. Schreiber atmete tief durch und riskierte einen Blick ins Zimmer 34.

Schreckenberg lag zusammengekrümmt auf dem Bett und blutete mit seiner zermatschten Nase die Tagesdecke voll. Tanja hockte neben dem Bett, unter ihr ein feuchter Fleck auf dem Teppich. Die beiden Albaner lagen auf dem Boden und bekamen von Hugos Einsatzteam Handschellen angelegt. Einer blutete aus einer Schußwunde im Oberschenkel. Schreckenbergs Kleiderschrank stand auf, und mitten zwischen Klamotten lag auf dem Boden ein Alukoffer. Hugo steckte seine Waffe ein, ließ die Schlösser aufschnappen und erfreute sich am Anblick von mindestens fünf Kilo Pulver in Viertelpfundtüten. Sein Einsatzpärchen verfrachtete die Albaner nach draußen. Hugo hatte sein Handy herausgeholt und bestellte einen Transporter und den ED. »... und Krankenwagen!« befahl er nach einem Blick auf Schreckenbergs Nase. Dann klappte er den Koffer zu und grinste Schreiber zufrieden an. »Wie Konfuzius sagt: Fördernd ist Beharrlichkeit.«

»Glückwunsch!« erwiderte Schreiber. »Das gibt bestimmt ein Fleißkärtchen vom Chef.«

Er half Tanja hoch. Sie sah erschüttert an sich herunter zu dem feuchten Fleck auf ihren Jeans. »Kein Problem«, meinte Schreiber. »Das wäscht sich raus.«

»Die Ausländer haben hier rumgewühlt, als wir reingekommen sind!« murmelte sie. Sie starrte Hugo an. »Wer ist der Typ?«

»Einer von den Guten«, sagte Schreiber. »LKA.«

»Nicht mehr lange!« Hugo schnappte sich den Koffer. Auf dem Bett wälzte sich Schreckenberg stöhnend zur Seite und betastete sein blutverschmiertes Gesicht. Unter ihm kamen die CD-ROMS zum Vorschein. Hugos Blick leuchtete auf, und er wischte Schreckenbergs blutige Hand zur Seite, um die Scheiben einzusammeln. »So was nennen wir Zufallsfund!« erklärte er zufrieden. Neben Schreiber versteifte sich Tanja. Hugo steckte die Silberlinge ein. »Damit mache ich mich bei den Kollegen von der Wirtschaft beliebt. Dann sind die mir was schuldig. Das verstehst du doch, Schreiber?«

Schreiber fand nicht mal den Kraft, um sich ein Grinsen abzuringen.

Der Keeper hatte Schreiber einen Whisky auf Eis hingestellt und hielt sich im Hintergrund, weil er mit dem Instinkt eines guten Keepers spürte, daß Schreiber keine Lust auf ein Schwätzchen hatte. Der schaute ans Ende der Bar und vermißte die beiden Albaner ein wenig.

Schreckenberg war im Krankenhaus, Tanja bekam gerade eine Krisenintervention beim Polizeipsychologen.

Schreibers Handy zirpte. Er hatte schon auf Kisslings Anruf gewartet. »Es ist geplatzt«, sagte er.

»Ich weiß«, sagte Kissling, »Tanja hat noch angerufen, ehe sie ihren Nervenzusammenbruch gekriegt hat. Zum Glück haben wir die Kohle noch nicht überwiesen gehabt.« Im Hintergrund tuteten die Schiffe. Schreibers Blick streifte die QE II zwischen den Flaschen. »Ihr macht jetzt folgendes ...«

Hugo kam herein. Er sah ein bißchen abgespannt aus.

»Ich mache jetzt erst mal Urlaub«, sagte Schreiber.

»Urlaub?« keifte Kissling. »Wann du Urlaub machst, bestimme immer noch ...«

Schreiber klappte das Handy zu. Der Keeper präsentierte Hugo einen kleinen Humidor mit einer Auswahl Zigarren. Hugo wählte eine Montechristo, schnitt sie an und ließ sich Feuer geben. Dann bestellte er sich ein Bier und rutschte neben Schreiber. »Wenn das ein Trick von euch war, werde ich sauer!« sagte er.

Schreiber hob eine Augenbraue.

»Die CD-ROMS von diesem Banker«, sagte Hugo. »Die Kollegen von der Wirtschaft haben alles probiert. Da ist nix drauf. Also drauf ist schon was, aber nix, was sie interessiert. Saubere Geschäftsdaten von sauberen Firmen. Keine Spur von den Schmuddelkandidaten, hinter denen sie her sind.« Hugo saugte an seiner Zigarre. »Oder kann es sein, daß Schreckenberg euch verarschen wollte? Ich hab mich mal umgehört: Der Kerl ist total verschuldet, bei seiner Scheidung hat seine Ex ihn total ausgenommen. Außerdem hat er wohl gezockt. Der war klamm bis aufs Hemd.« Er blies einen Rauchring. »Aber so was checkt ihr natürlich auch erst mal ab, ehe ihr einen Deal macht, oder?«

Schreiber nahm einen langen Schluck Whisky. Hugo trank sein Bier. »Wo willst du denn Urlaub machen?«

»Keine Ahnung«, sagte Schreiber. »Dom-Rep vielleicht.«

Hugo saugte an der Montechristo. »Kannst dich ja schon mal umhören, wegen des Biergartens.«

»Mal sehen!« Schreiber nickte dem Keeper zu. »Das Bier von dem Herrn geht auf mich. Die Zigarre auch.«

Hugo tätschelte ihm die Schulter. »Bis zum nächsten Mal.«

Er hinterließ einen Hauch von Montechristo. Schreiber trank noch einen Whisky und unterhielt sich mit dem Keeper über die QE II, als Rosa hereinkam. Sie lächelte

Schreiber an. Der Keeper mixte ihr einen Martini, und Schreiber wartete, bis sie ihn getrunken hatte.

»Gute Geschäfte gemacht?« fragte er.

»Geht so«, sagte sie. »Und du? Gute Geschichten recherchiert?«

»Geht so«, sagte Schreiber.

Sie zündete sich eine Zigarette an. »Erzähl.«

»Nein«, er schüttelte den Kopf, »du zuerst ...«

I've been searchin' my soul tonight
I know there's so much more to life
Now I know I can shine a light
To find my way back home

Vonda Shepard: Searchin' My Soul
Songs from Ally McBeal (1998)

4.

Der Medoc war gut, so verdammt gut, daß Diana der zweiten Flasche nicht widerstehen konnte. Wieso auch – wenn das neue Kistchen leer war, würde sie bei Juan noch eins kaufen. Diana hatte keine Ahnung, woher er den Wein bekam, aber sie glaubte ihm gern die Geschichte von dem alten Weingut, auf dem sein Neffe oder sein Großonkel oder womöglich beide zusammen den Tropfen nach einer uralten Familientradition kelterten. Der Wein duftete nach Sonne und geflüsterten Versprechungen.

Diana hob das Glas zu ihren Eltern in Öl an der einzigen geraden Wand der Dachwohnung. Ihre Eltern lächelten, als sie das Glas leerte, lächelten, wie sie immer gelächelt hatten, wenn sie sich daneben benahm. Diana rülpste dezent. »Pardon!«

Unter dem mißbilligenden Blicken ihrer Eltern reihten sich auf der Kommode die Bilderrahmen. Silberrahmen, billige Plastikrahmen, randlose Glasrahmen, ein Sammelsurium aus Gelegenheitskäufen und Fundstücken aus den Hotelzimmern. Im größten Rahmen steckte ein Bild des Hotels aus der Kaiserzeit, daneben eine mit ausgeblichenen Bonbonfarben kolorierte Postkarte mit eingedruckten Grüßen aus der gepflegten Gastlichkeit.

Bilder, viele Bilder. Angebräunte Gruppenaufnahmen der Parteileitung vor dem Eingang, das Haus mit Hakenkreuzen eingeflaggt zur Feier irgendeines Führergeburtstages. Feiste Parteigesichter unter schnittigen Mützen, mit glänzenden Stiefeln, enggeschnallten Koppeln und siegesgewiß hochgereckten Armen. Diana prostete der Parteileitung zu. Hinter den Herrenmenschen war das Personal arrangiert, mit Stubenmädchen, Rezeptionisten, Pagen und dem Koch mit seiner hohen Mütze.

»Chang!« kicherte Diana bei einem neuen Glas. »Ching-Chang-Chung.« Ihr Vater hatte behauptet, daß Chang aus Shanghai käme, aber später hatte sie herausgefunden, daß er in Wirklichkeit nur aus dem Amsterdamer Molukkenviertel stammte. Mit seiner Mütze überragte Chang die Pagen um gut eine Kopflänge. Er hielt seine Holzlöffel so, daß der Junge vor ihm riesige Segelohren bekam.

Henk war nicht auf dem Bild, aber seinem Vater in seiner goldbetreßten Portiersuniform sah man den Stolz auf seine frisch gegründete Familie an. Diana hatte damals mit Henk beim Fotografen gestanden, der eine Ewigkeit brauchte, um seine Kamera aufzubauen, während die Herrenmenschen sich darüber stritten, ob sie es riskieren konnten, zusammen mit einem Schlitzauge wie Chang und seiner verjudeten Truppe fotografiert zu werden. Am Ende hatte dann der Fotograf alle Diskussionen von wegen Über- und Untermenschen beendet: »Der Herr Parteisekretär bitte etwas näher zum Koch! Und die Pagen mal vor die SS-Leute. Und der Herr Portier bitte mehr in die Mitte! Und bitte jetzt alle stillhalten!«

Hinterher hatte er dann noch ein Extrafoto von Diana und Henk gemacht, ein augenzwinkernder Service für Henks Vater; das Bild klemmte vor der Gruppenaufnahme im Rahmen, und als Diana es jetzt betrachtete, fiel ihr auf, daß Henks markante Gesichtszüge sich eigentlich über die Jahrzehnte kaum verwachsen hatten. Die hohe Stirn mit der steilen Falte zwischen den Brauen, die vollen Lippen und die etwas schiefe Nase, die er sich damals bei der Verfolgungsjagd über die Korridore angeschlagen hatte, als er ihr mit einen Sprung über einen Klubsessel im Rauchsalon zu entkommen versuchte.

Die Nase hatte geblutet, aber sie hatten sich nicht zu seinem Vater getraut, sondern waren zu Chang in die Küche geschlichen. Der legte ihm einen Eisbeutel in den Nacken und wusch ihm das Gesicht mit einem Spüllappen ab. Irgendwo, erinnerte Diana sich, mußte sie noch das blutbefleckte Taschentuch haben, das er sich damals aufs Gesicht gepreßt hatte, irgendwo in einer Schublade, bei den anderen Erinnerungen, von denen sie sich nicht trennen konnte.

Chang war ein paar Monate, nachdem der Fotograf das Bild gemacht hatte, zusammen mit seiner Frau abgereist: »Komme wiedel«, hatte er gesagt. »Muß zu Velwandten fahlen.« Er grinste dabei, wie er immer grinste, wenn er die Rs verwechselte, obwohl Diana genau wußte, daß er ganz wunderbare Rs rollen konnte, wenn er in der Küche kommandierte: »Rehrücken an roten Rübchen, lasch, lasch.«

Im letzten Kriegsjahr war dann fast keiner vom alten Personal mehr im Hotel, und auch Gäste gab es kaum noch, weil alle Zimmer mit kriegswichtigem Material vollgepackt waren. Die Stadtverwaltung benutzte die ganze untere Etage als Lager für Löschmaterialien, für Rettungsgeräte, für Werkzeuge, die sie für die Aufräumungsarbeiten nach den Bombenangriffen brauchten. Aus dem Restaurant hatten sie eine Volksküche gemacht, aus dem Rauchsalon und dem Konferenzraum ein Offizierskasino.

Dianas Familie war zu der Zeit schon längst in der Eifel bei Verwandten, nur ihr Vater war noch geblieben. Und sie, weil sie gerade mit einer Lungenentzündung im Bett gelegen hatte, als ihre Mutter mit ihren Schwestern abgereist waren. Später, als Diana kein Fieber mehr hatte und wieder aufstehen durfte, waren die Amerikaner schon so nahe gewesen, daß es keiner mehr riskieren wollte, die Stadt zu verlassen.

Obwohl es keine Gäste mehr gab, sondern nur noch Volksgenossen, trug Henks Vater immer noch seine Portiersuniform und führte weiterhin das Gästebuch. »Diana, komm, wir machen Einquartierung«, sagte er, und dann durfte Diana Namen von Gästen erfinden, die er gewissenhaft ins einer gestochenen Sütterlinschrift eintrug: Dr. Otternschlag, Generaldirektor Preysing, Buchhalter Otto Kringelein, Dr. Zinnowitz und die Künstlerin Elisaweta Alexandrowna Grusinskaja. »Na, da wären wir wieder ausgebucht«, sagte er und schlug das Buch zu. »Für heute ist alles belegt.«

Diana atmete den Wein, ehe sie das Glas leerte. Die Flasche ging schon wieder zur Neige, aber das war kein Problem. Juans Neffe oder sein Großonkel hatten noch mehr, viel mehr davon.

Edith Kneifl
Der letzte Auftritt

An der Rezeption stand ein großer, dunkelhaariger Mann. In der einen Hand einen Koffer, in der anderen eine Reisetasche.

Henk reichte ihm das Anmeldeformular und musterte ihn mit müden Augen.

Sein Dreitagebart schien keine modische Attitüde zu sein, sondern das Resultat einer langen Zugfahrt in einem Zweite-Klasse-Abteil. Unter dem schlichten grauen Trenchcoat trug er einen dunklen Anzug, der bestimmt schon bessere Tage gesehen hatte. Der Kragen seines weißen Hemdes war nicht ganz sauber. Die Krawatte saß locker.

Der Mann stellte sein Gepäck auf den Boden, griff nach dem Kugelschreiber und zögerte ein paar Sekunden, bevor er sich als Victor Laszlo, wohnhaft in Wien, 2. Bezirk, eintrug.

Sein richtiger Name war Viktor Lasky. Er hatte keine Wohnadresse, nur ein Postfach in Wien.

Der Portier sagte: »Geburtsort und Datum fehlen.«

Wie immer machte sich Viktor um fünf Jahre jünger. Als Geburtsort gab er Budapest an, obwohl er vor achtundvierzig Jahren in Györ das Licht der Welt erblickt hatte.

»Ich möchte die erste Nacht gleich bezahlen«, sagte er in der Hoffnung, daß dieser unausgeschlafene Portier dann keinen Ausweis verlangen würde.

Henk kassierte fünfundfünfzig Euro und fragte: »Berufstätig?«

»Schauspieler«, seufzte Viktor, schrieb aber Filmemacher hin.

In dieser Preiskategorie, dachte er auf dem Weg zum Fahrstuhl, sehen alle Hotels der Welt gleich aus. Von der Eleganz des ausgehenden 19. Jahrhunderts war kaum etwas zu bemerken. Abgetretene Teppiche, zerschlissene Polstermöbel, schmutzig gelbe Wände. Die hübschen Jugendstillampen spendeten nur spärliches Licht.

Der Lift öffnete sich. Zwei Männer traten heraus und steuerten den Ausgang an, ohne Viktor auch nur eines Blickes zu würdigen.

Die attraktive Rothaarige mußte schon eine ganze Weile regungslos in der Tür der Bar gestanden haben, aber erst jetzt bemerkte er, daß sie ihn anstarrte.

»Viktor«, sagte sie leise. Ihre rauchige Stimme klang sehr jugendlich, war mindestens eine Oktave höher als sonst.

Er schenkte ihr einen leeren Blick, bevor er den Fahrstuhl betrat.

»Kann ich etwas für Sie tun, Frau Markowski?« hörte er den Portier noch fragen.

Nummer 36 lag in der dritten Etage, gegenüber der Fluchttreppe. Es war das letzte Zimmer am Gang. Viktor kontrollierte die Tür zum Notausgang. Sie war nicht verschlossen.

Das Zimmer entsprach seinen Erwartungen. Französisches Bett, Schrank, Kommode, Farb-TV, Minibar. Ein winziger Schreibtisch und ein Sessel vor dem Spiegel. Teppichboden, klein gemusterte Tapete. An den Wänden hingen billige Reproduktionen Alter Meister. Das Licht war lausig. Wahrscheinlich sparten sie bei den Glühbirnen. Schönere Zimmer als dieses hatte er sich fast nie leisten können. Nur in seinen besten Zeiten war er manchmal in Viersternehotels abgestiegen.

Er warf seinen Koffer aufs Bett, öffnete ihn und nahm

ordentlich zusammengefaltete Hemden, Socken und Unterwäsche heraus. Als er den Stapel in den Schrank legen wollte, fiel der Revolver, den er zwischen die Wäsche gesteckt hatte, auf den Boden.

Die .38er Smith & Wesson hatte er kurz vor seiner Abreise bei einem Schwarzhändler am Wiener Mexikoplatz erstanden. Er fragte sich, wie viele Menschen damit wohl schon erschossen worden waren.

Der Revolver war geladen. Viktor zielte auf den Spiegel. Als er bemerkte, daß er die Mündung genau zwischen die Augen seines Spiegelbildes richtete, mußte er grinsen. Eigentlich brauchte er die Waffe nur umzudrehen und abzudrücken.

Leises Klopfen.

Er warf den Revolver zurück in den Koffer, hatte aber keine Zeit mehr, den Deckel zuzumachen. Eine zierliche, junge Person stand plötzlich neben ihm und reichte ihm frische Handtücher. Ihre Augen weiteten sich vor Entsetzen, als ihr Blick auf die Waffe fiel. Ängstlich schaute sie Viktor an und huschte sogleich wieder hinaus.

Er schloß hinter ihr ab und ging zum Fenster.

Die untergehende Sonne tauchte die Dächer der umliegenden Häuser in einen verführerischen Glanz. Ein milder Tag neigte sich dem Ende zu.

»Wer abspringt, ist nicht notwendigerweise dem Wahnsinn verfallen«, hatte Jean Améry einst behauptet. Einen Sprung aus dem dritten Stock hatte er damit sicher nicht gemeint. Eine Rollstuhlkarriere hatte Viktor jedenfalls nicht im Auge.

Er zog die schweren, dunklen Vorhänge zu. Dann setzte er sich aufs Bett, stützte den Kopf in die Hände und starrte auf die Wand. Das alte Gemälde kam ihm bekannt vor. Eine nackte Blondine mit riesigem, Furcht einflößendem Arsch. Peter Paul Rubens?

Ärsche und Titten, viel anderes hatte er in den letzten dreißig Jahren nicht zu sehen bekommen.

Er ließ sich das unerquickliche Gespräch, gleich nach seiner Ankunft, noch einmal durch den Kopf gehen. Die ganze Geschichte war unter keinem guten Stern gestanden. Von Anfang an war alles schiefgelaufen.

Sie waren um sechzehn Uhr im Bahnhofsrestaurant verabredet gewesen. Der Typ war eine halbe Stunde zu spät gekommen. Viktor war daran gewöhnt zu warten. Produzenten waren vielbeschäftigte Leute, die ihre Wichtigkeit natürlich unterstreichen mußten, indem sie andere warten ließen.

Am Telefon hatte dieser Herr Meier durchaus sympathisch geklungen, ihn mit, wie er nun wußte, geheucheltem Interesse an seinem Projekt in diese langweilige deutsche Stadt gelockt. Das Geld für die Bahnfahrkarte hatte Viktor seiner letzten Vermieterin abgeluchst. Sie glaubte an ihn, war überzeugt, daß er eines Tages den großen Durchbruch schaffen würde. Zugegeben, er hatte es selbst geglaubt oder besser gesagt, glauben wollen.

Viktor hatte das gemeine Lachen des Produzenten, als er ihm sein Exposé für die Dokumentationsreihe vorgelegt hatte, noch in den Ohren. Er malte sich aus, wie er die Smith & Wesson aus seiner Manteltasche ziehen und dem Großmaul den Lauf zwischen seine gelblich verfärbten Zähne stecken würde.

Ein unbarmherziges Klopfen störte ihn bei dieser angenehmen Vorstellung.

Viktor rührte sich nicht.

Das Klopfen wurde noch lauter.

»Würden Sie bitte öffnen ... Ich bin die Hausdame. Mein Name ist Diana.«

Ihm schien nichts anderes übrigzubleiben als aufzumachen.

Sie lächelte ihn freundlich an – eine ältere Dame, deren Eleganz zum verblassenden Glanz des Hotels paßte. Mit einer Hand stützte sie sich am Türrahmen ab.

»Herzlich willkommen im Hotel TERMINUS. Wenn Sie irgend etwas benötigen sollten, wenden Sie sich ruhig an mich. Meine Wohnung befindet sich schräg gegenüber. Sie brauchen nur zu klopfen. Oder Sie sagen dem Portier Bescheid. Der weiß immer, wo ich stecke.« Sie kicherte undamenhaft. Ihre Wangen waren stark gerötet. Sie roch nach Alkohol, doch sie sprach klar und deutlich.

»Danke, ich habe alles. Ich möchte nur schlafen, habe eine lange Reise hinter mir.« Das klang höflich, aber bestimmt. Ohne sie noch einmal zu Wort kommen zu lassen, komplimentierte er sie hinaus.

In diesen kleinen, alten Hotels hatte man nie seine Ruhe. Zu viel Nähe, zu große Intimität. Auch die Gäste waren nicht nach seinem Geschmack. Der Vertretertyp, der ihm eben auf dem Gang begegnet war, hatte nach billigem Rasierwasser gerochen. Und die Männer unten in der Halle hatten nach Geschäftsleuten von der Provinz ausgesehen, die abends im Rotlichtviertel ordentlich mal einen draufmachen wollten und am nächsten Morgen mit leeren Taschen und einem fürchterlichen Kater zu ihren braven kleinen Frauen heimkehren würden. Nur die hübsche Rothaarige, die ihn so entgeistert angestarrt hatte, paßte nicht hierher. Sie war ihm irgendwie bekannt vorgekommen.

Viktor öffnete wieder seinen Koffer, brachte den großen Kulturbeutel voller Medikamentenschachteln und Vitaminpillen ins Bad. Zuletzt packte er auch die Umhängetasche aus, stellte die Videokamera auf die Kommode gegenüber dem Bett und warf die Zeitungen aufs Nachtkästchen. Die Smith & Wesson legte er unter die Matratze.

»Warum glauben Sie mir nicht? Er hat wirklich einen Revolver. Ich habe ihn mit eigenen Augen gesehen«, stammelte Eliza.

»Und warum regt dich das so auf? Ich habe auch einen«, versuchte Henk das Zimmermädchen zu beruhigen.

»Sie ...?« Die Kleine schaute ihn verblüfft an.

»Ist ein uraltes Ding aus der Nachkriegszeit. Da ging es hoch her hier im Viertel.«

»Aber ...«

»Kein Aber. Mach nicht so ein Theater und bring ihm jetzt gefälligst die Flasche Champagner, die Frau Markowski bestellt hat.«

»Die Markowski? Kennen die beiden sich? Nein, das hätte ich der niemals zugetraut, daß die einem Mann einen Champagner spendiert.« Eliza kam aus dem Staunen nicht mehr heraus.

»Geh schon endlich!« Selbst Henks Geduld war irgendwann mal zu Ende.

Rosa Markowski hatte ihn sofort erkannt.

Wie lange war es her? Achtzehn Jahre oder gar zwanzig? Er war auch heute noch ein gutaussehender Mann.

Anscheinend kam er gerade aus dem Süden. Seine Bräune stammte nicht aus einem Sonnenstudio, das sah Rosa sofort. Die vielen Falten um Augen und Mund störten sie nicht. Sie war froh, daß er sich das volle, schwarze Haar nicht färbte. Die grauen Strähnen standen ihm gut. Von seinen schönen blauen Augen hatte sie auch Jahre später noch oft geträumt. Vorhin in der Halle hatten sie durch sie hindurchgesehen. Er hatte sie vergessen, doch sie würde schon dafür sorgen, daß er sich wieder an sie erinnerte. Rosa Markowski litt nicht unter Minderwertigkeitskomplexen, und sie war auch nicht mehr das schüchterne Gänschen von damals.

Energisch klopfte sie an die Tür von Zimmer 36.

»Was ist denn jetzt schon wieder?« rief Viktor ungehalten.

Er lag angezogen auf dem Bett und blätterte in einer Zeitung.

»Herr Lasky? Ich würde gern kurz mit Ihnen reden.«

Als er seinen richtigen Namen hörte, sprang er auf, stopfte das Hemd in die Hose und öffnete.

»Darf ich reinkommen?« Die Rothaarige in dem eleganten Designerkostüm lächelte ihn nervös an.

»Ja, bitte.«

Er wirkte sichtlich irritiert, hatte nicht die geringste Ahnung, was diese schöne Frau von ihm wollte. Woher wußte Sie seinen Namen?

»Kennen wir uns?« fragte er.

Sie nickte.

»Darf ich mich setzen?«

Ohne seine Aufforderung abzuwarten, schob sie die zerknüllte Decke beiseite und machte es sich auf seinem Bett bequem.

Unschlüssig blieb er vor ihr stehen.

»Willst du dich nicht hinsetzen?«

Er schnappte sich den Sessel und setzte sich.

»Erinnerst du dich wirklich nicht mehr an mich?« Sie löste das Band in ihrem Haar, ließ ihre prächtige rote Mähne auf ihre Schultern fallen und nahm auch die schicke Brille ab.

Langsam kehrte die Erinnerung zurück. Doch Erinnerungen waren oft trügerisch. Er konnte nicht glauben, daß sie diejenige war, für die er sie hielt.

»Ja, ich bin's. Röschen.«

Während Viktor überlegte, welche Art von Begrüßung nun angebracht wäre, stieß das Zimmermädchen mit den Knien die nur angelehnte Tür auf.

»Können Sie nicht anklopfen«, fauchte Rosa sie an.

»Entschuldigen Sie bitte, Frau Markowski, ich habe keine Hand frei.«

Das Mädchen stellte das Tablett mit dem Sektkübel und den beiden Gläsern auf die Kommode, deutete einen Knicks an und verließ rasch wieder das Hotelzimmer.

»Henk, Henk«, rief Eliza aufgeregt. »Stell dir vor, die Markowski sitzt auf seinem Bett. Sie ist völlig aufgelöst, offene Haare, keine Brille. Die beiden haben bestimmt was miteinander.«

Diana, die neben Henk hinter der Rezeption stand, zog ihre dünnen Brauen hoch.

»Jetzt ist aber Schluß«, herrschte Henk die Kleine an. »Was erlaubst du dir eigentlich? Wir legen hier Wert auf Diskretion. Schreib dir das hinter die Ohren!«

Eliza errötete. In diesem Ton hatte Henk noch nie mit ihr gesprochen.

»Wir sind ja unter uns. Es hört uns eh keiner«, murmelte sie trotzig.

»Ich hasse Klatsch. Hau ab, wir haben zu tun.«

Kaum war das Zimmermädchen verschwunden, fing Diana unbeherrscht zu lachen an.

»Wir legen hier Wert auf Diskretion«, machte sie Henk nach. »Du hast den Beruf verfehlt. Als Kammerdiener oder Butler in englischen Komödien würdest du dich großartig machen.«

»Man muß diesen frechen, jungen Dingern ein bißchen Respekt vor den Gästen beibringen. Eigentlich wäre das deine Aufgabe. Aber du hast ja ...« Er hielt inne und betrachtete mißbilligend das fast leere Weinglas in Dianas Hand.

Sie ignorierte den Blick und fragte: »Glaubst du, dieser Ungar und unsere schöne Markowski? Schwer vorstellbar, daß er ihr Typ ist. Aber wo die Liebe eben hinfällt ...«

»Weiber«, murmelte Henk abfällig, hoffte jedoch, daß Diana es nicht gehört hatte.

Viktor Lasky und Rosa Markowski hatten vor vielen Jahren miteinander in einem Pornofilm gespielt. Die kleine, etwas dralle Schönheit aus einem Dorf bei Heilbronn war blutjung, gerade siebzehn gewesen. Alle hatten sie für überaus begabt gehalten. Vielleicht weil sie nicht nur hübsch anzusehen und zu allem bereit war, sondern auch, weil sie Köpfchen besaß. Viktor war damals schon ein alter Hase im Geschäft, für Rosa war es die erste Rolle. Prompt hatte sie sich Hals über Kopf in ihn verliebt. Eine kurze, heiße Affäre, mehr war es für ihn nicht gewesen. Er konnte sich kaum an die Zeit mit ihr erinnern.

»Die erste Liebe vergißt eine Frau nie«, sagte Rosa und reichte ihm ein Glas Champagner.

»Nein, danke, ich trinke nicht. Nicht mehr.«

»Na komm schon. Zur Feier des Tages. Nur zum Anstoßen.«

Er tat ihr den Gefallen. Es war ohnehin egal. Wozu jetzt noch den Abstinenten spielen? Er nahm auch die Zigarette, die sie ihm anbot, obwohl er seit drei Jahren keine mehr geraucht hatte.

Dieses Wiedersehen paßte ihm einerseits überhaupt nicht in den Kram. Andererseits mußte er sich eingestehen, daß es ihn freute. Und das Gefühl von Freude hatte er schon sehr lange nicht mehr empfunden. Außerdem spürte er eine gewisse Neugier. Sie sah umwerfend aus. Man merkte ihr an, daß es ihr gutging.

»Du hast den Absprung geschafft?« fragte er. »Wann bist du ausgestiegen?«

»Kurz, nachdem du mich verlassen hast. Plötzlich hat mir vor allen Schwänzen gegraust. Ich konnte nicht mehr weitermachen. Beim letzten Dreh habe ich mich mitten in einer Fellatioszene übergeben. Einfach so, am Set.«

Sie ist richtig vornehm geworden, dachte Viktor amüsiert. Sagt »Fellatio« statt »Blasen«.

»Ich habe Glück gehabt, habe einen netten alten Kerl kennengelernt. Er wollte mich sogar heiraten. Seine Frau hat sich nicht scheiden lassen. Mir war es egal. Er war Geschäftsmann, hat mir alles beigebracht, was man in dieser Branche so braucht. Ja, ehrlich. Ich verdanke ihm sehr viel.« Sie sprach wie aufgezogen, holte kaum Luft zwischen den einzelnen Sätzen. »Nach seinem Tod bin ich zur Konkurrenz gegangen, habe es bis zur Abteilungsleiterin geschafft. Wir bauen Messestände. Auf der Autoschau, die gerade zu Ende gegangen ist, habe ich ein paar gute Kunden besucht. Aber erzähl du! Was hast du in all den Jahren getrieben?«

»Ich bin viel herumgekommen …«, begann er und hielt ihr sein leeres Glas hin.

Rosa schenkte ihm nach.

»Ich habe mich jahrelang bemüht, bessere Rollen zu kriegen. Anscheinend hatte ich einen Stempel mit ›Pornostar‹ auf meiner Stirn. Bis Ende Dreißig war ich recht gefragt, doch zuletzt bekam ich nur mehr Angebote für langweilige SM-Pornos. Ich hatte zu trinken begonnen, galt als unzuverlässig. Irgendwann wollte man mich nicht einmal mehr als Prügelknaben. Ich bin total abgesackt. Kumpels von früher haben mir hin und wieder Gelegenheitsjobs verschafft. Zwischendurch habe ich mich sogar als Maskenbildner und Requisiteur versucht. Eines Tages war auch damit Schluß. Seit drei Jahren bin ich trocken, habe eine schlimme Entziehungskur am Steinhof hinter mir. So was würde ich meinem ärgsten Feind nicht wünschen«, sagte er und stieß mit Rosa an. »Prost, Röschen!«

Sie betrachtete ihn mit mitleidigen Blicken, doch es fiel ihr schwer, echtes Mitgefühl für ihn zu empfinden. Dafür sah er viel zu gut aus. Nach langer Zeit spürte sie endlich wieder Lust auf einen Mann. Sie war gespannt auf seinen Körper. Ob er wohl ebensogut erhalten war wie sein Gesicht?

Behutsam legte sie ihre Hand auf sein Knie und fragte: »Und seither geht's wieder bergauf?«

»Sieh mich an, ich bin zu alt für die Pornobranche.«

»Quatsch. Ich meine, was machst du jetzt?«

»Nach dem Entzug habe ich mich als freier Filmemacher versucht. Habe mehrere Anläufe unternommen, seriös zu werden. Ich wollte einen Dokumentarfilm über die Pornoszene drehen, habe selber einige Treatments verfaßt. Sie haben mir keine Chance gegeben. Ich komme aus dem Milieu nicht raus. In letzter Zeit habe ich wieder bei billigen Videoproduktionen als Statist und Mädchen für alles gejobbt.«

»Du könntest bei mir einsteigen. Ich kann jeden kräftigen Mann brauchen.« Rosa beugte sich vor und streichelte seine muskulösen Arme. »Ungeschickt bist du ja auch nicht gerade, wenn ich mich richtig erinnere.« Sie sah ihm tief in die Augen.

Messebau. Nein, das war wirklich kein Job für ihn. Er betrachtete seine schmalen, feingliedrigen Hände. »Richtige Pianistenhände«, hatte irgendwann mal eine Frau bewundernd gesagt. Außerdem irrte sich das liebe Röschen. Er war nicht geschickt, konnte keinen Nagel ordentlich in die Wand schlagen.

Rosas goldbraun lackierte Fingernägel gruben sich in seine Schenkel, ihre karmesinroten Lippen näherten sich seinem Mund. Ihr Kuß war nicht sehr leidenschaftlich. Vielleicht lag das auch an ihm. Eigentlich hatte er keine Lust, sie zu küssen, aber er ließ sie einfach gewähren, als sie den Reißverschluß seiner Hose öffnete und seinen Schwanz herausholte. Es war immer dasselbe. Hunderte Male, Tausende Male. Er hatte nicht mitgezählt.

Sie streichelte ihn routiniert, fuhr langsam mit den Fingerspitzen rauf und runter, packte seine Eier, liebkoste sie, nahm den ganzen Schwanz in den Mund. Für einen Achtundvierzigjährigen war seine Erektion recht beachtlich. Er funktionierte eben immer noch, obwohl er nichts anderes als Überdruß, ja beinahe Ekel empfand.

Das Telefon läutete.

Viktor versuchte aufzustehen.

»Geh nicht ran«, bat sie.

»Ich erwarte einen wichtigen Anruf.«

Vielleicht hatte es sich dieser widerliche Meier anders überlegt? Schwache Hoffnung keimte auf. Viktor schob Rosa weg und griff nach dem Telefon.

Es war die Hausdame. Mit nicht mehr ganz so fester Stimme wie vorhin fragte sie ihn, ob er noch einen Wunsch habe. »Eine zweite Flasche Champagner vielleicht, Herr Victor Laszlo?«

Er bereute längst diesen blöden Scherz mit seinem Namen gemacht zu haben. Die Hausdame schien eine kultivierte Person zu sein, hatte »Casablanca« bestimmt mehrmals gesehen.

Behutsam nahm Henk Diana den Hörer aus der Hand und legte auf. Sie schwankte, er mußte sie festhalten, so betrunken war sie. Er fragte sich, wie sie das in der kurzen Zeit geschafft hatte, in der er seinen Routine-Rundgang durchs Haus gemacht hatte, vom Dachgeschoß bis in den Keller, wo der Antrieb des Lifts zischte und zitterte und manchmal Penner auf der Suche nach einem Schlafplatz durch eines der Fenster einstiegen.

Er führte Diana mit sanftem Druck am Arm zum Lift. Als sie an der Bar vorbeikamen, sah Juan von seinen Gläsern auf.

»Kümmere dich bitte kurz um die Rezeption«, bat Henk ihn. »Ich bringe sie rasch hinauf.«

Wie lange würde er es noch schaffen? Er hätte schon längst in Rente gehen können. Die Jahre hatte er beisammen. Er war nur wegen ihr geblieben. Sie machte es ihm nicht gerade leicht. In letzter Zeit war es mit ihr schlimmer geworden. Vor ein paar Tagen hatte sie in der Bar Gläser an die Wand geworfen. Zum Glück erst, als der letzte Gast schon gegangen war. Und gestern hatte sie ihn beschimpft, ihm sogar mit dem Rausschmiß gedroht, weil er ihr die Weinflasche weggenommen hatte. Gäste hatte sie jedoch bisher nie belästigt. Henk sagte sich nicht zum ersten Mal, daß sie am besten ein paar Wochen in einem Sanatorium verbringen sollte. Da sie nicht freiwillig gehen würde, war jede weitere Überlegung in diese Richtung sinnlos.

Nach dem Anruf bat Viktor Rosa zu gehen. »Es hat keinen Sinn, Kleines. Es bringt nichts, alte Geschichten aufzuwärmen. Ich habe mich gefreut, dich wiederzusehen, aber ich möchte jetzt endlich schlafen. Ich bin todmüde.«

Rosa sah den gleichgültigen Ausdruck in seinen Augen und begriff, daß es zu spät war. Sie ließ sich ihre Gekränktheit nicht anmerken, sagte nur: »Wie du willst. Vielleicht treffen wir uns morgen beim Frühstück?«

Er bezweifelte es, nickte aber und zwang sich ein mattes Lächeln ab, als sie endlich ging.

Frauen hatten in seinem Leben keine besonders wichtige Rolle gespielt. In jungen Jahren hatte es ein paar

Liebesgeschichten gegeben. Schon bald nachdem er ins Pornogeschäft eingestiegen war, hatte ihn das private Vögeln nicht mehr interessiert. Rosa war da keine Ausnahme gewesen. In späteren Jahren hatte er sich mit gelegentlichen Besuchen bei Prostituierten begnügt oder einsame Frauen beglückt, die er in den Bars der Wiener Innenstadt kennengelernt hatte. Er erinnerte sich weder an einen Namen noch an ein Gesicht. Meist war er von ihnen angesprochen worden. Sie flogen bis heute auf ihn. Doch um so mehr er getrunken hatte, desto weniger hatte er sich für sie interessiert.

Die Entscheidung war gefallen. Keine Rosa der Welt konnte ihn von seinem Entschluß abbringen. Als ihm Meier eine Rolle in einem Kinderporno angeboten hatte, war ihm bewußt geworden, daß nun endgültig Schluß sein mußte. Er hätte einen lüsternen alten Lehrer spielen sollen, der seine Schülerinnen reihenweise vernaschte. Angewidert hatte er abgelehnt. Nicht aus moralischen Gründen, er hatte schon alles gemacht, doch er hatte plötzlich nur mehr Ekel, sogar Ekel vor sich selbst, empfunden.

Viktor begann mit den Vorbereitungen für das große Finale. Zuerst brachte er die digitale Videokamera in die richtige Position, dann kleidete er sich vor dem Spiegel aus. Sein Film sollte ein ästhetisches Meisterwerk werden. Er würde es all diesen Banausen zeigen.

Seine Achseln verströmten einen herben Geruch. Auch sein Bart störte ihn. Er beschloß, vorher zu duschen und sich zu rasieren.

Dem heißen Wasserstrahl gelang es zwar, den Dreck der letzten vierundzwanzig Stunden in den Ausguß zu spülen, trotzdem fühlte sich Viktor nach der Dusche weder sauber noch erfrischt. Während die letzten Wassertropfen an seinem perfekten Körper entlang perlten, begann er sich naß zu rasieren. Mit der Fingerspitze testete er die Schärfe der Klinge. Sie schien scharf genug. Ein schwungvoller Schnitt durch die Kehle? Die Vorstellung, wie sein Blut auf den Spiegel spritzte, in zittrigen Bahnen hinunterlief und langsam auf den weiß verfliesten Boden tropfte, gefiel ihm.

Natürlich könnte er sich auch während eines warmen Vollbads die Pulsadern öffnen. Eine Badewanne voller Blut? Nicht gerade ein sehr appetitlicher Anblick.

Auf jeden Fall wollte er sich dem Tod nackt stellen. Dem Publikum ein letztes Mal die ganze Pracht seines ehemals sehr begehrten Körpers darbieten.

Kritisch betrachtete er sich im Spiegel.

Er hatte kein Gramm Fett zu viel auf den Rippen, war schlank und durchtrainiert wie eh und je. Breite Schultern, muskulöse Arme, flacher Bauch, kräftige Schenkel, fester Po. Er trainierte nach wie vor. Sein Körper war sein einziges Kapital, doch schon bald, sehr bald, würden die Schultern hängen, die Brustmuskeln sich in feminine Fettpolster verwandeln, der Bauch hervorspringen und die Arschbacken hängen wie die Titten einer alten Nutte. Seine Schenkel würden nicht mehr kräftig, sondern nur mehr dick sein, die Haut schlaff und runzelig. Voller Grauen wandte er den Blick von seinem Spiegelbild ab.

Es war nicht so einfach, sich stilvoll ins Jenseits zu befördern. Sein Sterben sollte auf jeden Fall lustvoll sein. Der Tod gehörte zelebriert. Rosas Champagner kam ihm gerade recht. Die Flasche war zu einem Drittel voll. Er würde seinem Spiegelbild zuprosten und …

Vorher wollte er aber ein letztes Mal in Ruhe eine Zigarette rauchen. Zum Glück hatte ihm Rosa ihr angefangenes Päckchen dagelassen.

Die Schlußszene bereitete ihm Kopfzerbrechen. Die vorletzte Einstellung hatte er genau geplant, aber über die

Art seines endgültigen Abgangs war er sich nicht im klaren. Zwar hatte er einige Todesarten bereits ausgeschlossen, es blieben jedoch immer noch zu viele Möglichkeiten.

Ein Schuß schien ihm nach wie vor die sauberste Lösung zu sein. Viktor drückte die Zigarette aus, schaltete die Kamera ein und stellte sich vor den Spiegel. Den Revolver in der Rechten, das Champagnerglas in der Linken. Er richtete den Lauf des Revolvers auf seine Brust, drückte jedoch nicht ab. Plötzlich schien ihm eine Kugel in der Brust nicht verläßlich genug. Sich in den Mund zu schießen, wagte er auch nicht.

Er stellte sein Glas ab, schaltete das Deckenlicht aus und machte eine Schlinge in seinen Gürtel. Vorsichtshalber probierte er, ob sie groß genug für seinen Kopf war.

Vor laufender Kamera schob er den Sessel in die Mitte des Raumes, stieg hinauf und nahm den Kristallüster vom Haken, ließ ihn einfach an den Kabeln herunterhängen. Mit Elektrik kannte er sich leider nicht aus, sonst wäre ein Stromstoß vielleicht eine durchaus passable Alternative gewesen.

Der Sessel wackelte. Zitternd versuchte er seinen Gürtel am Haken zu befestigen. Die Schnalle ging auf. Der Gürtel rutschte runter.

Fluchend stieg er vom Sessel und blickte in die rotgeäderten Augen der Hausdame, die barfuß und im Nachthemd mitten in seinem Zimmer stand.

Verdammt, dachte er, anscheinend hab ich vergessen, hinter Rosa abzuschließen.

»Oh, par ...don«, flüsterte Diana mit schwerer Zunge, musterte ihn dabei allerdings mit bewundernden Blicken. »Mein Gott ... sind Sie gut gebaut ...«

Er starrte sie fassungslos an. Nach ein paar Schrecksekunden hielt er seine Hände schützend vor seine pralle Männlichkeit. Er kam sich vor wie ein Idiot.

Diana traf keinerlei Anstalten, ihn bald wieder zu verlassen.

»Ist er runtergefallen?« Sie deutete auf den baumelnden Lüster und kam ein paar Schritte näher.

Viktor befürchtete, sie würde gleich nachsehen, ob noch alles an ihm dran wäre.

Sie schielte jedoch auf die Champagnerflasche am Nachtkästchen. »Hat er Ihnen nicht geschmeckt? Soll ich die Flasche mitnehmen?«

»Verlassen Sie bitte augenblicklich mein Zimmer!« Endlich hatte er seine Sprache wiedergefunden.

»Ent ... schuldigung.« Sie wankte, stützte sich auf die Kommode. »Ich wollte mich nur vergewissern, daß es Ihnen an nichts fehlt.«

Er half ihr die Tür zu finden und sperrte hinter ihr zu. Nach diesem Schock brauchte er dringend einen beruhigenden Schluck. Er setzte die Champagnerflasche an den Mund und trank.

Die Lust, sich zu erhängen, war ihm gründlich vergangen. Außerdem mußte er plötzlich an seine Lieblingswestern denken. Hatten sich die Erhängten zuletzt nicht jedesmal in die Hose gemacht? Der Gedanke, vor laufender Kamera die Kontrolle über seine Ausscheidungsorgane zu verlieren, behagte ihm überhaupt nicht.

Er ging ins Bad. Das Röhrchen mit den Schlaftabletten war fast leer. Ob vier Stück wohl ausreichen würden? Obwohl er es bezweifelte, würgte er sie mit Hilfe des restlichen Champagners hinunter. Vor ein paar Jahren hatte sich eine ältere Kollegin von ihm mit einer Überdosis Whisky, ergänzt durch eine minimale Dosis Rohypnol, für immer verabschiedet. Was sie geschafft hatte, sollte ihm wohl auch gelingen.

Entschlossen plünderte er die Minibar, trank all die winzigen Wodka-, Gin- und Whiskyfläschchen leer. Zuletzt genehmigte er sich einen Jägermeister. Kurz darauf wurde ihm kotzübel.

Rosa trommelte mit beiden Fäusten an die verschlossene Tür von Zimmer 36.

»Viktor, was ist los mit dir?« schrie sie. »Mach auf!«

Statt einer Antwort vernahm sie weiterhin lautstarkes Krächzen und Würgen. »Ist dir schlecht? Soll ich einen Arzt rufen?«

Keine Reaktion.

Verzweifelt drückte sie auf den Liftknopf. Als sie sah, daß er im Keller steckte, lief sie die Stiegen hinunter ins Foyer.

»Henk«, schrie sie. »Sie müssen mir helfen. Herr Lasky ist schwerkrank. Er kann nicht aufmachen. Ich fürchte, er ist im Bad zusammengebrochen. Haben Sie einen Zentralschlüssel?«

»Der wird uns nicht viel nützen, wenn er seinen Schlüssel innen steckenlassen hat«, murmelte Henk. Trotzdem rief er Juan, der gerade seine Bar aufräumte, zu: »Kannst du noch mal übernehmen? Einem Gast ist schlecht geworden.«

Nicht gerade erfreut über die Störung, sperrte Juan die Bar zu und begab sich in die Rezeption. Henk eine Bitte abzuschlagen war fatal, das hatte er gleich an seinem ersten Tag im TERMINUS zu spüren bekommen.

Der Lift war inzwischen oben, also lief Henk schwer schnaubend hinter Rosa Markowski, deren hinreißende Formen nur durch ein hauchzartes Negligé verhüllt wurden, die Treppen hinauf. Er hatte allerdings andere Sorgen, als ihren hübschen Arsch und ihre langen, schlanken Beine zu bewundern.

Vor der Nummer 36 wurden sie bereits von Diana erwartet. Sie trug einen wattierten rosa Morgenmantel über ihrem Nachthemd und hatte Badeschlappen an den Füßen. Ihr Lächeln war Henk nicht geheuer.

»Er will sich umbringen. Ich hab's eben erst kapiert«, sagte sie seelenruhig.

Vergeblich versuchte Henk mit dem Zentralschlüssel aufzusperren.

»Brecht doch die Tür einfach auf«, schlug Diana vor.

Sie warfen sich alle drei gleichzeitig gegen die Tür.

»Scheiße, ich fürchte, ich habe mir die Schulter ausgerenkt«, fluchte Henk.

Nach einem weiteren Anlauf schafften sie es schließlich, die dünne Sperrholztür einzudrücken.

Viktor torkelte, als er den Krach hörte, aus dem Bad. Kreidebleich im Gesicht schnappte er sich den Revolver und preßte den Lauf an die Stirn.

Kreischend stürzte sich Rosa auf ihn und versuchte, ihm die Waffe zu entreißen. Ein Schuß löste sich, streifte ihren Oberarm.

Kurz danach stand eine völlig verstört aussehende Eliza im Zimmer und schrie: »Hilfe, Polizei!«

»Um Himmels willen, bloß keine Polizei«, stöhnte Rosa.

Henk und Diana waren ganz ihrer Meinung.

»Wenn du deinen Job behalten willst, vergiß, was du gesehen hast«, zischte Diana das Zimmermädchen an, das nun den splitternackten Viktor ungeniert angaffte.

Energisch schob sie Eliza zur Tür hinaus. Plötzlich schien sie wieder relativ nüchtern zu sein.

»Bringt Verbandszeug«, rief Henk ihnen nach.

Während er sich um Rosa kümmerte, empfahl er Viktor, zwei Finger in den Hals zu stecken.

Nach ein paar Minuten kamen Diana und Eliza mit

dem Verbandskasten zurück, den sie vorschriftsgemäß im Wäschezimmer aufbewahrten.

Mit weit aufgerissenen Augen sah Eliza zu, wie Henk Rosas Streifschuß professionell versorgte. »Mir wird gleich schlecht«, stöhnte sie.

»Das ist nur ein Kratzer«, beruhigte Henk das zitternde Mädchen. »Hier ist nichts passiert. Geh wieder ins Bett!«

Nachdem die Kleine gegangen war, half er Rosa auf die Beine und nickte Diana zu. »Bring du sie auf ihr Zimmer und bleib ein bißchen bei ihr.«

»Die Frauen sind wir los«, sagte Henk erleichtert. Zum ersten Mal sah Viktor ihn lächeln.

Dann holte Henk ein feuchtes Handtuch aus dem Bad und wischte seinem völlig apathisch wirkenden Gast das Gesicht ab. »Und was machen wir nun mit dem angebrochenen Abend?«

Viktor zuckte hilflos mit den Schultern, ließ es aber zu, daß der Portier ihm beim Anziehen half.

»Besser, Sie verbringen den Rest der Nacht nicht allein!« Er zog Viktor auf den Gang und bugsierte ihn mit der gleichen nachdrücklichen Sanftheit in den Lift.

»Juan!« rief er, als sie im Foyer ausstiegen. »Juan, mach uns Kaffee!«

Während sich Viktor an die Theke klammerte und sich über »diese mütterlichen Weiber und ihr verfluchtes Helfersyndrom« ausließ, erzählte Henk dem Barkeeper, was passiert war.

Juan öffnete seufzend die Bar und warf die Kaffeemaschine an. Angesichts des Zustands von Henks Gast gab er einen Extra-Löffel Kaffeepulver in den Filter.

»Der Freitod ist ein Privileg des Humanen, hat Jean Améry geschrieben. Prost, er soll leben«, lallte Viktor. »Jeder Mensch hat ein Recht darauf, sich umzubringen.«

Juan servierte den Kaffee in den alten Tassen mit dem verblaßten Schriftzug des Hotels TERMINUS.

Viktor trank in kleinen Schlucken.

Henk nahm Juan zur Seite. »Das mit Diana muß aufhören. Gib ihr keinen Wein mehr.«

Juan hob ratlos die Schultern. »Sie ist die Chefin, nicht du.« Er sah Henk lange an. »Was hält dich eigentlich noch hier? Warum kommst du nicht mit auf die Queen Elizabeth II? Als Gentleman-Host würdest du eine gute Figur machen. Du kannst doch tanzen, oder?«

»Tanzen«, mischte sich Viktor ein. »Walzer kann ich gut, fast so gut wie Ficken.«

»Er ist Wiener«, erklärte Henk.

»Ungar«, korrigierte ihn Viktor, schlang seine Arme um eine imaginäre Partnerin und tanzte mit ihr zu unhörbaren Walzerklängen durch die Bar. Danach forderte er mit einer tiefen Verbeugung Henk auf. Dem alten Portier half all sein Sträuben nichts. Viktor legte mit ihm einen fast perfekten Linkswalzer aufs Parkett. Schwer atmend schaffte es Henk endlich zurück an die Bar. Juan schenkte Kaffee nach.

»Die neue Queen Elizabeth wird demnächst mit mehr als 1700 Passagieren an Bord in See stechen. Sie werden jede Menge Gentleman-Hosts brauchen.« Juan taxierte Viktor. »Sie sind leider zu jung, aber wenn Sie sich die Haare grau färben und vielleicht einen kleinen grauen Schnurrbart zulegen würden, könnte ich Sie auch unterbringen. Glauben Sie mir, das ist ein Superjob. Kostenlose Passagen rund um die Welt, viele einsame Herzen, lauter schwerreiche, uralte Ladys. Und bei Ihrem Aussehen ...«

Kaum hatte er die Frauen erwähnt, hob Viktor den Zeigefinger und rief: »Keine Weiber!«

Während Juan Kaffe nachschenkte, bemühte er sich

weiter, die beiden davon zu überzeugen, daß sie als Gentleman-Hosts eine wunderbare Zukunft hätten.

»Gib ihm eine Virgin Mary auf meine Rechnung!« Henk deutete auf Viktor, der mit eingefallenen Schultern und hängendem Kopf an der Theke lehnte und gerade beschloß, morgen früh umzuziehen. Das HOTEL TERMINUS war kein geeigneter Ort zum Sterben!

Juan leerte einen Viertelliter Tomatensaft in ein großes Wasserglas, gab einen Schuß Tabasco und einen Schuß Worcestershiresauce, eine Prise Salz und Pfeffer, einen Spritzer Zitronensaft und ein rohes Ei hinzu. »Nur einen winzigen Tropfen?« Er griff nach der Wodkaflasche.

Energisch schüttelte Henk den Kopf und verrührte eigenhändig den alkoholfreien Drink für seinen Tanzpartner. Dann prostete er Juan und Viktor mit seiner Kaffeetasse zu und sagte grinsend: »Ich glaube, das ist der Beginn einer wunderbaren Freundschaft.«

Die Virgin Mary
ist eine Bloody Mary ohne Wodka.

Die original Bloody Mary nach dem Rezept aus Harry's New York Bar, Paris (1929):

3 Spritzer Tabasco
6 Spritzer Worcestershiresauce
Salz, Pfeffer, Saft einer halben Zitrone
5 cl Wodka
über Eiswürfel direkt ins mittelgroße Longdrink-Glas mit Tomatensaft auffüllen und verrühren.

5.

Der Medoc ließ Diana die Zeit vergessen. Es war die letzte Flasche aus Juans letztem Kistchen. »Es tut mir leid«, hatte er gesagt. »Aber mein Vorrat ist zu Ende, und mein Onkel schickt mir keinen Nachschub mehr!«

Diana wußte natürlich, daß das eine Lüge war, eine Lüge, hinter der wahrscheinlich Henk steckte, aber sie machte sich keine großen Gedanken darüber. Wenn Juan keinen Medoc mehr lieferte, würde sie eben wieder in den alten Weinkeller hinuntersteigen, unten neben der Heizung und dem Fahrstuhlantrieb. Da gab es noch Hunderte staubiger Flaschen in den Regalen, schwere, teure Weine, der ganze Stolz ihres Vaters aus der Zeit, als es noch ein Restaurant im TERMINUS gegeben hatte, mit schwarzbefrackten Kellnern, einem Sommelier und Zigarettenmädchen. Der Medoc ließ die Zeit wieder zurückkehren. Der Medoc ließ sie leicht werden und jung. Der Medoc ließ die Erinnerungen flüssig werden. Diana betrachtete das Bild in dem kleinen Silberrahmen auf der Kommode. Irgendwann war eine Karte von Chang gekommen. Das war noch vor dem Ende gewesen, ihr Vater mußte die Karte auf dem Postamt abholen, eine Unmenge von Fragen beantworten und seine Auslandskontakte begründen.

Im Frühjahr 45, als das Telefon schon seit Monaten nicht mehr funktionierte und ihr Vater nachts im Radio heimlich »den Engländer« hörte, fing Henks Mutter an, immer sechs Bettücher zu großen weißen Fahnen zusammenzunähen. Die Laken hängten sie dann aus dem Fenster, als die ersten Panzer durch die Straßen rollten. Nach den Panzern kamen die Lastwagen und nach den Lastwagen die Jeeps. Soldaten und Offiziere zogen ins Hotel, und Dianas Vater unterhielt sich mit ihnen in einer fremden Sprache.

Diana brauchte nicht lange, bis sie auf englisch mitreden

konnte. Das meiste lernte sie von den Offizieren, die einen Narren an »the blonde princess« gefressen hatten, und was sie nicht von ihnen lernte, brachte Henk ihr bei, denn der bekam von seinem Vater richtige Englischstunden. Schließlich sollte der Junge sich mit den neuen Gästen unterhalten können, wenn er selbst einmal Portier war. Für den Alten war es nie eine Frage gewesen, daß Henk einmal sein Nachfolger im TERMINUS werden sollte, und Diana konnte sich auch nicht erinnern, daß Henk jemals etwas anderes als Portier hatte werden wollen.

Die Soldaten verteilten Maxwell-Kaffee und Zigaretten an die Erwachsenen und Schokolade und Kaugummi an die Kinder; und die Schwarzen unter ihnen gewöhnten sich daran, daß jeder mit den Fingern über ihre dunkle Haut rubbelte, um zu sehen, ob ihre Farbe auch echt war.

»Der Krieg ist vorbei«, sagte Henks Vater und legte ein neues Gästebuch an.

Dianas Vater mußte vor einen Ausschuß, weil eine Anzeige gegen ihn vorlag, und Henks Vater wurde von der Militärpolizei abgeholt. Zwei Tage waren sie und Henk allein im TERMINUS, aber niemand schien zu bemerken, daß zwei Kinder das Hotel führten. Henk stellte sich stolz auf eine leere Munitionskiste hinter die Rezeption, notierte mit ernstem Gesicht die Wünsche der Gäste und wenn sie nachfragten, sagte er, daß er sich bemüht habe, aber leider nichts habe ausrichten können: »Sorry, Mister!« Diana zeigte den Ordonnanzen der Offiziere die Wäscherei im Keller, verwahrte den Schlüssel zum Weindepot und ließ jeden unterschreiben, der sich etwas daraus holte.

Dann waren ihre Väter zurückgekommen, ihr Vater hatte ein Dokument dabei, das er in der Halle über die Rezeption an die Wand nagelte, und Henks Vater zog seine Livree wieder an und tat seinen Dienst in der Loge, als wäre nichts gewesen.

Ralf Kramp
Freddie Fuchs bumst Elvira Ente

»Das richtige Leben«, hauchte Viola und konnte die Augen nicht von den Tätowierungen abwenden. In mulmigen Lilatönen schnörkelten sich Flammen über das Gesicht und die Glatze des Mannes auf dem Foto im Schaufenster. »Oh, mein Gott. So ist vielleicht das richtige Leben.« Die Männer waren überall tätowiert. Auf dem Bauch, auf den Hinterbacken, und auch …

Männer waren ja so anders, als Viola das ihr Leben lang gedacht hatte. In Wirklichkeit jagten sie Singvögel, erschlugen Robbenbabys und ließen sich ihr … Dings … tätowieren. Und manche von ihnen betrogen eben ihre treue, arglose Ehefrau über Jahre hinweg mit ihrer besten Freundin.

Ihr Blick fiel auf eine Musterkarte mit Piercings. Kaum zu glauben. Eine Frauenbrust! Eine offensichtlich erregte Brustwarze, durch die man von rechts nach links ein Stück Metall gebohrt hatte, an dessen beiden Enden ein feinziseliertes Gehänge herabbaumelte.

Auch Frauen waren offenbar anders, als Viola sich das all die langen Jahre gedacht hatte. Sie waren diejenigen, die die Singvögel aßen, die Robbenpelze auf dem Leib trugen und die eben manchmal bereitwillig den Ehemann ihrer besten Freundin mit ins Bett nahmen.

»Das richtige Leben«, hauchte Viola wieder und griff geistesabwesend nach dem Koffer. Es wurde Zeit, all das kennenzulernen. Viel zu lange hatte sie sich schon in ihrem beschaulichen Idyll auf dem Land eingegraben, hatte dem Leben, dem »wirklichen Leben« Gelegenheit gegeben, an ihr vorbeizuziehen.

Das war jetzt vorbei!

Die Stadt!

Der Hafen!

Sie würde sich ein Hotelzimmer nehmen. Ganz verrückt, ganz spontan, ganz heimlich. Und, wer wußte es schon, vielleicht würde sie morgen schon einfach ein Schiff besteigen. Oder einen ganz anderen Zug als den, der sie hierher gebracht hatte. Und dann wäre sie weg. Ganz einfach so. Würde alle ein wenig nach ihr suchen lassen. Er ... sie ... Mutter ... Würde sie ihren Schuldgefühlen überlassen und ihren Sorgen. Den Gedanken, daß sich möglicherweise überhaupt niemand Sorgen um sie machen würde, sie womöglich niemand vermissen würde, schob sie rasch beiseite.

Als sie die Stufen zum Hotel TERMINUS hinaufstieg und als ihr Blick über die unansehnliche Fassade mit dem Graffito eines Sägefischs neben dem Eingang strich, ihr Koffer gegen ihre Knie schlug und die Umhängetasche um ihren Leib baumelte, da überfiel sie ein verwegenes Gefühl von Abenteuerlust. Wer wußte schon, wie lange das anhalten würde? Das Geld, das sie in aller Eile von ihrem gemeinsamen Konto abgehoben hatte, würde eine Weile reichen, aber wie stand es um ihren Mut?

Beim Einchecken glaubte sie, die Blicke des Portiers auf ihrem ganzen Körper zu spüren. Zumindest auf dem Teil, der oberhalb des Rezeptionstresens für ihn sichtbar war. Der, der in dem schlabberigen, grauen Strickpullover steckte. Sie mußte sich unbedingt neue Kleidung zulegen. Etwas Modisches, Einladendes. Natürlich war der Mann nicht ihr Typ, aber Viola war in diesem Moment der Meinung, daß solche Gedankenspielchen einfach dazugehörten zum »richtigen Leben«. Er war groß, hatte mächtige Geheimratsecken und ein tiefes Grübchen im glattrasierten Kinn. Er mochte Mitte Vierzig sein, stieß leicht mit der Zunge an und war sicher nicht der Typ, der irgendwo tätowiert war.

Was sollte sie nur schreiben? Ihren Namen? Ihren richtigen Namen? Sie schrieb Viola Meiderich hin. Ihren Mädchennamen. Das würde sie jetzt für die Zukunft so beibehalten.

Beruf? Wenn sie jetzt Kinderbuchautorin schrieb, könnte sie den Herrn mit dem Grübchen gleich vergessen. Nein, nein. Ab jetzt mußte das anders laufen. Autorin klang interessant und war nicht mal gelogen.

Für einen Moment war sie versucht, mit ein paar Kulistrichen den kleinen Fuchs neben ihr Autogramm zu kritzeln, so, wie sie das seit fünfzehn Jahren tat, wenn sie Bücher signierte. Freddie, den kleinen putzigen Fuchs.

»Bei ihrem Anruf heute morgen haben Sie um ein Zimmer zur Straße hin gebeten«, lispelte der Mann und studierte die Anzeige auf seinem Computer. »Bedauerlicherweise ist uns ein Fehler unterlaufen. Wir haben nur noch etwas nach hinten raus. Ist das ein Problem, Frau … Meiderich?«

Sie schüttelte rasch den Kopf und schenkte ihm ein nervöses Lächeln. »Ist ja nur für eine Nacht. Wahrscheinlich reise ich morgen schon weiter. Vielen Dank.«

Als sie in Richtung Aufzug davonging, hoffte sie inständig, er möge auch ihrem Hintern die nötige Aufmerksamkeit schenken. Ihrem Hintern, der in einem blaßgrünen Faltenrock steckte, aber sie verspürte nichts dergleichen.

Im Aufzug betrachtete sie sich im rückwärtig angebrachten Spiegel und warf sich einen sorgenvollen Blick zu. Wie hatte sie nur all die Jahre so herumlaufen können? Kein Wunder, daß all das passiert war. Kein Wunder, daß Alfred … fast schon logisch, daß Elvira …

Sie kramte in den Tiefen ihrer Umhängetasche und fingerte einen Lippenstift hervor. Dann rahmte sie ihr Gesicht im Fahrstuhlspiegel mit einem großen blaßrosa Herz ein. Sie mußte anfangen, sich wieder zu mögen, wenn sie nicht daran verzweifeln wollte.

Das Zimmer war öde und steril. Nur die Brandflecken im Teppich zeugten davon, daß hier ab und zu Menschen lebten. Hatte sie nicht ein Nichtraucherzimmer verlangt? Egal.

Ganz mechanisch sortierte sie die Pullover in den Schrank und ihre Röcke, wollte gerade Slips und Unterhemden stapeln, als ihr in den Sinn kam, daß es ja nur eine einzige Nacht war, die sie hier zu verbringen gedachte. Und dann schoß es ihr durch den Kopf, daß sie den ganzen Ramsch vielleicht sowieso besser dem Hotelmülleimer überantworten würde. Ihr letztes Kinderbuch fiel ihr in die Hände, und sie warf es auf das Bett. Der Titel kam ihr vor wie der blanke Hohn: Alle lieben Freddie Fuchs.

Sie versteckte die Geldbündel in ihren Wollstrümpfen und blickte aus dem Fenster. Irgendwo da draußen lachte die Sonne, aber alles, was sie zu sehen bekam, als sie einen Fensterflügel öffnete, war der bröckelige Putz des Gebäudes auf der andren Seite des Hinterhofs. Sie seufzte.

Auch im Bad fand sie nichts, was sie überraschte. Hotel TERMINUS stand auf den Handtüchern, offenbar eine Erinnerung an bessere Zeiten dieses Hauses, und sie dachte an das große Badetuch, das sie vor fünfzehn Jahren von der Hochzeitsreise im Old Cataract Hotel in Assuan geklaut hatte. Das zur Spitze gefaltete erste Blatt des Toilettenpapiers brachte sie zum Schmunzeln. Und als sie die Badewanne sah, beschloß sie, ein Bad zu nehmen. Sie quetschte die Badelotion aus dem Portionstütchen in den Wasserstrahl und beobachtete versonnen, wie ein Schaumberg heranwuchs.

Während das Wasser lief, streifte sie die Kleider ab und zog sich ihren Bademantel über.

Der Fernseher bot eine Überraschung. Es gab einen Erotikkanal. Ein Wort, das ihr Interesse erregte. Was verbarg sich dahinter? Als sie einschaltete, platzte sie mitten in eine Szene, die von wildem Gestöhne und ekstatischen Kreischen untermalt wurde. Ein Mann und zwei Frauen ... oder waren das doch drei? Nein, wahrscheinlich eher doch nur zwei, obwohl, das sah so aus, als ob ...

Halbwegs interessiert, holte sie eine Flasche Orangensaft aus der Minibar und ließ sich in dem Sessel mit dem verblaßten Muster nieder. Sie beschloß, ein wenig zuzusehen, bis das Badewasser soweit war. Womöglich würde das die Gedanken verdrängen, die sie seit Tagen nicht schlafen ließen. Ihr Mann und ihre beste Freundin. Oder besser gesagt, es würde unter Umständen ihre Gedanken auf genau das konzentrieren, was es im Grunde genommen nur war: reiner Sex, Akrobatik, Schweiß und erhebliche Anstrengung.

Freddie der Fuchs und Elvira die Ente. Sie mußte kichern. Zwei geliebte Menschen, die sogar Einzug in ihre Kinderbücher gehalten hatten. Freddie, der kluge kleine Fuchs, der stets einen Ausweg aus jeder brenzligen Situation wußte, und Elvira, die Ente mit den Stöckelschuhen, die Chic und Eleganz verkörperte.

Zusammen mit Theo Termite, Harald Holzwurm, Susanne Sägefisch und Melanie Maulwurf bildeten sie seit fünfzehn Jahren eine heitere Wohngemeinschaft in einem alten Baum im Freddie-Fuchs-Forst und erlebten miteinander die tollsten Abenteuer.

Wer hatte schon ahnen können, daß Freddie Fuchs und Elvira Ente es schon seit geraumer Zeit miteinander trieben, daß der Baum wackelte? Womöglich legten sie ja sogar ab und zu noch einen flotten Dreier mit Melanie

Maulwurf hin oder nahmen sogar noch jemand anderes aus dem Freddie-Fuchs-Forst mit dazu. Norbert Nashorn? Rita Raupe?

Sie neigte den Kopf ein wenig, um besser erkennen zu können, was gerade auf dem Bildschirm vor sich ging.

Da klopfte es.

Viola schreckte auf und wollte nach der Fernbedienung greifen, als die Tür schon aufgestoßen wurde.

Ihre Mutter.

»Was denkst du dir? Wo willst du denn hin? Hast du überhaupt eine Ahnung, was du mir damit antust? Kannst du dir vorstellen, wie es dem armen Fred geht? Ja, hast du denn gar keinen Funken Verantwortungsgefühl, Kind?«

Die untersetzte Frau mit der gußeisernen silberfarbenen Haartolle rauschte herein und entledigte sich in derselben Bewegung ihres Mantels. Viola sprang auf und wollte antworten. Worauf zuerst, war unwichtig. Es hieß nur rasch zu Wort zu kommen, bevor Mutter richtig in Fahrt kam, sonst ...

»Was sollen eure Nachbarn denken? Hast du daran auch mal gedacht? Hast du überhaupt irgendwas dabei gedacht? Hast du Fred überhaupt die Gelegenheit gegeben, sich zu rechtfertigen? Denkst du denn überhaupt nicht daran, daß Elvira deine beste Freundin ist? Daß ihr schon zusammen in der Schule wart? Hast du schon vergessen, daß sie eure Trauzeugin war? Was willst du denn den Leuten vom Verlag erzählen? All den Eltern, die ihren Kindern deine Bücher kaufen?«

Viola beobachtete, wie der nicht enden wollende Schwall von Worten aus dem Mund ihrer Mutter quoll, wie sich Silbe an Silbe reihte und gar nicht mehr aufhören wollte. An dieser Stelle schaltete sie ab, betrachtete nur noch ihre Mutter, deren Lippen bläulich anliefen, so daß man jeden Augenblick damit rechnen konnte, daß wieder einmal ein prächtiger Infarkt ins Haus stand.

Ihre Mutter verstummte erst, als ihr Blick auf den Fernseher fiel, wo sich unterdessen zwei oder drei weitere Menschen ungeniert an den textilfreien Übungen beteiligten.

Ihre letzte Frage blieb zur Hälfte in der Luft hängen, und sie sank auf den Sessel, wobei sie ihre kleine Handtasche fest umklammert hielt.

»Tja, Mutter«, murmelte Viola und öffnete erneut die Minibar. »Erinnert mich irgendwie an Freddie und Elvira. Es ist schön, etwas von den beiden Liebsten hier bei mir zu haben. Wie hast du mich gefunden?«

Sie schraubte ein Fläschchen Dujardin auf.

»Die Wahlwiederholung am Telefon«, murmelte ihre Mutter. »Freddie ist auch schon auf dem Weg hierher. Dein Mann hat extra einen Termin platzen lassen.« Es klang regelrecht vorwurfsvoll.

»Ich bin sehr gerührt.« Viola trank das Fläschchen in einem Zug aus und hustete. Es tat ihr gut, ihrer Mutter beim Schweigen zuzusehen. So war sie sonst nie. Das war das »wirkliche Leben«.

Es klopfte erneut. Zaghaft, zögerlich.

Das hatte nicht lange gedauert. »Es ist offen, mein Schatz.«

Im Türrahmen erschien eine schlanke, leicht gekrümmte Gestalt. Das einstmals prachtvoll toupierte blonde Haar hing strähnig und wirr, die Wimperntusche war unglaublich verschmiert und ließ Elviras Gesicht aussehen wie den Kleckstest eines Psychiaters. Ihr Mund war in unaufhörlicher Bewegung, so, als brabbele sie vor sich hin, aber es war kein Laut zu hören. Ihre Hände zupften nervös an einem apricotfarbenen Seidenschal herum, den sie um ihren Hals geschlungen hatte. Mit staksigen Schritten kam sie wie ferngesteuert auf Viola zu. Wie ungehobelt man selbst mit den schönsten und längsten Beinen der Welt durch die Gegend eiern konnte, wenn man nur in der richtigen Verfassung war! Fast hätte Viola gegrinst.

Vor Viola ging Elvira in die Knie. Diese wich ihr aus und schloß erst einmal sorgsam die Tür des Hotelzimmers.

»So, jetzt kannst du sprechen«, sagte sie mit dem Anflug eines Lächelns.

»Ich weiß gar nicht, wie ich anfangen ...« Dann japste sie wieder nach Luft und ruderte stumm mit den Armen.

»Dann sei lieber still.«

»Ja, willst du ihr denn gar keine Chance geben?« schaltete sich die Mutter ein. »Soll sie da knien bleiben? Hast du kein Herz? Siehst du denn nicht, daß es ihr leid tut?«

»Es tut ... es tut ...« Elvira brachte keinen halbwegs passablen Satz zusammen.

»Das Badewasser«, murmelte Viola und ließ die völlig aufgelöste Elvira mitten im Raum knien. Während sie den Wasserhahn zudrehte, fiel ihr Blick in den Spiegel, und sie mußte lächeln. Es gefiel ihr, was sie sah.

Im Hotelzimmer kämpfte Elvira immer noch mit den Worten. »Mir fehlen die ... Viola, Liebes, ich weiß gar nicht ...«

Die Szenerie war mittlerweile um einen weiteren Darsteller ergänzt worden. Freddie hatte die Hände in die Seiten gestemmt und malmte mit den Wangenknochen. »Komm nach Hause!« sagte er mühsam beherrscht. »Es gibt kein Problem, das wir nicht mit einem vernünftigen Gespräch unter Erwachsenen aus der Welt schaffen können.« Er faltete die Hände etwa in der Art, in der er es vor laufenden Kameras auch immer zu tun pflegte.

»Habe ich es dir nicht gesagt?« Ihre Mutter warf die Arme in die Höhe. »Kannst du denn nicht ein einziges Mal einlenken? Mußt du denn immer so stur sein?«

»Ich ... ich ...« Elvira robbte auf den Knien auf sie zu.

Freddie hatte beschlossen, die Dinge in die Hand zu nehmen. Das war er gewohnt. Die Welt pflegte nach seiner Pfeife zu tanzen. Er ging zum Schrank und begann, Violas Pullover wieder in ihrer Tasche zu verstauen. »Wir müssen in die Zukunft blicken, mein Schatz«, sagte er. Die Melodie seiner Worte klang einstudiert. »Wenn wir uns jetzt alle besinnen und an das denken, was uns wichtig ist, dann werden wir ...«

Viola riß ihm die Tasche aus der Hand und fauchte: »Das ist keine Wahlkampfveranstaltung!« Sie warf die Tasche mit Wucht in die Zimmerecke und verschloß den Schrank wieder. »Und jetzt verzieh dich wieder in deinen Wahlkreis. Ihr geht jetzt alle. Alle drei! Ihr laßt mich auf der Stelle alleine und fahrt nach Hause! Ich nehme ein Bad!«

»Ich bin hier nicht als Bürgermeister, sondern als dein Mann. Und als genau der befehle ich dir jetzt: Komm mit nach Hause!«

»Was soll ich denn nur ... begreif doch ... ich wollte nicht ...«

»Was wird nur in den Zeitungen stehen? Wann wirst du endlich erwachsen werden, Kind? Weißt du noch, was ich früher immer gesagt habe? Wie soll ich dir nur beibringen, daß sich nicht alles immer nur um dich dreht?«

Viola betrachtete nachdenklich die drei komischen Gestalten, die ihr Hotelzimmer okkupiert hatten. Ihre Mutter, ihren Mann, ihre beste Freundin. Drei wild gestikulierende Figuren, die ihr ganzes Leben versaut hatten. Ihr altes Leben. Aber das war ja nun jetzt vorbei. Und in ihrem »richtigen Leben«, das spürte sie ganz deutlich, würden diese drei keinen Platz mehr haben. Sie mußten langsam verschwinden.

Womöglich half es, wenn sie jetzt einfach so tat, als wäre sie allein. Vielleicht gingen sie, wenn sie erst einmal begriffen hatten, daß sie gar keine Notiz mehr von ihnen nahm.

Sie ließ sich also in einen Sessel gleiten, nicht ohne sich vorher ein neues Fläschchen Weinbrand zu besorgen, und fuhr mit der Fernbedienung die Lautstärke des Fernsehers hoch. Das Gestöhne wurde ohrenbetäubend.

Das, was nun um sie herum geschah, drang nur noch wie durch einen Schleier zu ihr. Sie zwang sich, dem Geschehen keine Beachtung zu schenken, und dennoch hörte sie halbwegs mit.

»Phantastisch!« rief Freddie und strich sich das Haar aus der Stirn. »Das hat mir noch gefehlt! Ich fahre durch die Weltgeschichte, meiner Frau hinterher, verpasse wichtige Termine, und was tut sie? Hockt in einem billigen Hotel und zieht sich Pornos rein! Kinderbuchautorin! Schönes Beispiel für die Kinderwelt! Ha!« Er riß die Seiten aus dem Buch, das auf dem Bett gelegen hatte, und zerfetzte sie in viele kleine Schnipsel, die er aus dem geöffneten Fenster schleuderte. Sie wirbelten durch die Luft und tanzten langsam in den Innenhof hinunter.

»Wenn du mich fragst, Freddie ... Ich kann sie ja irgendwie verstehen, aber ...« Elvira rappelte sich auf und rieb sich die rotgescheuerten Knie. »Wenn man doch nur alles ... Warum mußte das nur ...?«

»Hör mit dem Geheule auf!« sagte Freddie. »Schau dir lieber an, was du angerichtet hast!«

Elvira riß die Augen weit auf und brachte nun zur Abwechslung mal wieder überhaupt keinen Ton heraus. Schwarze Tränen rannen über ihre blassen Wangen. Sie sah aus wie ein vergessener Stummfilmstar kurz vor dem Wahnsinn.

»Ja, da guckt sie, die gute Seele.« Er grunzte verächtlich. »Das hast du nicht gewollt, nicht wahr? Nur der besten Freundin ein bißchen den Mann ausspannen, was? Ein bißchen rumvögeln mit dem Bürgermeister. Ein bißchen Urlaub mit ihm auf den Malediven, während seine Frau denkt, er sei ...« Freddie verstummte und biß sich auf die Lippen.

Dann begann Elvira zu schreien. Sie warf den Kopf in den Nacken und schrie, ballte ihre Fäuste, daß die Knöchel weiß hervortraten.

»Wirst du jetzt endlich den Mund halten? Du hast genug Unheil angerichtet, hörst du?«

Viola bemerkte aus den Augenwinkeln, daß es ihrer Mutter die Sprache verschlagen hatte. Stumm saß sie mit halb geöffnetem Mund in ihrem Sessel und verfolgte die Szene mit weit aufgerissenen Augen. Und Elvira schrie weiter. Sie warf den Kopf hin und her, so daß ihr die langen, strähnigen Haare um den Kopf peitschten.

»Willst du das ganze verdammte Hotel zusammenkreischen?« rief Freddie und packte sie grob an der Schulter, aber sie schüttelte ihn ab und rannte zum Fenster. Mit einem raschen Griff hatte sie auch den zweiten Flügel aufgerissen und beugte sich hinaus. Sie holte tief Luft und begann erneut zu schreien.

Mit weit ausholenden Schritten war Freddie bei ihr und hielt ihr die Hand vor den Mund. Ihr Kreischen erstarb, aber im nächsten Moment hatte sie ihm in die Hand gebissen und schrie erneut aus Leibeskräften. Sie trat um sich, hackte mit ihren Pfennigabsätzen gegen seine Schienbeine, versetzte ihm Ohrfeigen, und er schaffte es kaum, ihrer Herr zu werden. Plötzlich hatte er ihren Schal erwischt und zog zu.

Die alte Frau im Sessel starrte entsetzt zu ihrem Schwiegersohn hinüber, der den Schal um die Kehle der besten Freundin ihrer einzigen Tochter zurrte und nicht locker ließ, bis das Schreien in ein Röcheln überging, das dann auch irgendwann aufhörte.

Viola staunte darüber, daß sie all das völlig kaltließ. Sie hatte Elviras fuchtelnde Arme gesehen, die sich im Glasrahmen des Kunstdrucks an der Wand über dem Fernseher spiegelten, und wenn sie den Kopf ein wenig senkte, war schemenhaft die Reflexion vom Freddies schweißnassem Gesicht auf dem Bildschirm zu sehen.

Elvira war zu Freddies Füßen zusammengesackt. Die Enden ihres seidenen Schals lagen oberhalb ihrer Schultern auf dem fleckigen Teppichboden ausgebreitet wie zwei Engelsflügel. Freddie wich langsam zurück.

Was hatte er getan?

Er betrachtete seine zitternden Hände. An der Rechten quoll aus der Bißwunde etwas Blut hervor und rann am Handknöchel hinunter. Er blickte in den starren Blick seiner Schwiegermutter und registrierte, daß seine Frau immer noch teilnahmslos auf den Fernseher starrte.

Das Blut. Er mußte es abwaschen. Sie würden ihm das beweisen, wenn er es nicht abwusch. Als er ins Badezimmer stolperte, wurde ihm klar, daß sie es ihm auch ohne das Blut beweisen würden. Dann sah er den Fön, der neben dem Spiegel an einem Haken baumelte. Und dann sah er die einladend dampfende Badewanne.

Mit einem letzten monumentalen gemeinschaftlichen Orgasmus hatte sich das Ensemble des Spielfilms verabschiedet, und zu rhythmischer Synthesizermusik rollte der Abspann über den Bildschirm. Die Namen wirkten exotisch. Allie Always ... Holly Horny ... Fast klang das alles ein bißchen wie Margot Marder oder Lutz Leguan. Sie las gerade Viktor Lasky, als der Bildschirm mit einem Knistern schwarz wurde. Das leise Brummen des Kühlschränkchens verstummte. Die Anzeige des Radioweckers erlosch, und auch das Rauschen der Badezimmerlüftung war plötzlich nicht mehr zu hören.

Viola trank den Rest ihres Weinbrands und stand auf.

Es war so still geworden. Fast beiläufig tippte sie mit der Fußspitze gegen die Schulter der leblosen Elvira. Sie warf sie einen halbwegs interessierten Blick ins Badezimmer und erkannte schemenhaft im Dunkeln Freddies Schuhspitzen, die aus ihrem Schaumbad hinausragten. Manche Dinge erledigten sich von selbst.

»Du bist so still, Mutter.«

Tatsächlich hatte ihre Mutter seit fünf Minuten keinen Laut mehr von sich gegeben, was in ihrem zweiundsiebzigjährigen Dasein nur höchst selten vorgekommen war. Ihre Lippen waren blau verfärbt, und ihre Haut hatte einen quittefarbenen Farbton angenommen, von dem sich die messerscharfe Linie ihrer gemalten Augenbrauen noch stärker abhob. Als Viola sie vorsichtig mit dem Finger an der Schulter berührte, kippte sie nach vorne und schepperte mit dem Kopf auf die gläserne Tischplatte.

Viola beschloß, ihre Sachen ganz einfach im Schrank zu lassen. Sie fand, daß es an der Zeit war, einkaufen zu gehen. Bei der Gelegenheit konnte sie auch gleich mal in Erfahrung bringen, wann der Portier mit dem Grübchen seine Schicht beendet hatte und ob er nicht unter Umständen Lust hatte, ihr das »wirkliche Leben« zu zeigen.

Ob er vielleicht doch irgendwo tätowiert war?

MEDOC

Das Weinbaugebiet Médoc liegt in Südwestfrankreich im Raum Bordeaux und weist einige der berühmtesten Rotweinlagen der Welt auf. In diesem traditionellen Weinbaugebiet befinden sich acht kontrollierte Herkunftsbezeichnungen (A.O.C.) und über 750 Einzellagen.

Genießen Sie einen 2000er Château Le Pey Médoc Cru Bourgeois AC – Magnum – trocken, reife schwarze Johannisbeere, Vanille, feine, runde Frucht

6.

Die Nachttischlampe flackerte kurz, oder vielleicht täuschte er sich auch nur. Wahrscheinlich war er nur eingenickt. Henk blinzelte, griff wieder nach Dianas Hand. Sie war kühl, aber weich. Ihre schmalen Finger, der alte Ring, den ihr ihr Vater auf dem Totenbett anvertraut hatte, die Nägel sauber gefeilt und lackiert.

Diana lag auf der Couch. Sie schnarchte, laut und vulgär, mit weit geöffnetem Mund, ihr Gesicht war schlaff und aufgedunsen von den drei Flaschen Medoc auf dem Boden. Ein Glas konnte Henk nicht entdecken.

Drüben läutete die Pendule auf der Kommode mit ihren Familienbildern. Vier Uhr. Wenn nicht eines der Zimmermädchen seine Schicht hätte tauschen wollen, wäre es gar nicht aufgefallen, daß Diana den ganzen Tag lang noch nicht aufgetaucht war. Das Mädchen hatte Henk nach ihr gefragt, und als sie hier oben nicht ans

Telefon gegangen war und auf sein Klingeln nicht öffnete, hatte er seinen Generalschlüssel genommen.

Vier Uhr. In zwei Stunden begann sein Nachtdienst. Er war früher gekommen, weil der neue Tagesportier immer noch nicht richtig eingearbeitet war. Oder, wenn er ehrlich war, weil er nicht wußte, wie er die letzten beiden Stunden in seiner Wohnung verbringen sollte.

Diana wälzte sich auf die Seite und begrub seine Hand unter ihrem Körper. Sie sabberte ein bißchen, er spürte ihre Brust, sie war warm, und er zog seine Hand nicht gleich zurück. Schließlich stand er doch auf, zog Diana die Decke über die Schultern, sammelte die leeren Weinflaschen auf und brachte sie in die Küche.

Die Vorhänge im Appartement waren zugezogen, das Licht dämmerte grau in grau. Auf ihrem Schreibtisch am Fenster häuften sich Papiere. Die Dienstpläne für die Mädchen entdeckte er unter einem Packen Angebote für die Reparatur des Bades von Nummer 28.

Henk schaute zu Diana. Sie schnarchte und schmatzte zwischendurch mit den Lippen, mit dem Lächeln der Betrunkenen in den Mundwinkeln. Er suchte einen Stift, um die Schicht für das Mädchen zu tauschen. Die Kugelschreiber in der Federschale warben für längst eingegangene Firmen und waren vollkommen ausgetrocknet. Schließlich fand er zwischen ein paar zerknitterten Kontoauszügen einen Stift, der funktionierte. Flüchtig sah er seinen Namen in einer Buchungszeile, dachte sich zuerst nichts dabei und betrachtete den Ausdruck erst an, als er den Stift wieder zurücklegte.

Es war Dianas Privatkonto. Ein paar Barabhebungen und Abbuchungen für ihre Kreditkarte. Eine Überweisung – Verwendungszweck Gehalt Henk – an die Hotelbetriebsgesellschaft, die das TERMINUS für die Herren des Immobilienfonds betrieb.

Gehalt Henk. Er nahm die Worte auseinander, setzte die Worte wieder zusammen, arrangierte sie neu und kam doch immer wieder nur auf eine einzige mögliche Bedeutung. Er war nur noch hier, weil Diana ihn bezahlte.

Er legte den Auszug zurück, trat ans Fenster und schob die Vorhänge einen Spaltbreit auseinander. Diana seufzte im Schlaf und wälzte sich auf die andere Seite. Er hörte eine Decke zu Boden gleiten, aber er blieb einfach stehen und schaute hinunter auf die Straße. Im Café gegenüber saßen Pärchen, Kellner in langen weißen Schürzen liefen Slalom zwischen Tischen und Buchsbaumkübeln. Er meinte, Musik zu hören, obwohl das natürlich ganz unmöglich war. Ein leiser Swing, wie aus der Zeit nach dem Krieg, als am Wochenende im Restaurant des TERMINUS eine Band gespielt hatte. Er hatte mit Diana getanzt, manchmal, wenn sie nicht gerade von einem Offizier in Beschlag genommen worden war, oder wenn sie ihn darum bat. »Henk, tanz mit mir, damit ich die Kerle da loswerde!«

Sie tanzten Swing und Bebop, Moonlight Serenade und Unforgettable, er spürte ihre Brust an seiner, roch ihr Haar, ihr Parfum, ihre Haut und war glücklich.

Henk schluckte und zog die Vorhänge wieder zu. Er ging zu Diana, hob die Decke auf und breitete sie über sie. Dann wischte er sich die Träne von der Wange und ging genauso leise hinaus, wie er hereingekommen war.

HOTEL TERMINUS
Anmeldung

Name: PFEIFFER **Vorname: Thomas**
Straße: xxxxx 31
Wohnort: xxxxx DRESDEN
Beruf: Beamter
Nationalität: deutsch

Christine Lehmann
Die Not des Zeugen

Thomas Pfeiffer betrachte das Lippenstiftherz auf dem Rückwandspiegel im Fahrstuhl. Es war in einem Zug gemalt worden, ein bißchen fahrig und mit schwellender rechter Seite. In was für einem Stundenhotel war er hier eigentlich gelandet? Bei der Bereitschaftspolizei hatte es für ihn wegen einer Großdemo keinen Platz mehr gegeben. Und so stand ihm als Polizeibeamten ein Hotelzimmer der entsprechenden Preisklasse zu.

»Das ist gleich um die Ecke«, hatten ihm die Kollegen auf dem Innenstadtrevier gesagt.

Oben im Gang kam ihm eine Frau entgegen, eher jung, in grauem Schlabberpulli und Rock, aber durchaus bürgerlich. Sie ging hurtig, schulterte die Handtasche und lächelte ihm direkt in die Augen.

»Einen wunderschönen Abend wünsche ich!«

»Gleichfalls«, murmelte Thomas. Er blickte auf den Messingknochen seines Zimmerschlüssels und orientierte sich, während sie auf den Knopf am Fahrstuhl drückte, der mit einem Pling unverzüglich seine Türen öffnete. Die junge Frau verschwand, die Türen schlossen sich. Sie hatte wie seine Schwester ausgesehen, wenn sie etwas angestellt hatte: die Keksdose geplündert oder dem Dackel Schnaps eingeflößt, etwas in dieser Art.

Thomas ließ den Blick über die Zimmernummern schweifen. Hier. In diesem Moment taumelte eine Tür weiter eine Frau auf den Gang. Sie kotzte – wie man in Schwaben sagte –, das heißt, sie hustete sich förmlich den Kehlkopf aus dem Hals, holte röchelnd Luft, schrie, nein, kreischte: »Viola! Viola! Du hast ihn umgebracht!« und sank schluchzend an der Wand zusammen. Ein dünner Seidenschal glitt zu Boden. Ihr Gesicht sah aus wie nach einem Kindergeburtstagsschminken im Regen.

»Kann ich Ihnen helfen?« erkundigte sich Thomas, seine Reisetasche fallenlassend, und half ihr auf die mickrigen Beine. Er erkannte Würgemale an ihrem dünnen Hals. Daher dieser Kehlkopfhusten. »Was ist passiert?«

»Er hat mich gewürgt ... Und dann hat sie ... dann hat sie alle umgebracht.«

Thomas' Herzschlag beschleunigte. Ungewohnt ängstlich spähte er in das Zimmer, dessen Tür offen stand. Zunächst sah er nur den kurzen Flur und dann im Gegenlicht des Fensters einen gebeugten Frauenrücken. Es war eine wuchtige ältere Frau, die mit dem Gesicht auf den Glastisch gekippt war. Es war sehr still in diesem Zimmer. Kein Brummen der Minibar.

»Schauen Sie ins Bad, da ...!«

Das Badezimmer war dunkel. Es hatte die Sicherung herausgehauen. Über den Wannenrand ragte ein Männerschuh, im Schaum bauschte sich ein Anzug.

Thomas riß am Kabel, das einerseits im Schaum verschwand und andererseits in der Steckdose hing. Lebensrettende Maßnahmen hatten immer Vorrang vor Tatortsicherung. Mit beiden Händen faßte er ins Nasse, krallte seine Finger in seifigen Stoff und zog den Mann hoch. Der Kopf knickte in den Nacken. Ein Klacks Schaum rutschte den Kiefer entlang.

Lohnte es sich noch? Seit Thomas mit einer Krankenschwester verheiratet war, wußte er, daß das Risiko, an einem Fön in der Badewanne zu sterben, weit geringer war als das, hinterher querschnittsgelähmt im Rollstuhl zu sitzen. »Weißt du«, hatte Madlen ihm erklärt, »der Strom verursacht einen Kurzschluß im Rückenmark.«

Einen Versuch war es wert, mußte es ihm als Polizist und verantwortlicher Bürger wert sein. In einem Schwall Wasser zog Thomas den Leblosen über den Wannenrand. Er glitschte über den Kachelboden wie ein toter Fisch.

»O Gott!« seufzte die Frau.

Thomas blickte hoch und legte seine ganze Bullenruhe in seine Stimme. »Wie heißen Sie?«

»Elvira.« Es klang wie ein Heulen.

»Elvira, gehen Sie runter zum Portier und sagen Sie ihm, was los ist. Schnell. Wir brauchen einen Notarzt und die Polizei. Bitte beeilen Sie sich.«

Er patschte dem Mann auf die Backe. »Hallo, hören Sie mich?«

»Er ist tot! Tot! Viola hat ihn umgebracht!«

Thomas suchte am Hals nach einem Puls. Zwischen Wanne und hingestrecktem Körper war es viel zu eng für Atemspende und Herzmassage. Er sprang auf, rutschte auf den nassen Kacheln aus, bekam statt des Türrahmens etwas Weiches zu fassen, hörte Elvira quietschen, stolperte ins Zimmer hinaus, riß das Telefon von der Gabel und tippte die Null. Es begann, im Hörer zu tuten. Wie gut, daß alte Telefone nicht am Stromkreis hingen. Mit der anderen Hand faßte Thomas die über den Tisch gekippte Alte an der Schulter und richtete sie auf. Nee, dachte er sofort. Da ist nichts mehr zu machen.

Im Hörer tutete es immer noch. Wann ging der Portier unten endlich an seinen Apparat? Saftladen! Als Thomas jedoch sein Handy aus seiner Jacke gefingert hatte und drauf und dran war, die 110 zu tippen, hob der Portier endlich ab. Thomas gab seine Anweisungen im Polizeiton. Er hatte ohnehin den Verdacht, daß der Portier ihm den Bullen an der Nasenspitze oder besser an den Jeans und der Lederjacke angesehen hatte, obgleich er nur Beamter in das Anmeldeformular eingetragen hatte.

Die Kollegen waren innerhalb von fünf Minuten zur Stelle. Das Revier lag ja auch gleich um die Ecke.

Die Dusche spritzte auf die Klobrille und durchnäßte die Klopapierrolle mit dem zur Spitze gefalteten Blatt, aber Thomas konnte es nicht ändern. Bevor er in die Duschkabine steigen und die Türen schließen konnte, mußte er die Temperatur erst einmal zwischen brühheiß und eiskalt auspegeln.

Während das Wasser ihm über den Körper rann, dachte er an Madlen. Sie pflegte zu behaupten, sie hätten ihre Tochter unter der Dusche eines Hotels in Venedig gezeugt. Knapp ein Jahr war Mirjam jetzt alt. Der kleine Lucas, Madlens Sohn aus einer ersten Beziehung, hatte es erstaunlich gelassen aufgenommen. Dankbar pflegte Thomas an sein Glück zu denken, wenn er in solche Hotelzimmer verstoßen wurde. Fast zu viel Glück für einen großen, dunkelhaarigen Bullen aus Dresden mit schwäbischem Zungenschlag. Seine schöne Madlen, die zierliche, blonde Madlen mit dem Herz einer Krankenschwester und der Seele einer Dichterin, hatte seine Existenz in ein Wunder verwandelt.

Thomas schlang das Badetuch mit der Aufschrift Hotel TERMINUS um die Hüfte und warf sich aufs Bett. Das Handtuch löste sich, als er zu seiner Jacke hinüberlangte, um das Handy aus der Innentasche zu ziehen. Mit Hand und Handtuch trocknete er sich Sack und Schwanz, während er dem Klingelzeichen im Handy lauschte. In seinem Kopf hörte er das Telefon durch die Räume ihrer Altbauwohnung in Dresden-Neustadt schallen. Aber niemand ging ran. Wo war sie denn? Thomas blickte zum Fenster. Wenn in Dresden auch die Sonne schien, dann war sie vermutlich mit den Kindern draußen an der Elbe. Er drückte den Anruf weg, ließ den Kopf aufs Kissen sinken und fühlte sich ausgestoßen, abgekoppelt von aller Welt und einsam und verlassen.

Die brummende Minibar, der Fernseher, der auf der Konsole über dem Sekretär festgeschraubt war, der grünliche Sessel, der Aschenbecher auf dem Tischchen und das Lärmschutzfenster mit dem Blick auf einen Sechziger-Jahre-Bau auf der anderen Straßenseite ließen keinerlei Rückschlüsse auf die Stadt zu, in der er sich befand. Thomas' Gemütszustand ähnelte dem eines Schiffbrüchigen im Ozean.

Schon vorhin, als die Kollegen eintrafen, hatte er Mühe gehabt zu verbergen, daß ihm nicht nur die Hände zitterten. Dabei war er sonst in Uniform mit der Pistole an der Hüfte nicht so leicht aus der Ruhe zu bringen, aber als Hotelgast in ein Zimmer zu geraten, in dem – dem ersten Anschein nach – ein Gemetzel stattgefunden hatte, war etwas anderes. Das hatte ihn kalt erwischt, schutzlos gewissermaßen. Außerdem hatte er noch nie zuvor versucht, einen Menschen zu reanimieren. Auch wenn der Notarzt es ihm bereits versichert hatte, hätte er sich von Madlen gern noch bestätigen lassen, daß er tatsächlich keine Chance gehabt hatte, diesen Bürgermeister ins Leben zurückzuholen. Nach dem Elektroschock war im heißen Wasser das Blut in den Bauchraum abgesackt. Kreislaufkollaps, dann ertrunken. Madlen kannte das Gefühl der Leere, wenn man nur um ein paar Minuten zu spät kam. Einmal hatte sie deshalb sogar in seinen Armen geweint. Thomas blinzelte.

Seine Kollegen hatten ihn eingeladen, nach Schichtende auf ein Bier herüberzukommen. Zwanzig Uhr. Auch darin unterschieden sich die Städte nicht. Und wie alle Polizisten hatten sie sich mit der Aufnahme am Tatort beeilt, um den Papierkram auf dem Revier vorher noch fertig zu kriegen.

Ehe Thomas sich jedoch im Keller einer Polizeiwache an den rustikalen Schanktisch setzte und sich beim Alkoholfreien anhörte, wie man kürzlich die Colaflasche des Dienstleiters mit Stempelfarbe aufgefüllt hatte, setzte er sich lieber auf den Hocker einer dämmrigen Hotelbar und starrte auf die Flaschenbatterie vor der verspiegelten Wand. Vielleicht war er ja in der ganz falschen Stadt, und morgen würde ihn der Taxifahrer in das falsche Landgericht bringen, und niemand riefe ihn zur Zeugenaussage in den Sitzungssaal.

»Ein Radebeuler«, sagte Thomas.

Der Barmann bedauerte. Womit immerhin bewiesen war, daß Thomas sich nicht in Dresden oder Leipzig befand.

»Dann ein Jever.«

An einem Tisch in der Ecke halb hinter ihm saß eine Frau, die nicht hierher gehörte, eine Dame von Format, Merkel-blond getöntes Haar, hier und da Brillantgeglitzer, großbunter Blazer mit asymmetrisch geschneidertem Revers. Vielleicht eine Gattin höherer Zugehörigkeit oder doch eher eine Herrin in leitender Funktion. Irgendwie kam sie ihm bekannt vor, doch vielleicht lag das daran, daß solche Frauen solch große Prachtbullen wie ihn immer mit dem gleichen matriarchalisch-versonnenen Lächeln abmusterten. Sie hatte ein Glas vor sich auf dem Tisch stehen, das nach Whiskey aussah. Fast leer.

Der Barkeeper stellte ihm eine Schale Erdnüsse neben das Bierglas. Thomas zog sein Handy und versuchte es noch einmal. Wo trieb sich Madlen nur herum? Na ja, vielleicht war sie zu ihrer Mutter nach Pirna rausgefahren. Er hatte ihr den Wagen dagelassen und war mit dem Zug gefahren. Der Steuerzahler zahlte ihm zweite Klasse und eine Platzreservierung.

Und das alles für die drei Worte, die er morgen im Zeugenstand zu sagen hatte. »Lohnt sich das denn?« hatte er den Staatsanwalt gefragt, als der ihn vor einem halben Jahr angerufen hatte, um sich zu erkundigen, ob er überhaupt etwas sagen könne. »Das werden wir sehen«, hatte Staatsanwalt Zeller geantwortet. Eine junge, ehrgeizige Stimme, aber nicht unsympathisch. »Erst einmal müssen wir den Geldboten verurteilen, und dann kommen die Hintermänner dran.« Das hatte Thomas eingeleuchtet.

Und so würde er morgen – vermutlich unvereidigt – erklären, daß er den Angeklagten am so-und-so-vielten vergangenen Jahres bei einer Schwerpunktkontrolle an der tschechischen Grenze mit seinem Auto in Fahrtrichtung Dresden auf der Autobahn angehalten hatte. Die Kollegen vom Zoll hatten die entscheidende Frage gestellt. »Führen Sie Bargeld mit sich?« Es wäre nicht das erste Mal gewesen, daß der so Gefragte verneinte oder die Summe untertrieb und der Zoll das gesamte Geld beschlagnahmte, wenn es mehr als 15 000 Euro waren. Doch der jetzt Angeklagte hatte freimütig geantwortet, er habe 400 000 Euro dabei – es sei Geld aus dem unternehmerischen Bereich –, und sie hatten ihn unbehelligt weiterfahren lassen.

Stand alles im Protokoll, aber vor Gericht galt nun einmal das Mündlichkeitsprinzip.

»Beschwere dich nicht«, hatte Madlen ihn ermahnt, als er seine Uniform in die Reisetasche faltete, »bei uns stand immer schon vor Prozeßbeginn fest, wie er ausgeht.«

Trotzdem ... Seine Aussage würde den Prozeßverlauf nicht beeinflussen. Er hatte nicht mehr getan, als eine Kontrollmitteilung an die Zentrale Finanzermittlung zu machen, die im Landeskriminalamt saß und seit ungefähr zehn Jahren in Sachen Geldwäsche tätig war. Erst die Geldwäscheverdachtsanzeige einer Bank hatte dann den Stein ins Rollen gebracht. Denn die vierhunderttausend, die Thomas damals an der tschechischen Grenze gesehen hatte, waren einen Tag später von eben jenem Herrn, der nun auf der Anklagebank saß, auf das Konto eines Notariats eingezahlt worden, dessen Mitarbeiter er war. Das bedeutete, daß das Geld weder sein eigenes gewesen war noch aus einem Unternehmen in Tschechien stammte. Vielmehr stellte sich heraus, daß von diesem Notariatskonto seit Jahren große Summen auf Konten in Übersee abgingen, von wo aus sie auf Umwegen vermutlich nach Deutschland zurückkamen. Klassische Geldwäsche.

Die offene Frage war, wer es hier bekam. Das war den Finanzfahndern bislang nicht gelungen herauszubekommen. Auffällig war aber, daß das betreffende Notariat seit fünf Jahren für das Land Sachsen sämtliche Grundstücksverkäufe abwickelte, alle Vorverträge, Gesellschafterverträge oder Stiftungsaufstellungen notariell betreute und dafür mittlerweile Millionen an Honoraren eingeheimst hatte.

Die Presse schrie bereits Bestechung. Der sächsische Wirtschaftsminister wackelte, auch wenn er relativ glaubhaft versicherte, daß er sich nie persönlich mit der Frage befaßt habe, welches Notariat mit der Abwicklung der Landesgeschäfte beauftragt wurde.

Und nun saß der Geldbote auf der Anklagebank. Ein Notariatsangestellter, der vor einigen Monaten die Kanzlei und Dresden verlassen hatte und von einem ehrgeizigen jungen Staatsanwalt an seinem neuen Wohnort vor Gericht gezerrt worden war. Und dabei ging es noch gar nicht um Bestechung von Amtsträgern, sondern bis jetzt nur um Geldwäsche. Zumal Bestechung letztendlich auch nichts anderes war als eine Methode, den Weg zu verschleiern, den Geld nahm, das eigentlich hätte versteuert werden müssen.

Im Grunde konnte es Staatsanwalt Zeller sogar völlig egal sein, welcher Staatssekretär in welchem Ministerium damit bestochen worden war. Aber, so wie sich Zellers Stimme anhörte, war es ihm nicht egal.

Auch die Presse gab keine Ruhe. Thomas hatte es irgendwann aufgegeben, das Beziehungsgeflecht zu durchschauen, das findige Journalisten zwischen dem Notariat und diversen Ministerien ausgespannt hatten. Die Presse wollte Wirtschaftsminister Schulze zu Fall bringen und hatte eine kleine Affäre ausgegraben, die der Minister einst mit der Halbschwester des Notars gehabt hatte. Die Opposition schrie nach einem Untersuchungsausschuß. Die Wähler ekelten sich. Die Namen und Köpfe, die ganz zu Anfang in den Zeitungen genannt wurden, waren längst wieder aus der Schußlinie geraten, zum Beispiel der einer Staatssekretärin im Wirtschaftsministerium, einer gewissen Gertrude Missbrandt-Löffler.

Thomas linste verstohlen über seine Schulter nach hinten. War sie es, oder war sie es nicht? Und wenn ja, was suchte sie hier? Hatte Staatsanwalt Zeller sie etwa auch als Zeugin geladen? Aber dann wäre sie doch wohl eher in einem Hotel der Kategorie Intercontinental abgestiegen und nicht in dieser Endstation Nirgendwo.

»Sagen Sie mal«, wandte er sich an den Barmann, »wer ist denn das da drüben?«

»Tut mir leid, kann ich Ihnen leider nicht sagen.«

Thomas leerte sein Jever. Seinen Fünfeuroschein behielt der Barkeeper beinahe komplett ein. Thomas steckte den Geldbeutel in die Gesäßtasche zurück und umrundete die Grünpflanze an der Ecke des Gangs zur Rezeption. Der Portier hinter dem Tresen fuhr seelenruhig fort, Papiere zu sortieren und seine Eingabe am Computer zu vollenden, ehe er seine müden Augen und eine Augenbraue hob.

»Könnten Sie mir sagen, wer die Person … wer die Dame ist, die in der Bar sitzt.«

Auch die zweite Augenbraue rutschte in die Höhe. »Tut mir leid.«

»Um die Fünfzig, untersetzt, blond, bunter Blazer. Das wissen Sie doch. So groß ist Ihr Hotel ja nun wirklich nicht.«

»Und warum wollen Sie das wissen?«

Thomas legte seinen Dienstausweis auf die Theke.

Der Portier knitterte Servilität in sein Gesicht. »Wenn es um diesen ... Vorfall heute nachmittag geht: Frau Meiderich ist nicht wieder aufgetaucht.«

»Wer? Ach ja, ich weiß. Ich bin ihr selbst im Gang begegnet, aber darum kümmern sich die Kollegen. Ich bin nur Gast hier im Hotel.«

»Ach so.« Der Portier ließ sich nicht anmerken, daß er sich darüber keine Minute im unklaren befunden hatte.

»Dann zeigen Sie mir doch einfach mal die Anmeldeformulare«, sagte Thomas in seiner bulligsten Art.

Es wollte ihm so vorkommen, als schmunzle der Portier, als er ihm wortlos einen Packen Scheine auf den Tresen legte.

»Die Sammlung einer Woche?« knurrte Thomas.

»Wir sind ein kleines Hotel. Es wäre ein bißchen viel verlangt, wenn wir sie täglich wegschicken müßten.«

»Darum.«

»Bitte?«

Thomas schwieg genüßlich das Schweigen eines Polizisten. Darum also hatte Missbrandt-Löffler sich hier eingenistet. Um ein paar Tage vor der Polizei oder Presse sicher zu sein. Oder um in dem Hotel der Stadt, in dem üblicherweise Politiker abstiegen, nicht gesehen zu werden.

Thomas blätterte die Scheine durch. Obenauf lag ein gewisser Klaus F. Schneider, der wie die meisten die Sparte Beruf nicht frei gelassen hatte, obgleich man sie nicht ausfüllen mußte. Ein Schriftsteller. Und aus Stuttgart.

An den patriotischen Gefühlen, die Thomas plötzlich ankamen, merkte er, daß die Stadt, in der er sich befand, nicht Stuttgart sein konnte. Nur in der Fremde überfiel einen das Bedürfnis, einem Landsmann »Grüß Gott« zu sagen. Nun ja, immerhin hatte auch Madlen einen Gedichtband veröffentlicht. Ob sie diesen Schneider kannte?

»Sieh an! Da haben wir ja, was wir suchen.«

Der Portier linste auf den Schein in Thomas' Hand. »Ah, Frau Missbrandt-Löffler aus Dresden, meinten Sie. Sie ist seit gestern für drei Nächte hier.«

»Vielen Dank, das war's schon«, sagte Thomas mit einem gewinnenden Lächeln. Wenn er lächelte, sah er aus wie ein Analphabet. Das entwaffnete die Leute meist.

Der Portier lächelte ebenfalls und steckte die Scheine in eine Schublade zurück. »Geld hat man übrigens in ihrem Zimmer nicht gefunden.«

»Wie bitte? Wird sie bereits bescha...«

Der Portier grinste. »Ich meine Viola Meiderich. Ihre Kollegen haben kein Geld in ihrem Zimmer gefunden. Sie dürfte wohl auf und davon sein, ohne ihr Zimmer zu bezahlen.«

»Wie gesagt«, raunzte Thomas, »darum kümmern sich die Kollegen. Ich bin hier nur Gast wie jeder andere auch.«

»Dann schönen Abend noch, Herr Pfeiffer.«

Eins zu null für dich, dachte Thomas grimmig. Gehörte es wohl zu den Aufgaben eines Portiers in einem bahnhofsnahen Hotel, seine Gäste vor der Polizei zu warnen?

Am Gebüsch an der Ecke zum Gang in die Bar prallte er fast mit einem Burschen zusammen, der vom Fahrstuhl kam.

»Hoppla!«

Papierschnipsel segelten zu Boden, einer blieb in den Blättern der Grünpflanze hängen. Der Bursche sammelte die Fetzen hastig wieder ein. Thomas pflückte einen Schnipsel aus dem Gezweig. »Das gehört wohl auch Ihnen.«

»Die gehören mir nicht. Ich habe sie auf dem Fensterbrett meines Zimmers gefunden.«

Er sprach, als habe er Murmeln im Mund oder als müßte er die Konsonanten immer erst irgendwo hinten im Gaumen aufknacken wie Nüsse.

»Schauen Sie mal: ›Freddie der Fuchs‹ und ›Elvira die Ente‹. Alles Alliterationen! Da hat jemand ein Buch zerrissen. Die Gesellschaft verroht zusehends.«

Auf einmal sah Thomas sich im Kinderzimmer am Bett von Lucas sitzen, ein Buch in der Hand. Dem Kleinen sanken die Lider über die blauen Augen, während Freddie der Fuchs, Theo Termite und Susanne Sägefisch ihre Streiche ausheckten.

»Das ist aus einem Kinderbuch«, sagte er.

»Dann haben Sie Kinder?«

»Zwei.«

»Bei meinem Job könnte ich diese Kinder manchmal … Kinder und Bücher, das paßt nicht zusammen. Ich werde nie ein Kinderbuch schreiben.«

»Ah, dann sind Sie Klaus Schneider?«

»Klaus F. Schneider. Sie kennen mich?« Der Bursche wankte förmlich vor Erstaunen. »Und ich wiege mich in der illusionären Sicherheit, inkognito untergetaucht zu sein. In einer Stadt, wo mich keiner kennt, die keiner kennt.«

Thomas lachte. »Warum wollen Sie denn untertauchen?«

»Aus Lebensüberdruß und weil die Presse, die sich nicht für mich interessiert, und die Fans, die ich nicht habe, mich bestimmt nicht bis hierher verfolgen. Nein, im Ernst. Ich habe heute abend eine Lesung in der Stadtbibliothek. In knapp zwei Stunden. Es ist die Einsamkeit und soziale Verzweiflung, die mich mit Ihnen ein Gespräch anknüpfen läßt. In fremden Hotels wird man maßlos. Ob die in der Bar wohl einen Wein haben?«

»Ich nehme es stark an.«

Zusammen mit Schneider kehrte Thomas in die Bar zurück. Frau Missbrandt-Löffler saß immer noch in ihrer Ecke. Das Glas vor ihr war wieder gefüllt. Whisky mit Eis. Wer trank schon an einer Bar wirklich all diese phantastischen Drinks, die auf der Karte standen: Elefantentod, Kellerkinder, Rob Roy ... Auch Thomas konnte sich wieder nur für ein Bier entscheiden, diesmal ein alkoholfreies. Klaus F. Schneider verlangte einen Weißwein und zündete sich eine Zigarette an.

»Eigentlich sollte ich keinen Wein trinken und nicht rauchen. Davon kriege ich nur Kopfschmerzen. Prost. Übrigens ich heiße Klaus.«

»Thomas.«

Der Bursche hob noch einmal das Glas. »Was interessiert dich an der Dame da drüben? Stehst du auf ältere Damen? Oder bist du ein Bulle?«

»Übrigens, meine Frau hat einen Gedichtband veröffentlicht«, sagte Thomas.

Klaus warf mit einem Aufschrei die Arme in die Höhe und ließ seine Hände langsam auf sein struppiges Haupt sinken. »Au! Alle schreiben sie, Kinderbücher, Gedichte, Krimis ... und ich habe seit drei Jahren keine Zeile mehr geschrieben. Keine einzige Zeile!«

Im Augenwinkel bemerkte Thomas, daß ein Herr die Bar betrat, ein junger Mensch in grauem Anzug wie einer von diesen studierten Schnöseln, die mit siebenundzwanzig in den Ämtern und Staatsanwaltschaften auftauchten, um Karriere zu machen. Aufgeregt blickte er sich um, dann steuerte er mit allen Anzeichen beflissenen Respekts auf Frau Missbrandt-Löffler zu. Sie schien ihn nicht zu kennen, blickte irritiert auf.

Thomas hörte ein »Darf ich ...« und sah den Jungen Platz nehmen.

»Du bist doch Bulle«, sprach ihn im selben Moment Klaus von der Seite an. »Hast du eine Pistole dabei?«

»He, nicht so laut!«

»Könntest du mich nicht erschießen. Sagen wir, in putativer Notwehr. Dann läge ich hier in dieser Bar in einer Stadt, die ich nicht kenne, mit den Schnipseln aus einem Kinderbuch um mich herum. Wie heißt übrigens diese obszöne Kinderbuchautorin?«

Thomas wollte schon mit den Schultern zucken, doch dann sagte er: »Viola Meiderich. Sie soll übrigens hier im Hotel ihren Mann in die Badewanne gestoßen und einen Fön hinterhergeworfen haben. Heute nachmittag. Allerdings ...«

»Ja?«

»Allerdings hat ihr Mann wohl vorher versucht, seine Geliebte zu erwürgen, eine gewisse Elvira, Violas beste Freundin.«

»Merkwürdig.« Klaus nahm einen Riesenschluck aus seinem Glas. »Warum hat er nicht seine Frau erwürgt, diese Viola? Wenn ein Schreiberling sich so eine Story ausdenken würde, dann würde der Lektor sie ihm um die Ohren hauen. Aber das Leben ist nicht logisch. Und ich sag's ja immer: Das wahre Verbrechen liegt im Kinderbuch.«

Thomas hörte nicht mehr hin. Denn an dem Tisch in der Ecke halb hinter ihm war Unruhe entstanden.

»Aber bitte verstehen Sie mich doch, Frau Missbrandt-Löffler ...«, wehte von dort die aufgeregte Stimme des

Jünglings zu ihm herüber. »Ich soll Ihnen doch nur sagen, daß ...«

»Wenn der Herr Minister mir etwas zu sagen hat, dann soll er selber kommen.« Die Stimme der Dame senkte sich für einen Augenblick, doch die Erregung trieb sie wieder in die Höhe. »Da gibt es nichts zu verhandeln. Und mit Ihnen verhandle ich schon gar nicht!«

Der Jüngling machte beschwichtigende Gesten und murmelte auf sie ein.

»Nein, das ist ganz einfach«, fuhr sie auf. »Wenn der Herr Minister Schulze im Prozeß alles auf Herrn Bornscheuer abwälzt, dann packe ich aus!«

Thomas' Hirn kam auf Touren. Konnte es wirklich sein, daß Staatsanwalt Zeller den Wirtschaftsminister höchst persönlich in den Zeugenstand rufen wollte? Das wäre zwar ungewöhnlich, aber er konnte es durchaus tun. Zum Beispiel konnte er ihn über die Entscheidungsfindung im Ministerium, den Notar betreffend, befragen. Als Zeuge durfte der Minister die Aussage nur verweigern, wenn er befürchtete, sich selbst zu belasten. Und wenn er das tat, dann zerriß ihn die Presse, und er war die längste Zeit Minister gewesen. Also mußte er den Namen dessen nennen, der dem Notariat immer wieder die lukrativen Aufträge zugeschanzt hatte, für das Land Sachsen sämtliche Grundstücksverkäufe abzuwickeln. Das war dann der, der mit den gewaschenen Geldern aus dem Notariat bestochen worden war.

Bornscheuer. Wer war das eigentlich?

»Und wenn Sie glauben«, giftete Missbrandt-Löffler den jungen Referenten des Ministers unterdessen an, »daß ich mit Herrn Bornscheuer nach Kenia gehe, nur weil der Herr Minister ein Bauernopfer braucht ...«

Bornscheuer ... Thomas kramte hektisch in seinem Gedächtnis. War da nicht mal was gewesen? War das nicht der, der vor fünf Jahren aus Baden-Württemberg ins sächsische Verkehrsministerium gewechselt war, der mit dem Jaguar, der seine Strafzettel nie bezahlte? Thomas richtete sich auf seinem Barhocker auf. Ja, auch er hatte einmal die Ehre gehabt, von Herrn Bornscheuer persönlich als dummer kleiner Schutzmann abgekanzelt zu werden, als er den Jaguar von einem Behindertenparkplatz an der Frauenkirche abschleppen ließ: »Kümmern Sie sich lieber um die Inlineskater auf der Brühlschen Terrasse, statt anständigen Bürgern das Leben schwerzumachen!«

Und dieser Kotzbrocken war offenbar mit Frau Missbrandt-Löffler verbandelt. Wenn der Minister alles auf ihn abwälzte, war auch ihre Karriere zu Ende. Thomas fühlte seinen Streßpegel steigen.

»Mein Gott«, fuhr die Dame erneut auf. »Soll ich dem Minister etwa noch aufschreiben, was er sagen muß, um Bornscheuer rauszuhalten? Das ist doch weiß Gott nicht so schwierig? Er soll halt sagen, daß er den Namen des Notars einmal hat fallenlassen, als er mit der Halbschwester liiert war. Und wie das in einem Ministerium halt so ist, haben die dann in vorauseilendem Gehorsam alle Aufträge an dieses Notariat gegeben. Das hat noch lange nichts mit Bestechung zu tun. Nicht wahr?«

»Hui«, schnaubte Klaus und drehte sich auf seinem Barhocker um.

Thomas legte ihm die Hand auf den Arm, damit er sich wieder ihm zuwandte.

»Du hör mal, Klaus. Wenn du heute abend eine Lesung hast, dann hast du doch sicher auch ein Buch von dir dabei. Ich würde dir gern eines abkaufen, um es meiner Frau zu schenken. Von dir signiert natürlich.«

Klaus hob die Hände und lachte. »Wenn mir vor zehn Jahren jemand prophezeit hätte, daß mich eines Tages ein Polizist um ein Buch für seine Frau bittet, die

Gedichte schreibt, dann hätte ich mir gleich die Kugel gegeben.«

Wieder hörte Thomas nicht zu. Er schielte an Klaus vorbei zum Tisch in der Ecke, aber die beiden hatten verstanden, daß man sie hören konnte, und ihre Stimmen zu einem Murmeln gesenkt. Thomas fingerte unter seinem Jackett an seinem Handy herum. Sollte er … oder sollte er nicht?

»Und der Bulle zieht jetzt gleich einen Revolver und verhaftet die beiden, die da hinten über Bestechung reden«, sagte Klaus.

Thomas grinste und zog sein Handy hervor. »Ich will nur meine Frau anrufen. Ich hab's schon zweimal versucht, aber sie war nicht daheim.«

»Dann geh ich mal solange das Buch holen. Damit du deiner Frau eine Überraschung versprechen kannst.«

Klaus wankte etwas, als er vom Barhocker rutschte und die Zigarette in den Aschenbecher stieß, um sie zu löschen.

Thomas blickte ihm hinterher und spielte mit seinem Handy. Er mußte sich entscheiden, doch ihm fehlte der zweite Mann, sein Arbeitszwilling, sein Kompagnon auf Streife, der am liebsten im Aufenthaltsraum die Kataloge mit Polizeiausrüstung studierte und sich ansonsten aus allem heraushielt. Mit diesem Bürschchen im Rücken fiel es Thomas leicht, rasch Entschlüsse zu fassen und zu handeln, aber momentan fehlte ihm die Peilung. Wer war er denn schon, hier in dieser Stadt? Und überhaupt … Es ging ihn nichts an. Er war nicht mit den Ermittlungen befaßt gewesen. Und warum sollte er sich mit den hohen Beamten in den Ministerien anlegen?

»Aber du bist doch Polizist«, hätte Madlen vermutlich zu ihm gesagt. »Auch privat. Und wenn du Kenntnis von einer Straftat bekommst … Du mußt doch morgen ohnehin vor Gericht aussagen.«

Auf keinen Fall jedoch konnte er im Zeugenstand einfach losplaudern und Anekdoten aus einer Hotelbar erzählen: »Ach übrigens, Herr Bornscheuer ist derjenige, der bestochen wurde. Und Frau Missbrandt-Löffler ist diejenige, die dafür gesorgt hat, daß das Notariat immer alle Aufträge bekommt. Denn sie hat vermutlich mit Herrn Bornscheuer ein Verhältnis. Und Minister Schulze wußte das, hat es geduldet und hat wahrscheinlich ebenfalls kassiert.«

So ging das auf keinen Fall.

Thomas rückte sein Rechtsempfinden zurecht und nickte dem Barmann zu. »Setzen Sie alles auf meine Zimmerrechnung.« Das wollte man doch mal sehen, ob nicht Vater Staat bezahlen konnte, wenn es um Ausgaben bei der Aufdeckung einer Straftat ging. Das mußte doch drin sein.

Er wanderte auf die Rezeption zu, während er auf seinem Handy nach dem Namen und der Nummer des Staatsanwalts suchte. Der Portier tat auffällig so, als höre und sähe er nichts. Thomas rammelte sich durch die Eingangstür nach draußen auf die Straße. Den Sechziger-Jahre-Bau gegenüber vor Augen, wählte er.

»Ja!«

»Herr Staatsanwalt Zeller? Thomas Pfeiffer hier. Sie hatten mich doch …«

»Ach ja, Herr Polizeihauptmeister Pfeiffer.« Zellers Stimme klang wohltuend erfreut, so als habe er ihn wirklich erkannt. Das machte es Thomas leichter.

»Es hat sich in Ihrem Fall eine neue Wendung ergeben. Ich könnte vielleicht dazu beitragen, zu klären, wohin die inkriminierten Gelder geflossen sind, die der Angeklagte auf das Notariatskonto eingezahlt hat.«

»Tatsächlich? Und wie?«

»Sie müßten mich morgen im Zeugenstand nur so

etwas fragen wie, ob ich den Namen eines gewissen Herrn Bornscheuer – Staatssekretär im Verkehrsministerium – schon mal gehört habe. Oder ob ich Gertrude Missbrandt-Löffler kenne. Dann könnte ich antworten, daß ich zufällig heute abend nicht umhin konnte, in der Bar des Hotel TERMINUS ein Gespräch mitanzuhören, das Frau Missbrandt-Löffler mit dem Referenten von Wirtschaftsminister Schulze geführt hat.«

»Und was haben Sie gehört?«

Thomas erklärte es ihm. »Sie befürchtet, daß Schulze alles auf Bornscheuer abwälzt, und droht dem Minister damit, in diesem Fall auszupacken.«

Eine Weile blieb es still im Telefon. Dann hörte er Zellers etwas aufgeregte junge Stimme wieder. »Sitzen die beiden immer noch beisammen? Soll ich kommen? Wo sind Sie? In zehn Minuten könnte ich da sein.«

»Nein, der Referent geht gerade.«

Thomas nickte dem Jüngling grüßend zu, der soeben aus dem Eingang des Hotels stürzte und förmlich die Straße hinab floh, an einem Tattooladen vorbei. Wirklich, das war keine Gegend für so einen jungen Karrieristen.

Thomas beendete das Gespräch mit Zeller und fuhr sich über die schwarzen Stoppelhaare. Eins war absolut gewiß: Wenn eine Staatssekretärin, ein Staatssekretär und ein Minister über seine Zeugenaussage – die eines kleinen Streifenpolizisten – stürzten, würde er, Polizeihauptmeister Thomas Pfeiffer, bestimmt nirgendwo mehr Karriere machen.

Fröstelnd trat er wieder in die Hotellounge. Wo war nur der komische Schriftsteller abgeblieben? Es konnte doch nicht so lange dauern, ein Buch zu holen. Der Portier hinter der Rezeption kehrte ihm den Rücken zu.

Thomas blieb zwischen den Sesseln der Lounge und

der Rezeption stehen und tippte zum dritten Mal die Telefonnummer seiner Wohnung in Dresden-Neustadt. Während es ins Leere klingelte, fiel ihm plötzlich ein, daß Madlen ihm heute früh etwas von einem Kindergeburtstag erzählt hatte, zu dem Lucas eingeladen worden war. Er blickte auf die Uhr. Kurz nach sieben. Spätestens in einer halben Stunde würde sie daheim sein. Wenn er sie nach dem Essen anrief, dann war Lucas auch schon im Bett, und sie konnten etwas länger miteinander reden. Wie gern wäre er dann mit ihr ins Bett gegangen, auch wenn die kleine Mirjam zuverlässig nachts um vier aufwachte und schrie.

Mit halbem Ohr hörte er im Fahrstuhlschacht die Stahlseile klappern. Für einen Moment darauf konzentriert, sein Handy ins Jackett zu schieben, sah er das Gebüsch an der Ecke zum Gang stürmisch wackeln. Dann stand sie plötzlich vor ihm, klein, kompakt und wuchtig. Ein fülliger Busen wogte unter der großgemusterten Jacke. Ihre Augen bohrten sich in seine.

»Mit wem haben Sie da eben telefoniert?«

Der Portier feixte hinter seinem Computer.

Zum zweiten Mal fühlte sich Thomas in diesem verfluchten Hotel als Privatmann überrumpelt und antwortete wie ein ertappter Schüler. »Mit meiner Frau.«

»Lügen Sie mich nicht an! Sie spionieren mir nach.« Ihre Stimme kippte ins Hysterische.

»Ruhig, gute Frau…« Thomas langte in sein Jackett. Wo hatte er vorhin seinen Dienstausweis hingesteckt? Verdammt, er war doch nicht im Dienst. »Ich bin …«

Thomas' Dienstgrad ging in einem Schrei unter.

»Ein Killer! Hilfe!« Missbrandt-Löffler flüchtete wie ein Kugelblitz hinter die Theke zum Portier. »Mein Gott! Er wird mich umbringen!«

Thomas sah, wie der Portier die Hand unter den Tresen

schob. Wie ein Bankangestellter, dachte Thomas, der den Alarmknopf sucht. Absurd! Hätte er in diesem Moment gewußt, wer er war, Polizist oder Hotelgast, hätte er gelacht. Missbrandt-Löfflers Augen hatten sich zu ängstlichen Kinderaugen geweitet, sie rangelte mit dem Portier um das, was unter der Theke lag, stieß den Mann beiseite und riß ein schweres, schwarzes Ding hoch – eine Kanone.

»Hände hoch! Ganz langsam!«

Der Portier hob die Hände.

Thomas zog ganz langsam die leere Hand aus seinem Jackett. »Beruhigen Sie sich doch, Frau Missbrandt-Löffler!«

»Woher kennen Sie meinen Namen? Was wollen Sie von mir?«

»Hören Sie ... Ich heiße Pfeiffer. Ich bin Polizist. Der Portier kann es Ihnen bestätigen.«

Der Portier nickte heftig zwischen seinen dramatisch erhobenen Händen.

»Und nun legen Sie die Waffe auf den Tresen. Ich bin hier als ... ich bin wegen einer anderen Sache hier. Es hat ein Tötungsdelikt gegeben, hier im Hotel. Die Täterin ist flüchtig. Von Ihnen will ich gar nichts, Frau Missbrandt-Löffler. Sie sind hier völlig sicher. Niemand will Sie umbringen. Absolut niemand!«

Die Pistole schwankte in ihrer Hand.

In diesem Moment machte der Fahrstuhl pling, und die Türen öffneten sich. Die Staatssekretärin fuhr herum und mit ihr die Mündung der Waffe. Es blitzte und knallte, vielmehr, es puffte eher. Klaus F. Schneider fiel aus dem Lift und schlug der Länge nach hin. Ein Buch schoß über den Teppich gegen Thomas' Schuhspitzen und blätterte sich sperrig auf.

Der Portier entriß der schockstarren Ministerialbeamtin die Pistole und legte sie hastig auf den Tresen. Thomas schnappte sie sich. Erst die Schußwaffe sichern, dann lebensrettende Maßnahmen.

Er beugte sich über Klaus F. Schneider. Wie das Buch zur Pistole in seine Hand kam, erinnerte er sich nicht. Und obgleich die Buchstaben vor seinen Augen verschwammen, brannte sich eine Gedichtzeile in sein Hirn:

PUNKT jetzt ist genug. Dieser Schneider geriert sich gar zu bunt …

Elefantentöter

Klasse: Tropical-Drink
Gelegenheit: abends
Jahreszeit: ganzjährig
Geschmack: extrem stark

Zutaten:
4 cl Amarula Cream
4 cl brauner 73 % Rum
4 cl Guavensaft
4 cl Sahne

Garnitur:
1 Zitronenscheibe
1 Trinkhalm
1 Cocktailkirsche
3 Eiswürfel
Glas: bauchig, kurzstielig
Arbeitsweise: Shaker

7.

Glastür, drinnen kotzgrüner Teppichboden, ein Mann lag vor der Rezeption auf dem Boden. Der Portier, ein junger Bursche mit präzise rasierten Koteletten und elegant gegeltem Haar kniete bei ihm, tätschelte seine Wange. Auf dem Tresen eine entladene Waffe. Ein junger Kerl kam auf sie zu und hob die Hand. »Bitte draußen bleiben, das hier ist ein Polizei ...«

Sie zückte ihren Ausweis. »Lea Berg, KK 11.«

Der Junge hatte ebenfalls einen Ausweis. »Hauptwachtmeister Thomas Pfeiffer.«

Draußen kam jetzt auch endlich die Streife an, die nach dem Notruf aus dem Hotel eigentlich vor ihr hätte da sein sollen. Zwei Uniformierte schoben sich ins Foyer, ein großer Dicker mit einer Gesichtsfarbe, die auf Blutdruckprobleme schließen ließ, und eine kleine Polizistin, drahtig, mit Pferdeschwanz und einer Spur zu viel Mascara um die Augen.

»Polizei!« sagte der Dicke, für den Fall, daß jemand das Wort auf dem Rücken seiner Lederjacke nicht lesen konnte.

Hauptwachtmeister Pfeiffer grinste. »Langsam sind wir in der Überzahl!«

Die Schutzpolizistin sah sich ihre Ausweise an. »Dresden!« stellte sie bei Pfeiffer fest. Und »Düsseldorf!« bei Lea Berg. »Was tun Sie hier?«

»Abgeordnet im Rahmen des länderübergreifenden Austauschs zwischen Dienststellen zur Bekämpfung von Gewaltkriminalität!« sagte Lea Berg zum wer-weiß-wievielten Male, seitdem sie jetzt hier in dieser Stadt war. »Zeitweilig zugeordnet Dezernat KK 11.«

Hauptwachtmeister Pfeiffer erzählte etwas von einem Prozeß, in dem er aussagen sollte, und gab dann ein paar Stichworte zu dem, was eben hier passiert war. »Dem

Herrn dort ist das dann ein bißchen zu viel geworden!« meinte er achselzuckend. »Ist kollabiert. RTW ist verständigt.« Und als ob es etwas erklären würde, fügte er noch hinzu: »Er ist Schriftsteller.«

Der dicke Polizist hatte inzwischen die Pistole sichergestellt. »Luger«, verkündete er sachkundig. »Wohl noch aus dem Krieg, aber nicht geladen. Alles halb so schlimm.«

Der junge Portier hatte dem bewußtlosen Schriftsteller das zerschlissene Sitzkissen von seinem Portiersstuhl unter den Kopf geschoben. Aus der Bar drängten die Schaulustigen. »Beine hoch!« wurde geraten. Und: »Stabile Seitenlage!« Oder: »Der simuliert doch nur!«

Lea Berg seufzte und sagte nicht laut, aber trotzdem deutlich: »Ruhe jetzt, alle zusammen.«

Und alle waren auf einmal ruhig, eine Reaktion, die Lea Berg kannte, aber die sie immer wieder faszinierte. Es mußte etwas mit Autorität zu tun haben. Und mit Gruppendynamik. Weil keiner wußte, was zu tun war, hörten sie auf den ersten, der ihnen sagte, was sie tun sollten. Ein Lufthauch in ihrem Rücken sagte ihr, daß jemand von draußen hereingekommen war. Sie wandte sich um. Der Mann mußte weit über Siebzig sein, aber er hielt sich straff und erwiderte ihren Blick mit einem Ausdruck, den sie bisher noch nicht so oft gesehen hatte. Seine Augen schienen alles mit einem Blick zu erfassen, es waren kein Erstaunen und keine Unsicherheit darin, sondern vielmehr ein interessiertes Glitzern, in das sich ein amüsierter Hauch von »Was es nicht alles gibt« mischte.

»Und?« fragte er nicht einmal besonders verwundert. »Was ist hier passiert?« Ohne sich um die Uniformierten zu kümmern, wandte er sich Lea Berg zu. »Ich bin der Chefportier. Henk.« Er reichte ihr die Hand, und als Lea Berg sie berührte, hatte sie Sorge, irgend etwas zu brechen, wenn sie fester zudrückte. Henk lächelte, und wenn er fünfzig Jahre jünger gewesen wäre, hätte Lea Berg jede Wette darauf angenommen, daß er mit ihr flirtete.

»Und Sie?« fragte er. »Ich dachte, ich kenne inzwischen alle Polizisten hier.«

Henk hätte gern einen Wein gehabt oder wenigstens ein Bier, aber sein Dienst fing gleich an, und außerdem würde es bestimmt einen schlechten Eindruck auf die Kommissarin machen, wenn er jetzt etwas trank. Also ließ er sich von Juan ein Wasser geben, sah ihm zu, wie er schwungvoll die halbe Flasche in das Glas leerte, der Zitronenschnitz und die beiden Eiswürfel darin aufschwammen. Lea Berg hatte sich auch ein Wasser bestellt, eben, ehe sie auf der Toilette verschwunden war. Natürlich, dachte Henk. Auch Polizistinnen hatten menschliche Bedürfnisse.

»Diana war heute sehr ... ungehalten«, bemerkte Juan. »Sie meint, ein paar Fläschchen Wein ...«

Henk schüttelte den Kopf und sagte: »Nichts mehr. Wir waren uns einig.«

»Sie sagt, daß sie dann eben in den Weinkeller geht«, meinte Juan. »Angeblich gibt es hier einen.«

Henk schwieg. Im Krieg hatten sie alle im Keller gesessen, das wußte er von seinem Vater. Eine eigene Erinnerung hatte er nicht wirklich, außer an eine schwere feuchte Kühle, die zuerst angenehm erfrischte, ehe sie klamm in den Körper zog, bis man zu frösteln begann. Er sah Juan an, daß der gern mehr über den Weinkeller erfahren wollte, und war froh, als die Polizistin von der Toilette zurückkam. Sie duftete dezent, nach irgendeinem dieser neuen Parfums, oder vielleicht war es auch nur ihr Duschgel. Henk fragte sich unvermittelt, ob sie sich ihre Zehennägel lackierte.

Sie stießen mit ihrem Wassergläsern an. Sie trank in

kleinen Schlucken. Henk fand sie hübsch, hübsch und interessant, und es gefiel ihm, wie sie ihn anschaute.

»Diese Vorfälle«, meinte er schließlich langsam. »Sicher kein Grund für großartige weitere Ermittlungen, oder?«

Lea Berg runzelte die Stirn. »Immerhin haben wir eine Luger sichergestellt.«

»Ein Andenken«, sagte Henk. »Aus dem Krieg.«

»Eine Schußwaffe«, sagte die Kommissarin.

»Ungeladen«, sagte Henk. »Ich verstehe natürlich, daß Sie sie sicherstellen mußten, aber eigentlich ist doch gar nichts geschehen. Ein Gast war ein wenig überreizt ...«

Er sah, daß der Kommissarin das alles nicht gefiel, doch sie mußte zugeben, daß Frau Missbrandt-Löffler darauf bestanden hatte, daß der Vorfall an der Rezeption nur ein dummes Mißverständnis gewesen war, eine Verkettung ungünstiger Umstände, eine eigentlich ganz banale Situation. Und auch der Schriftsteller beharrte darauf, sich in keiner Sekunde bedroht gefühlt zu haben. Außer einer Beule am Kopf und einem gebrochenen Zeigefinger hatte er bei seinem Sturz keinen Schaden davongetragen.

Die Kommissarin versteckte ein kleines Lächeln, indem sie an ihrem Wasser nippte, und für einen Augenblick hatte Henk den Eindruck, Diana vor sich zu sehen, vor dreißig, vierzig Jahren, als sie oft hier zusammen in der Bar gesessen hatten, nachdem sie im Kino gewesen waren. Eine angenehme Wärme durchströmte ihn.

»Dann haben wir noch den Fall Meiderich«, sagte die Kommissarin. »Zwei Tote an einem Nachmittag. Das war den Kollegen vom zuständigen Revier hier zu viel, deswegen haben sie die Sache zu uns vom KK 11 abgeschoben. Und kaum hatte ich die ersten Protokolle gelesen, als schon wieder ein Notruf aus dem TERMINUS kam.«

»Ja«, murmelte Henk. »Frau Meiderich. Tragisch, nicht wahr? Die Mutter ...«

»Offensichtlich Herzinfarkt«, sagte die Kommissarin.

»... und dann auch noch der Gatte ...«

»Kreislaufkollaps und ertrunken«, sagte Lea Berg. »Auch so eine Verkettung unglücklicher Umstände. Jedenfalls wird es wohl kein Ermittlungsverfahren geben.«

Henk atmete auf. »Das Zimmer von Frau Meiderich?«

»Gebe ich hiermit wieder frei!« erklärte die Kommissarin. »Sie können das Siegel entfernen. Die Kollegen vom BGS haben Frau Meiderich am Bahnhof aufgegriffen. Sie war etwas ... sagen wir verwirrt. Warten wir noch ab, was sie uns erzählt, wenn die Ärzte im Landeskrankenhaus sie ruhiggestellt haben und schließen die Akte dann.«

»Eine familiäre Auseinandersetzung.« Henk sah sie an. »Menschen, die eine Lebensentscheidung treffen, Menschen, die nichts mehr zu verlieren haben. Gestrandete und Glücksritter, Hilflose und Rastlose ... das Schicksal spült sie in die Hotels dieser Welt.« Und seine Aufgabe als Portier war es, solche Menschen zu erkennen. Bei den meisten Problemfällen funktionierte sein sechster Sinn. Die Blicke, die durchs Foyer huschten, schneller als bei den anderen. Das Zögern, ehe sie an den Tresen kamen. Zu viel Gepäck, das viel zu leicht war. Oder gar kein Gepäck. Oder einfach nur irgendeine Aura, die ihn spüren ließ, daß hier Ärger kam. »Ausgebucht, tut mir leid«, pflegte Henk dann zu sagen.

Die Kommissarin hatte ihr Notizbüchlein herausgeholt und schrieb sich etwas auf.

»Ich habe gehört, daß Sie aus Düsseldorf kommen«, sagte Henk.

Sie steckte ihren Stift in eine Lederschlaufe am Deckel des Büchleins und klappte es zu. »Henk«, sagte sie. »Was wollen Sie?«

Er schmunzelte. »In unserem Gewerbe stellt man sich gern gut mit der Polizei.«

»Und das sieht wie aus?«

»Ich könnte Ihnen ein wenig von der Stadt zeigen.«

»Ich bin nicht zum Sightseeing hier.«

»Eine Art spezielle Tour«, sagte er. »Durch den Hafen. Wo früher die Boxvereine waren, die Kneipen mit den Huren, die kleinen Ganoven und Schieber. Eckensteher, Liederjane, Koofmichs ... weiter in die Nordstadt mit dem Industriegebiet, zu den ehemaligen Schrottplätzen. Da haben die schrägen Typen in den fünfziger Jahren die Kupferinstallationen verscheuert, die sie vorher aus den Neubauten am Nordgürtel geklaut haben. Die haben alles mitgehen lassen, Fliesen, Rohre, Armaturen, die Türen, die Fenster. Manchmal sogar die Radlader und die Bagger.«

»Sie kennen sich ja gut aus.«

Er hob nur die Schultern. »Wenn sie dann die Hunderter auf der Hand hatten, ging's hier in der Bar hoch her. Schampus aus der Flasche, und die Hupfdohlen aus den Kabaretts am Hafen tanzten auf den Tischen und dann weiter oben auf den Zimmern.« Er sah, wie Juan die Mundwinkel verzog und meinte: »Ja, ich weiß, es war nicht mehr das alte TERMINUS, aber es war ja auch eine neue Zeit. Da waren die Herren mit den schwarzen Anzügen, mit Hut und Zigarre. Kleine Könige aus ihren Orten draußen im Umland, so wie unser Bürgermeister aus der Badewanne. Honoratioren, die es am Wochenende hier haben krachen lassen. Den Mädchen die Scheine in den Ausschnitt geschoben und ein Herrengedeck nach dem anderen.«

»War bestimmt eine wilde Zeit«, sagte Lea Berg. »Damals.«

»Ja«, sagte Henk. »Und immer mit einem Bein im Knast. Meldevorschriften, Kuppeleiparagraph, Förderung der Prostitution.«

»Aber zum Glück haben Sie immer alle Polizisten hier gekannt.« Die Kommissarin grinste. »Wenn es also noch Fragen gibt ...«

»... kommen Sie einfach zu mir«, sagte Henk.

Sie zog ihr Portemonnaie heraus.

»Sie waren mein Gast«, sagte Henk.

»Danke.«

»Keine Ursache.«

Er sah ihr nach, als sie hinausging, und war sich auf einmal sicher, daß sie sich die Fußnägel lackierte.

Birgit H. Hölscher
Nie wieder Mieder

Darauf, was er in den beiden großen, an den Kanten leicht abgeschabten Koffern mit sich herumträgt, würde man nie im Leben kommen, wenn man Harry Gorgonzola so sieht. Diesen stillen, kleinen Mann mit den vorgeschobenen Schultern in dem verknautschten Jackett, der vor dem Empfangstresen des TERMINUS höflich darauf wartet, daß der Portier mit der goldbetreßten Operettenlivree und der schiefen Nase sich um ihn kümmert. Der stets darauf bedacht ist, niemandem Mühe zu machen und dem man nichts Exotisches, in irgendeiner Form von der Norm Abweichendes zutraut als vielleicht eine stille Leidenschaft für Orchideen oder Zierfische. Er scheint, mit Ausnahme seines unwahrscheinlich klingenden, aber echten Familiennamens, ebenso unauffällig und berechenbar zu sein wie sein gesamtes Leben. 332 Nächte des Jahres verbringt er in Hotels. Allein. Natürlich allein. Oder glauben Sie, ein Vertretergehalt würde für professionelle Gesellschaft ausreichen? In den verbleibenden Tagen des Jahres lebt Harry, zusammen mit anderen Alleinstehenden, in einer kleinen Pension wenige Straßen von seinem ehemaligen Elternhaus entfernt.

Jetzt nimmt er den Zimmerschlüssel entgegen und hebt leicht schnaufend die beiden Koffer an, in denen Dutzende zarter Schlüpfer, straffender Mieder, exquisiter Trikotagen und delikater Dessous für die elegante Dame mit stilsicherem Geschmack ruhen. Edle Stücke aus Seide, Satin und Spitze, durchbrochen, bestickt und kunstvoll paspeliert: seine Verkaufsmuster aus der aktuellen Herbstkollektion. Hier im TERMINUS reserviert Harry, wie in allen Hotels an seiner üblichen Route, traditionell dasselbe Zimmer. Die 24 im zweiten Stock ist praktisch gelegen, zwischen einem Doppel- und einem anderen Einzelzimmer. Darauf achtet er, daß es nach beiden Seiten etwas zu sehen gibt, denn das ist elementarer Bestandteil seiner heimlichen Passion. Doppelzimmer sind dabei, seiner Erfahrung nach, meistens ergiebiger.

Er stößt die kackbraun gestrichene Tür zur 24 auf, wuchtet sein Gepäck in das nach kaltem Leinen und Kloreiniger riechende Zimmer und mustert die Einrichtung. Alles wie immer. Der Faltenrockschirm der Tischlampe neben dem Fernseher hängt nach wie vor schief; eine der Halterungen fehlt, seit Harry denken kann. Das ehemals weiße Plastikgehäuse des Radioweckers zeigt noch immer das braun-gelbe Mal, wo jemand eine Kippe hat verglühen lassen. Und die Lüftungsklappe im oberen Teil des hohen Fensters schließt wieder nicht richtig.

Harry zurrt die blickdichte Gardine wieder vor das Fenster, sperrt das graue Nieselwetter aus und beendet seine kleine Inspektionsrunde an der Wand zum Zimmer 23, dem Doppel. Von Henk, dem Portier, weiß er, daß es nicht vermietet ist. Trotzdem riskiert er einen Blick. Immerhin können im Lauf des Abends ja noch Gäste einziehen. Dann sollte der Durchblick frei sein. Er nimmt den Rahmen mit dem nichtssagenden Kunstdruck von der Wand, und seine dünne Lippen verziehen sich zu einem zufriedenen Lächeln, aus dem sein ganzer Stolz spricht. Da ist sein kleiner Schatz: das geheime Loch, das er vor gut vier Jahren mit chirurgischer Präzision in die Wand gebohrt hat. Kleiner als ein Eincentstück, etwas unter Augenhöhe durch die dünne Zwischenwand getrieben und mit einem hineingestopften Kügelchen weißen Hotelbriefpapiers bis zur nächsten Benutzung getarnt. Eine ausgezeichnete Arbeit, an die er sich immer wieder gern erinnert. Er hat gewartet, bis die Gäste aus der 23 zum Essen gingen und ist dann mit seinem Akkubohrer sorgfältig durch die Wand und bis zur Papprückwand des auf der anderen Seite hängenden Bilderrahmens vorgestoßen. Die Einrichtungen der Zimmer sind spiegelverkehrt angeordnet. Das hatte er bei seinem vorherigen Aufenthalt im TERMINUS erkundet. Also hing auf der Höhe seines Bildes im Nebenzimmer ein ebensolches. Er hat vorsichtig durch die Papprückwand des Nachbarbilderrahmens gebohrt, so weit, bis im Papier des Druckes ebenfalls ein Loch entstand. Wahre Maßarbeit – er durfte ja nicht das Glas des Rahmens treffen. Als das Nebenzimmer am nächsten Morgen frei wurde, konnte er es kaum erwarten, hineinzuschlüpfen und sein Werk zu begutachten. Es war perfekt. Die Glasscheibe war unversehrt, und in dem üppigen Blumengemälde fiel das kleine Loch überhaupt nicht auf.

Doch jetzt ist es, nachdem er das Papier aus dem Loch gepopelt hat, drüben düster, kaum erkennt er die Umrisse der Möbel. Also hängt er das Bild wieder an den Haken, damit drüben kein Lichtschimmer ihn und sein Hobby verrät, sollte doch jemand hereinkommen. Mal sehen, ob er auf der anderen Seite mehr Glück hat. In der 25 wohnt eine üppige, einzelne Dame im besten Alter, hat Henk ihm, mit einem völlig überflüssigen Augenzwinkern, verraten. Seit Harry ihm damals einen glutroten Strapsgürtel, Modell Irma la Douce, Größe S, gratis überlassen hat – keine Ahnung, wofür er ihn brauchte, so viel er weiß, ist der Portier nicht verheiratet –, ist Henk ihm gegenüber deutlich auskunftsfreudiger geworden. Nur daß er stets anzüglich grinst, wenn er ihm seine aktuellen Zimmernachbarn nennt, gefällt Harry nicht. Er verbietet sich den Gedanken daran, daß der andere, so unwahrscheinlich das auch scheint, vielleicht seine Leidenschaft für Dessous und Voyeurspiele teilt.

Das Loch an der gegenüberliegenden Wand ist in der Herstellung noch diffiziler gewesen. Doch Harry ist ja geübt, inzwischen befinden sich in etwa zwanzig Hotels seine winzigen, heimlichen Hinterlassenschaften in den Zimmerwänden. Seine 24 und die 25 sind nicht spiegelbildlich angeordnet. Auf der anderen Seite des mit zerkautem Papier getarnten Lochs befindet sich drüben in der 25 ein Wandspiegel. Dessen Spiegelschicht hat Harry mit seinem Bohrer von hinten weggekratzt, so daß ein kleiner, unauffälliger Durchblick entstanden ist. Flugs das Papierkügelchen herausgepolkt – und schon liegt das diskrete Reich der dicken Dame vor Harrys Auge. Doch es ist noch zu früh, seine Nachbarin ist nicht da. Richtig spannend wird es erfahrungsgemäß frühestens um neun, wenn sich die ersten Gäste auf ihr Zimmer zurückziehen. Harry hat also noch Zeit, sich eine Garnitur für heute abend auszusuchen.

Es ist zwanzig vor zehn. Harry ist hellwach. Seit einer Stunde sitzt er im Halbdunkel seines Zimmers, streicht sich immer wieder versonnen über seine Schenkel in den schwarzen Netzstrümpfen, faßt sich in den Schritt, genießt das Überschreiten des Tabus, das noch immer fremdartige Gefühl der zarten Stoffe auf der Haut, spielt mit der Phantasie des Erwischtwerdens und erinnert sich an verflossene Abenteuer in anderen Hotelzimmern. Sein Blick wandert an der Vorderseite der lachsfarbenen Korsage unter dem transparenten Negligé hinunter bis zu seinem Bauch, der den glänzenden Stoff zu einer Halbkugel spannt.

Bist ganz schön fett geworden, denkt er, wirst demnächst eine Größe größer nehmen müssen. Lachsfarbene Dessous sind ihm die liebsten. Leider sind gerade mauve und apricot en vogue, aber es gelingt ihm meist, den

Sortimenter davon zu überzeugen, daß die Kundschaft der von ihm belieferten Geschäfte zu einem nicht unwesentlichen Teil aus Damen mit eher traditionellem Geschmack besteht. So hat er selbst immer etwas Schönes zum Wechseln. Das ist wichtig, denn nach ein paar Malen nutzt sich die Attraktion eines Stückes ab, und er braucht einen neuen Kick. Peinlich? Nein, peinlich ist es ihm nicht. Es weiß ja niemand davon. Anfangs hat er sich noch dagegen gewehrt, versucht, das befremdliche Verlangen zu unterdrücken, sich auf alle erdenklichen Arten davon abzulenken. Doch ab einem, für ihn selbst unmerklichen Punkt hat er sich eingestanden, daß er dagegen völlig machtlos ist. Und es schadet ja niemandem. Verheiratet war er nie, und Mutti, mit der er bis zum Schluß zusammengewohnt hat, ist lange tot.

Harry erhebt sich vom Stuhl, schlüpft in die seidenen Pantoletten mit den rosafarbenen, zum duftigen Negligé passenden Pompons und dreht eine Runde vor dem Wandspiegel der Garderobe. Die hohen Absätze behindern ihn schon lange nicht mehr. Er bewegt sich auf ihnen graziöser als manche Frau in ihren hochhackigen Schuhen. Sein scharf rasiertes Gesicht blickt ihm aus dem Spiegel entgegen. Das sich lichtende Haar mit den großen Geheimratsecken steht zwar in Kontrast zu seiner Aufmachung, aber er hat es nie für nötig befunden, mit Perücken zu arbeiten. Nein – gerade der Gegensatz von femininer Bekleidung und der männlichen Frisur ist etwas, das ihn immer wieder besonders antörnt, als wäre er zwei, Mann und Frau, ein Paar in einem Körper, fremd und doch vertraut.

Während er nach nebenan lauscht, rückt er die ausgepolsterten Körbchen der strammen Korsage zurecht und läßt ein paarmal leise die Strapse gegen seine Schenkel klatschen. Seine Erregung wächst. Er ist bereit.

Wenig später ächzt draußen der altersschwache Lift,

teppichgedämpfte Schritte passieren seine Zimmertür, stoppen nebenan vor der 25. Zwei, drei Atemzüge lang bleibt es still, dann wird der Schlüssel ins Schloß gestoßen, der schwere Messinganhänger schlägt dabei gegen das Holz. Kurz darauf klickt die Tür wieder. Harry hört, wie nebenan der Lichtschalter an der Zwischenwand betätigt wird und sich dann der Schlüssel im Schloß dreht, als seine Nachbarin sich einschließt. Endlich ist es soweit.

Wenig später kniet er auf dem Bett, preßt die Vorderseite seines Körpers an die Trennwand. Der bitterbraune Geruch, den die Tapete absondert, steigt ihm in die Nase, während er hinüber zur Nachbarin linst. Wie sie heißt – er weiß es nicht. Er zieht es vor, die realen Namen seiner Lustobjekte nicht zu kennen, und gibt ihnen lieber Phantasienamen. Diese hier wird er Susi nennen, beschließt er, während sich seine Lippen zu einem lautlosen, anerkennenden Pfiff spitzen. Sie ist ein wirkliches Schlachtschiff. Etwa in seinem Alter, also wahrscheinlich jenseits der Wechseljahre, groß, untersetzt, vollbusig. Sie hat die grelle Deckenbeleuchtung eingeschaltet, so daß sich ihm der Anblick ihrer ganzen Pracht eröffnet, als sie beginnt, sich neben ihrem Bett der Kleider zu entledigen. Sie nestelt am Verschluß ihres Rocks, läßt ihn über die ausladenden Hüften rutschen, bückt sich und verschwindet aus seinem Gesichtsfeld. Im Inneren ihres Schranks klappern Kleiderbügel hohl aneinander, und dann ist sie wieder da. Er schnappt nach Luft. Die Bluse hat sie auch schon aufgehängt. Braves Mädchen. Er reibt und gnubbelt von außen seinen Schwanz in dem straffen Satinhöschen, befeuchtet seine Lippen und spürt dem lustvollen Kribbeln in seinem Unterleib nach.

Susi trägt unter ihrem kurzen Unterkleid aus transparentem Chiffon eine Büstenhebe aus der Vorjahresserie der Firma Jäger. Modell *Gloria*, wenn ihn nicht alles täuscht. Die Spitzenkörbchen modellieren ihre, schon von Natur aus mächtigen Brüste zu perfekten Pyramiden.

Herrje, heute lohnt es sich wirklich. Harry hofft nur, daß sie nicht gleich zu Bett geht und das Licht löscht. Nein, sie kommt direkt auf ihn zu. Ihm verschlägt es den Atem. Ihre Höllenglocken schweben direkt vor ihm, als sie sich vorbeugt und anscheinend das Fernsehgerät einschaltet, denn als sie zurücktritt, zeichnen sich hell flackernde Lichter auf ihrem Bauch ab. Den Ton hat sie wohl abgestellt: Er hört nichts. Sie wendet sich um, zeigt ihm ihre sensationellen Hinterbacken, die doch tatsächlich vom schmalen Band eines Tangas unterteilt werden. Erstaunlich. Die meisten Kundinnen ihres Alters bevorzugen bei der Wahl ihrer Slips deutlich geräumigere Schnitte. Er sollte sich darauf einstellen, notiert er im Geiste, und unbedingt mehr Tangamodelle bestellen. Auch in den großen Größen. Susis Hinterteil tanzt von ihm weg in Richtung Bett, und ihm wird leicht schwindelig. Einen Moment hält er seine Faust still. Noch nicht – es fängt doch erst an.

Da wird drüben an die Tür geklopft. Susi wirkt für eine Sekunde irritiert, fährt sich durchs Blondhaar und schaut schnell nach rechts und links. Erwartet sie Besuch? Jetzt wird es spannend. Ihr Rubenskörper entschwindet nach rechts, in Richtung ihrer Zimmertür. Es klopft noch einmal. Eine dunkle Stimme murmelt etwas Unverständliches. Harry sieht nur noch das leere Bett, die weißen Laken scheinen erwartungsvoll zurückzustarren, und er wartet ungeduldig darauf, was nun passieren wird, schwankt zwischen Ärger über diese Unterbrechung und Begierde, nun vielleicht etwas noch Prickelnderes geboten zu bekommen.

Er nimmt das Auge vom Loch, dehnt die vom Knien verspannten Beine und genießt das süße Ziehen in der Leistengegend. Was treibt Susi? Hinter ihm, im engen Bad, tropft die Dusche. Das tut sie bereits seit heute nachmittag, doch erst jetzt fängt es an, ihn zu irritieren. Er überlegt, ob er seine Zimmertür einen Spalt weit öffnen und die Unterhaltung an Susis Tür belauschen soll. Nein, das wäre zu auffällig. Und da knallt drüben auch schon die Tür ins Schloß.

Harry nähert sein Auge wieder dem Durchblick. Ein Japsen entfährt seiner Kehle, als er Susis Körper auf ihr Bett fliegen sieht. Der Morgenmantel, den sie übergeworfen hat und ihr Unterkleid rutschen hoch, und sie zieht die Beine an, was ihm einen Moment lang eine unerhörte Aussicht beschert. Zwei barsche Männerstimmen schnauzen Susi an. Sie wimmert. Harry hält die Luft an. Unglaublich! Seine Susi, eine kleine Sadomaso-Sau. Und noch dazu mit zwei Kerlen gleichzeitig. Der eine reißt ihren schlaffen Körper vom Bett hoch, schüttelt sie. O ja, gib's mir, Baby! Hektisch arbeitet Harrys Faust. Susi stöhnt, Tränen rinnen ihr die Wangen hinab. Verdammt, warum muß ausgerechnet jetzt einer der Kerle das Loch verdecken? Hau ab, Mann! Harry seufzt. Drüben klatscht es mehrmals, eine sonore Männerstimme fragt etwas, was Harry nicht versteht. Er fleht den Knaben dort drüben im Geist an, das Loch frei zu machen. Hau endlich ab, Mann! Er muß was sehen, sonst ist es nur halb so gut.

Endlos erscheinende Sekunden später wird es auf der anderen Seite hell. Yeah, endlich kann er wieder etwas erkennen! Harrys Auge tränt vor Anstrengung. Susi hockt auf der Bettkante. Einer der Männer hat ihr den Arm von hinten um den Hals gelegt und würgt sie. Sie reißt die Augen auf, schluchzt. Aus ihrer Nase tropft es rot. Der zweite Mann reißt ihr das Unterkleid herunter. Harry hält es fast nicht mehr aus. Das ist der Wahnsinn, so was hat er während seiner siebzehn Dienstjahre als Handelsreisender noch nie geboten bekommen. Seine Faust bewegt sich im selben Tempo, wie seine Phantasie rast. Ob die beiden

Callboys sind? Zufällige Bekanntschaften aus der Hotelbar? Mitglieder eines Sadomaso-Zirkels? Mit der anderen Hand streichelt Harry über seinen Hintern in dem seidigen Stoff, stellt sich vor, es wäre Susis Arsch. Er beugt sich nach hinten, blickt an seiner Korsage hinunter, und dann kommt es ihm. Endlich!

Als es vorbei ist, nähert er sein Auge noch einmal dem Guckloch, um das Abschwellen seiner Lust mit ein paar Bildern von Susi zu illustrieren. Er fixiert die Gestalt auf dem Bett, und ihm gefriert das Blut. Noch bevor er begreift, was er sieht, ratschen auf dem Gang eilige Schritte über den abgewetzten Teppich und entfernen sich in Richtung auf die am Ende liegende Fluchttreppe. Harry kneift ein paar Mal die Augen zu, reißt sie wieder auf: das Bild auf der anderen Seite des Lochs bleibt dasselbe. Susi liegt wie eine zerbrochene Puppe halb auf dem Bett, halb auf dem Boden und bewegt sich nicht. Ihm schnürt sich die Kehle zusammen, und er hält unbewußt den Atem an. Irgend-was stimmt da nicht. Sollte er vielleicht hinübergehen, schauen, ob es ihr gutgeht? Ach was, beruhigt er sich, es wird schon alles in Ordnung sein. Sie hat gerade eine anstrengende Nummer geschoben und ruht sich nun aus. Schließlich sieht er nur ihren Körper, ihr Kopf ist außerhalb seines Blickfelds. Kein Grund zur Beunruhigung. Mensch Susi, Harry gerät ins Träumen, du warst so gut. Er gleitet hinunter auf seine Matratze und gibt sich ganz dem Kitzel der Erinnerung hin.

Später, als die Erregung völlig abgeklungen, alle Einzelheiten des gedanklichen Rückblicks auf Susis Nummer ausgekostet sind, wachsen Harrys Zweifel wieder an. Ob drüben noch Licht brennt? Er späht hinüber. Mann, die liegt ja immer noch so da! Harry fängt an zu schwitzen. Ist ganz schön mitgenommen von der harten Nummer, die gute Susi. Ihm wird flau. Nein, da stimmt irgendwas überhaupt nicht. Weshalb sonst sind die Kerle so abrupt verschwunden? Er hat von Hardcore-Praktiken gelesen, die wirklich lebensgefährlich sind. Strangulationen oder so etwas.

Harry reibt sich über die Augen, glotzt dann wieder zu dem regungslosen Torso auf der anderen Seite der Wand. Nun, wo die Lust nicht mehr sein Hirn vernebelt, fällt ihm ein, daß Susis Gegenwehr tatsächlich etwas zu realistisch ausgesehen hat. Die Laute, die sie ausgestoßen hat, könnten auch erstickte Hilferufe gewesen sein. Zitternd klettert er vom Bett und wankt zur Zimmertür. Der Gang liegt im Halbdunkel, die Notbeleuchtung glimmt grünlich. Alles ist still. Aus dem Nebenzimmer dringt ein schmaler Lichtstreifen. Die Tür ist nur angelehnt! Harry denkt daran, hinüberzuhuschen, um nach dem Rechten zu sehen. Nein, das geht nicht. Was wenn sie doch nur ohnmächtig ist und aufwacht, während er sich über sie beugt? Sicher würde sie sich zu Tode erschrecken und das ganze Hotel zusammenschreien.

Er drückt seine Tür wieder ins Schloß, verriegelt sie sorgfältig. Der Herzschlag trommelt gegen seinen Rippen, als er, mit einer Mischung aus Faszination und Abscheu, wieder durch das Loch auf ihren drallen, leblosen Körper schaut. Das Unterkleid hängt in Fetzen, eine Brust quillt aus dem Körbchen des Büstenhalters. Kein Atemzug hebt ihren Brustkorb, so lange er auch hinstarrt. Er ist sich nun sicher: Er hat einen Mord beobachtet.

Mit größter Anstrengung beherrscht er seinen Schließmuskel, um sich nicht ins Höschen zu machen, als er über die möglichen Konsequenzen nachsinnt. Er hat die Mörder gesehen. Zwar hat er überhaupt nicht auf ihre Gesichter geachtet, aber das wird ihm niemand glauben. Vielleicht kommen sie zurück, um die Leiche zu beseitigen, fällt ihm ein. Er muß die Polizei rufen. Nein, besser nicht. Wie soll er erklären, weshalb er etwas von dem Verbrechen mitbekommen hat? Nachher wird er selbst noch der Tat verdächtigt. Er könnte den Mord allerdings anonym melden. Aber sind sie nicht in der Lage, jeden Anruf zurückzuverfolgen? Das ganze ist ein Alptraum.

Sein halbnackter, bleicher Körper geistert durch das abgedunkelte Zimmer. Seine Stirn in Falten gelegt und an seinem Fingernägeln nagend, tigert Harry hin und her, hält nur ab und zu inne, um eins der Schnapsfläschchen aus der Minibar zu leeren. Doch das beruhigt ihn auch nicht. Immer wieder wirft er einen Kontrollblick nach drüben in die 25. Nun ist es klar: Susi ist tot. Kein Mensch liegt zwei Stunden lang so verrenkt herum. Harte Nummer hin, harte Nummer her. Harry versucht sich zu erinnern, über was die drei vorhin, bevor sie anfingen, geredet haben? Zwecklos, er hat kaum etwas verstanden, und den Rest kriegt er nicht mehr richtig zusammen. Irgendwas mit einem Minister. Das Wort »Prozeß« war gefallen, fällt Harry noch ein und daß es Susis letzte Chance wäre. Dann nichts mehr. Seine Gedanken und Schlußfolgerungen werden immer konfuser. Was soll er nur tun?

Vermutlich ist es das klügste, den Kopf unten zu halten, überlegt er zum wiederholten Male. Susi kann er nicht mehr helfen, wirklich beschreiben kann er ihre Mörder nicht – also besteht keine Notwendigkeit, sich als Zeuge zu melden, damit bringt er sich nur selbst in Gefahr. Er schraubt die Kappe vom nächsten Fläschchen und schüttet das brennende Zeug in seinen Rachen. Irgendwann sinkt er völlig erschöpft auf sein Bett und ist innerhalb von wenigen Sekunden eingeschlafen. Auch als mitten in der Nacht von nebenan, aus der 25, Poltern und gedämpfte Stimmen durch die Zwischenwand dringen, wacht er nicht auf, sondern wälzt sich nur stöhnend auf die andere Seite.

Harry kann kaum die Augen aufhalten und drückt mit seinem ganzen Körpergewicht gegen die Glastür zum Frühstücksraum, die sich mit einem leisen Knacken in den nach Kaffee und Zigarettenrauch riechenden Raum öffnet. Er hat das Gefühl, in der vergangenen Nacht kaum geschlafen zu haben, seine Glieder sind schwer wie Blei, die geschwollenen Augen brennen. Drinnen empfängt ihn hotelübliche, verhaltene Frühstücksbetriebsamkeit. Gäste pilgern zum Büfett, die junge rothaarige Servierkraft klappert leise mit dem Geschirr, Gesprächsfetzen dringen durch die zwischen den Tischen aufgestellten Pflanzenkübel, und von einem Tisch, an dem mehrere Personen sitzen, erklingt halblautes Lachen.

Harry läßt seinen Blick, auf der Suche nach einem ruhigen Plätzchen, durch den Raum schweifen – und erstarrt.

Susi! Das darf doch nicht wahr sein. Schlagartig zweifelt er an seinem Verstand, klammert sich an den Griff der Tür und starrt die Frau in dem großgemusterten Blazer mit passendem Halstuch an, die mit hoheitsvollem Lächeln an einem Zweiertisch am Fenster sitzt und ihr Brötchen aufsäbelt.

Kein Zweifel, sie ist es. Sie lebt. Aber was hat er dann gestern abend beobachtet? Ist er wahnsinnig geworden? Hat er Halluzinationen? Harry läßt sich auf den nächstbesten freien Stuhl fallen und späht an einem dichtblättrigen Ficus vorbei zu Susi hinüber. Er kann nichts an ihr entdecken, was auf die brutale Szene von gestern hindeutet. Das blonde Haar ist perfekt frisiert, an den Ohrläppchen funkeln Brillantstecker, ihre fülligen Hände zittern nicht. Allerdings verdeckt das bunte Tuch ihren Hals. Vielleicht steht sie ja doch auf perverse Strangulationsspielchen? Und er hat sich in seiner Verwirrung einfach geirrt, als er sie für tot hielt. Da erhebt Susi sich und stolziert zum Büfett. Als sie mit einem Aufschnittteller an ihren Platz zurückkehrt, hält er es nicht mehr aus. Er tritt an ihren Tisch.

»Sie ... ich ... Entschuldigen Sie die Störung. Harry ... Ich meine, mein Name ist Gorgonzola, Harry Gorgonzola. Ich ...« Er weiß nicht weiter. Sie starrt mit großen blauen Augen ungeduldig zu ihm herauf.

»Ja, bitte?«

»Es tut mir leid. Ich wollte nur ... Ich meine, geht es Ihnen gut?« Er knetet, ohne es zu merken, seine Krawatte.

»Danke der Nachfrage. Kennen wir uns?« Die Spur eines herablassenden Lächelns verzieht ihren geschminkten Mund und trägt nicht zu Harrys Selbstsicherheit bei.

»Nein, natürlich nicht. Das heißt ... gestern abend ... Ich war nebenan ...« Er bricht ab. Unmöglich, es ihr zu erklären. »Entschuldigen Sie die Störung, meine Dame. Ein Irrtum ... Einen guten Tag.« Er flieht mit stolperndem Herzen zurück an seinen Tisch. Seine Aufregung wird von grenzenloser Erleichterung abgelöst. Er hat kaum seine Mimik unter Kontrolle, möchte am liebsten grinsen wie ein Honigkuchenpferd. Susi, du süße Sau, da hast du's mir aber gegeben. Er starrt auf den beigebraun gemusterten Tischabfalleimer vor sich und versucht sich zu erklären, wie er in der letzten Nacht auf all diese abenteuerlichen Theorien hat kommen können. Die Erleichterung darüber, daß es allesamt fixe Ideen waren, vermischt sich mit der Peinlichkeit, die er über seine Hirngespinste empfindet, zu einem Zustand, der fast sexueller Spannung ähnelt. Er linst zu Susi hinüber und sieht, wie sie ein Mobiltelefon aus ihrer Handtasche zieht. Während sie mit entschlossenem Gesichtsausdruck in das Handy murmelt, ziehen die Bilder des gestrigen Abends an Harrys innerem Auge vorbei: die phantastische Show, die sie geboten hat, bevor die Männer in ihr Zimmer kamen, dann die noch prickelndere, echt harte Sadomaso-Nummer. Die langsam in ihm wachsende, irrationale Annahme, daß etwas nicht in Ordnung sei. Die vermeintliche Leiche. Seine alberne Angst, in etwas hineingezogen zu werden. Schnee von gestern. Fröhlich ordert er bei der Serviererin Kaffee und bedient sich am Büfett.

Nach drei Tassen Kaffee, zwei Brötchen und einem gekochten Ei erhebt er sich – gesättigt und rundum zufrieden. Der Tag kann beginnen, die drei ortsansässigen Miederwarengeschäfte warten auf ihn.

Da spricht ihn ein unauffälliger junger Mann an, den er zuvor, eher unbewußt, zwei Tische weiter wahrgenommen hat.

»Verzeihen Sie bitte. Ich habe gesehen, wie Sie eben mit Frau Missbrandt-Löffler gesprochen haben.« Als würde das alles erklären, deutet er mit einem Kopfnicken auf Susis, inzwischen verwaisten Platz. »Darf ich einen Moment mit Ihnen sprechen? Lassen Sie uns ins Foyer gehen. Mein Name ist Thomas Pfeiffer.«

Perplex und willenlos trabt Harry neben dem anderen her ins Erdgeschoß, sinnt dabei erfolglos darüber, in welche Region gehörig er dessen Dialekt lokalisieren soll. Dieses abgehackte Knödeln ist ihm entfernt geläufig. Seine Gedanken wandern weiter. Missbrandt-Löffler – so heißt Susi also. Ihm ist nicht klar, ob er das wirklich wissen will. Was will der andere wohl von ihm? Unten angekommen, läßt Harry sich auf Pfeiffers Aufforderung hin in einen der Sessel sinken, die dort das Ledersofa eskortieren. Der Tagportier sieht kaum auf, ordnet weiter irgendwelche Papiere.

»Frau Missbrandt-Löffler … ist sie eine Bekannte von Ihnen?«

Harry rutscht unruhig auf dem, von Tausenden von Hintern glattgeschmirgelten Leder hin und her.

»Nein, überhaupt nicht. Wie kommen Sie darauf.«

»Sie müssen verstehen, ich bin bei der Dresdner …«, Pfeiffer scheint einen Moment zu zögern, »… Polizei, und wir ermitteln in einer bestimmten Sache, in der das Sächsische Wirtschaftsministerium und die Staatssekretärin Missbrandt-Löffler eine gewisse Rolle spielen.« Er senkt die Stimme. »Es geht um eine Bestechungsaffäre erheblichen Ausmaßes. Vielleicht können Sie mir weiterhelfen.«

Harry ringt die Hände. Die Polizei! Das hat ihm, nach den Schrecken der vergangenen Nacht, gerade noch gefehlt.

»Ich? Nein, nein. Wirklich nicht. Ich weiß gar nichts. Ich kenne die Frau überhaupt nicht.«

Der andere läßt nicht locker.

»Sie wohnen doch hier im Hotel, Herr …?«

Harry stellt sich dem Polizisten beklommen vor. »Harry Gorgonzola. Ich bin Handelsvertreter und steige von Zeit zu Zeit hier im TERMINUS ab.«

»In welchem Zimmer?«, bohrt Pfeiffer weiter, fixiert Harry dabei mit einem Eidechsenblick.

»Vierundzwanzig, aber ich weiß gar nicht, was Sie von mir wollen.« Harry zieht kläglich die Schultern noch ein Stück höher.

»Ach, welch ein Zufall! Dann sind Sie ja Zimmernachbar von Frau Missbrandt-Löffler.«

Harry würde am liebsten aufspringen, beherrscht sich jedoch.

»Kann sein«, stammelt er. »Aber ich weiß gar nichts. Das müssen Sie mir schon glauben.« Er spürt einen Anflug von Trotz in sich aufwallen.

Da erhebt sich Pfeiffer abrupt, nickt ihm abschließend zu und konstatiert: »Nun gut, vielleicht habe ich mich ja geirrt.«

Harry entspannt sich etwas und betet, daß Pfeiffer nun verschwindet. Der bleibt jedoch hinter Harrys Rücken stehen und legt ihm plötzlich eine Hand schwer auf die Schulter. Harry zuckt zusammen und verschluckt sich fast an seinem Speichel.

»Wenn Ihnen doch noch etwas einfällt, Herr Gorgonzola, rufen Sie mich an. Hier ist meine Handynummer.« Der Polizist hält Harry mit der anderen Hand von hinten ein weißes Kärtchen dicht vor die Brust.

»Sicher nicht.« Harry greift nach der Karte, hofft, daß das Zittern seiner Hand nicht auffällt. Aus dem Augenwinkel verfolgt er, wie Pfeiffer mit schnellem Schritt an der Rezeption vorbei und über die Stufen hinaufstrebt. Er ist wieder genauso verwirrt wie in der vergangenen Nacht. Hier stimmt etwas überhaupt nicht, doch eines ist Harry sonnenklar: Er will auf keinen Fall da hineingezogen werden.

Am Abend kehrt Harry mit seinen Musterkoffern von den Besuchen bei *Mieder-Isolde*, dem *Wäschewunder* und *Daisies Dream Dessous* ins TERMINUS zurück. Die Bestellungen sind mäßig ausgefallen, er selbst ist viel zu unkonzentriert für gute Abschlüsse gewesen und sagt sich, daß er die Termine besser abgesagt hätte. Doch nun ist es zu spät, morgen geht es auf in den nächsten Bezirk. Müde greift er nach dem Schlüssel, den Henk ihm über den Empfangstresen schiebt.

»Wird eine ruhige Nacht für Sie, Herr Gorgonzola«, meint er und reibt sich seinen Nasenzinken. »Ihre Nachbarin in der 25 ist abgereist, die 23 ist ebenfalls nicht belegt.«

Harry heuchelt Freude über die Information, murmelt überflüssigerweise etwas von seinem leichten Schlaf und nimmt den Lift. In seinem Zimmer angekommen, duscht er, verspeist ohne Appetit die belegten Brötchen, die er mitgebracht hat, und legt sich zum Fernsehen auf das Bett. Er zappt ohne wahres Interesse zwischen den Sendern hin und her: Tagesschau, ein Tierfilm, irgendeine Gameshow. Seine Augenlider werden schwer.

Irgendwann später schreckt er aus leichtem Schlummer auf. Nebenan in der 25 klappt die Tür. Zwei Stimmen. Harry ist mit einem Mal hellwach. Also ist das Zimmer doch wieder vermietet. Er fühlt sich plötzlich belebt, ja fast beschwingt. Ein wenig Entspannung kann nicht schaden. Schon springt er auf, wühlt im Koffer nach seiner Garnitur. Seine Erregung wächst. Zwei Personen in einem Einzelzimmer – das läßt auf Lohnendes hoffen. Hat er doch das TERMINUS schon manchmal in Verdacht gehabt, bei Gelegenheit als verdecktes Stundenhotel zu fungieren.

Aber erst fertig machen, dann gucken, ruft er sich zur Ordnung. Ungestüm streift er sich die Netzstrümpfe über, schlüpft in die Korsage. Wo, zum Teufel, ist der Slip? Ach ja, zum Trocknen auf der Heizung im Bad. Voilà. Eine Minute später ist er bereit und nähert sein Auge dem Loch in der Wand.

Verflixt, zwei Kerle! Darauf steht er überhaupt nicht. Einer der beiden Anzugträger setzt sich auf das Bett, hält dem anderen ein Glas hin. Der füllt es mit einer bernsteinfarbenen Flüssigkeit aus einer Taschenflasche und kommt dann direkt auf Harry zu. Er hat ein Allerweltsgesicht, und seine volltönende Stimme ist so laut, daß Harry jedes Wort versteht.

»Möchte wissen, wie der Kerl dahintergekommen ist. Was hat er bloß gehört? Ob er uns beim Abtransport gesehen hat? Hast du etwa nicht richtig nachgesehen, ob der Gang frei war?«

Sein Kompagnon fällt ihm ins Wort. Seine Stimme hat

einen trockenen, unsympathischen Tonfall. »Was denkst du, natürlich hab ich nachgesehen.«

»Aber irgendwas muß er doch gespannt haben. Ich verstehe das nicht.«

Ohne Vorwarnung fährt Harry ein Schauer über den Körper. Das da drüben sind Susis Mörder! Es kann nicht anders sein. Diese dunkle Stimme kommt ihm einfach zu bekannt vor. In seiner Aufregung fällt ihm nicht auf, daß Susi gar nicht tot ist, er heute morgen mit ihr geredet hat. Sein Herz rast, Schweiß bricht ihm am ganzen Körper aus. Und die Verbrecher sprechen über ihn. Was wollen sie noch hier? Er legt, anstelle des Auges, ein Ohr an das Loch.

»Wir werden schon herausfinden, was er weiß. Cheers.«

»Cheers. Die Sache mit dem Double für die Alte hat ja hingehauen. Zum Glück war die so clever und hat sofort reagiert, als der Typ sie angequatscht hat. Kann man nur hoffen, daß sie heute im Gerichtssaal ebenso überzeugend war. Sag mal, was mir gerade einfällt, vielleicht kennt der Kerl die Missbrandt-Löffler ja schon länger.«

»Kann sein. Das werden wir schon aus ihm herauskitzeln.«

Die unangenehme Stimme lacht hohl. Der andere brummt etwas. Ein Feuerzeugdeckel klackt metallisch.

Harry wird schwindelig, als er kapiert, daß er anscheinend unversehens in eine illegale Affäre von ungeahntem verbrecherischen Ausmaß hineingeschlittert ist. Er drückt sein Ohr so stark an das Loch, daß es schmerzt, unfähig sich zu rühren, unfähig einen klaren Gedanken zu fassen. Phantasie und Realität vermischen sich zu einem unentwirrbaren Knäuel. Kann er seiner Wahrnehmung diesmal wirklich trauen? Oder bildet er sich alles wieder nur ein, versteht er alles falsch? Drüben erklingt die Klospülung.

»Sag mal, willst du ihn in die Mangel nehmen, und ich halte ihn oder umgekehrt?«

Vor Harrys Augen steht eine rote Wand. Mehrere Atemzüge lang hört und sieht er nichts, kämpft gegen die alles umnebelnde Panik an.

»Komm, laß uns rübergehen und es erledigen«, hört Harry.

Ihm stockt der Herzschlag. Er nimmt das Ohr vom Loch, dreht den Kopf und schaut hinüber. Einer der Kerle zieht sich Handschuhe über. Harrys Knie geben nach. Da klopft es dreimal kurz an seine Tür.

»Zimmerservice.«

O Scheiße! Harry springt vom Bett, verheddert sich mit dem Absatz der Pantolette im Negligé. Himmel, jetzt ist er geliefert. Sein Blick irrt in der Enge des Zimmers umher. Wohin fliehen? Er stöckelt zum Bad. Zwecklos. Wenn er sich dort verbarrikadiert, haben sie um Nu die Tür aufgesprengt. Er hetzt zum Fenster. Das ist die einzige Möglichkeit.

Wieder klopft es an der Tür. Die sonore Stimme dringt durch das Holz.

»Zimmerservice. Darf ich hereinkommen?«

Mein Gott, sie werden doch wohl keinen Schlüssel haben? Mit zitternden Fingern reißt Harry am Fenstergriff.

Harry balanciert mit wattigen Knien, die großen Füße in den zierlichen, rosafarbenen Pantoletten, auf dem schmalen Sims, der unter dem Zimmerfenstern entlang bis zur Hausecke führt. Verzweiflung überschwemmt ihn. Es ist alles zwecklos. Sie werden das offenstehende Fenster sofort bemerken. Was hat er nur geglaubt? Hätte er doch nur nach Hilfe telefoniert. Jetzt ist er geliefert.

Er preßt die Handflächen, als wären sie Saugnäpfe, an die Hauswand in seinem Rücken und senkt den Blick, ohne den Kopf zu bewegen. Zwei Stockwerke tiefer wabert die betonierte Fläche des Hotelhinterhofs vor seinen

Augen. Müllcontainer, ein dunkler Torweg, Stufen zu einem Kellereingang, Fahrräder, eine quadratische Wäschespinne auf ihrem Pfahl, auf den Leinen rotweiß karierte Handtücher. Harry atmet flach.

Zu hoch, um einen Sturz unbeschadet zu überstehen, zu niedrig, um meinen Aufzug vor möglichen Passanten zu verbergen, überlegt er. Ich sollte besser die Pantoletten ausziehen, aber wie? Wenn ich Pech habe, kostet mich das endgültig das Gleichgewicht.

Da schiebt sich, am linken Rand seines Blickfelds, zwei Armlängen von ihm entfernt, ein Kopf aus dem Fenster seines Zimmers. Der Gangster mit dem unauffälligen Gesicht späht erst nach links, dann in Harrys Richtung. Ein Wimmern dringt aus Harrys Kehle, als sich ihre Blicke treffen. Der andere grinst. Sein Kopf verschwindet für einen Moment, dann taucht ein schwarzer Halbschuh auf dem unteren Fensterrahmen auf.

Harry drückt seinen Rücken noch fester an die Hauswand, setzt einen Fuß vorsichtig ein paar Zentimeter nach rechts, stellt den zweiten hinterher. Vielleicht gelingt es ihm, in eins der anderen Zimmer hineinzuklettern. Noch ein Nachstellschritt zur Seite. Doch es ist zwecklos. Der Killer hockt bereits auf der Fensterbank, streckt seinen Arm nach Harry aus. Hinter ihm taucht sein Kumpel auf, zischt ihm irgendwas zu. Eine Hand im Lederhandschuh packt den Saum von Harrys Negligé. Der kreischt auf, strauchelt, und eine der Pantoletten rutscht ihm vom Fuß, segelt durch die Abendluft hinunter in den Hof. Es ist, als hielte die Welt für einen Moment den Atem an. Dann landet die Pantolette klatschend dort unten, und Sekundenbruchteile später hallt der gesamte Innenhof von einem schrillen Kreischen wider, das scheinbar nicht aufhören will. Harry klebt wachsbleich, Schweißperlen auf Stirn und Schläfen, an der rauhen Hauswand, der

Gangster umklammert weiter, ebenfalls zur Statue erstarrt, den hauchdünnen Negligéstoff, während sein Kollege ihn von hinten festhält.

Unten auf dem Hof, direkt unter ihnen ist eine pummelige Frau in einem hellblauen Arbeitskittel aus einer Tür getreten. Harrys Pantolette ist direkt vor ihren eigenen, ehemals weißen Birkenstocks gelandet, und nun steht sie da, ihre Hände an die Wangen gepreßt, und starrt nach oben. Sie läßt die drei Darsteller des grotesken Schauspiels auf dem Sims nicht aus den Augen und schreit und schreit und schreit.

»Hilfe! Ein Selbstmörder! Hilfe! So helft ihm doch! Hilfe! Ein Selbstmörder!«

Es dauert einen Augenblick, bis Harry begreift, daß sie ihn meint, aber dann ist er schlagartig überglücklich. Wenn sie weiter so brüllt, wird sie dort unten sehr bald Gesellschaft bekommen. Zeugen, die er sehr gut gebrauchen kann. Hotelgäste, Angestellte, Feuerwehr, Polizei. Jede Menge Zeugen. Egal, daß sie ihn in dieser Aufmachung sehen werden, hier geht es um Leben und Tod. Dieselben Überlegungen müssen dem Killer durch den Kopf gegangen sein, denn er läßt Harrys Negligé los und verschwindet fluchend im Zimmer.

Später findet Harry sich auf dem Bett seines Hotelzimmers wieder, die Hausdame des TERMINUS drückt an seiner Hand herum und bläst ihm ihren Weinatem entgegen. Hinter ihr erkennt er den Polizisten, der ihn nach dem Frühstück angesprochen hat – heute morgen oder war das gestern? – und der nun irgend etwas in sein Handy knurrt. Vorsichtig sieht Harry an sich hinunter. Die Bettdecke verhüllt gnädig seine skandalöse Bekleidung. Er klappt die Augen wieder zu. So sehr er sich anstrengt, er erinnert nicht, wie er vom Sims herunter und ins Zimmer hineingekommen und was passiert ist, nachdem ihn der Gangster losgelassen hat. Muß so was wie eine streßbedingte Amnesie sein. Und wieso ist dieser Pfeiffer hier?

Er öffnet die Augen wieder, und die Deckenlampe über ihm scheint sich zu drehen. Nur nicht ohnmächtig werden, sagt er sich. An der Zimmertür entsteht Unruhe. Als er den Kopf dreht, sieht Harry mehrere Personen, die versuchen, sich hineinzudrängen und dabei wild durcheinanderreden. Plötzlich blitzt es zwei-, dreimal. Harry wendet geblendet den Kopf ab. Pfeiffer scheucht die Pressefritzen fort und komplimentiert auch die Hausdame hinaus. Dann tritt er an Harrys Bett.

»So, Herr Gorgonzola, jetzt zu Ihnen.«

Harry schlägt kleinlaut die Augen nieder.

»Warum haben Sie mich nicht angerufen, dann wäre Ihnen das alles nicht passiert«, setzt Pfeiffer fort. »Nun erzählen Sie aber, bevor die Kollegen der hiesigen Kripo Sie in die Mangel nehmen. Was waren das für Männer?«

Harry überlegt keine Sekunde, dann sprudelt alles aus ihm heraus.

Am nächsten Tag checkt Harry gegen Mittag, in der nächsten Stadt auf seiner Route, im Hotel ZUR LINDE ein. In seinem gewohnten Zimmer angekommen, holt er als erstes eine große Pappschachtel mit Fugenspachtel aus einer Plastiktüte mit dem Aufdruck eines Baumarkts. Schon gestern, während er dem Dresdner Polizisten alles beichtete, hat er sich eins geschworen: Er wird ab sofort mit dem Spannen aufhören, in allen Hotels die Gucklöcher dicht machen und auch seine zweite Passion an den Nagel hängen. Selbst wenn er dafür seinen Beruf aufgeben muß, um nicht mehr in Versuchung zu kommen.

Nie wieder Mieder!

VOYEURISMUS,

von französisch: voir = sehen; die sexuelle Schaulust, auch Scopophilie genannt

Das Verlangen, etwas zu sehen, ist eng verknüpft mit dem Verlangen, etwas zu zeigen: dem Exhibitionismus. Diese beiden voneinander abhängigen Partialtriebe der Sexualität werden während der frühkindlichen Sexualentwicklung geweckt und dienen dann dem Wissensdrang.

Die suchthaften Formen des Voyeurismus sind vielfältig.

Siehe »Peeping Tom« und die Lust, einer Frau heimlich beim Entkleiden zuzuschauen.
Siehe: Urolagnie, Koprophilie, Mixoskopie.
Lexikon der Erotik, Reinbek, Bd.2, S.453–455

8.

Juan ließ den Brief mit den Unterlagen in der Schublade seines Tresens verschwinden, als Henk in die Bar kam. Es war spät, Vonda Shepard sang nur für den einsamen Trinker am Ende der Bar. Zimmer 33, erinnerte Henk sich, irgendein Ludwig Sowieso, Handelsvertreter. Ein Standardgast, der sich spätestens um Mitternacht an seine Promillegrenze herangetrunken haben würde. Mit ein bißchen Mühe schaffte er es dann auf sein Zimmer, wo er die Dusche vollkotzen und beim Porno auf dem Bezahlkanal im Hotelfernseher einschlafen würde.

Juan stellte Henk ein Wasser hin. »Es wird hart für sie«, sagte er.

»Ja«, sagte Henk.

»Sie hat mich angeschrien«, sagte Juan. »Und dann wollte sie eine von meinen Flaschen. Merlot oder Medoc oder Beaujolais, irgendwas. Ich habe ihr gesagt, daß sie von mir nichts bekommt, und da hat sie mich wieder angeschrien, daß es mir nicht zusteht, ihr so etwas zu sagen.«

Henk fuhr sich übers Gesicht. »Wir sollten die Minibars im Auge behalten. Ich sage gleich morgen den Zimmermädchen Bescheid.«

Juan lehnte sich an die Bar und behielt den Trinker im Auge. »Ihr seid hier aufgewachsen?«

Henk lächelte in sein Wasser. Dann hob er den Blick. »Du hast Nachricht von der Reederei? Wann geht es los?«

Juans Blick wanderte zu der Schublade.

Henk meinte: »Du weißt ja – der Briefträger wirft immer alles auf die Rezeption.«

»In zwei Monaten«, sagte Juan.

»Du bist natürlich froh, daß du endlich hier herauskommst.« Er dämpfte die Stimme. »Gute Gäste in der Schiffsbar. Smokings und Abendkleider. Champagner und teure Cocktails.« Er hob die Hand, um Juans Einwand abzuwehren. »Alles ist besser als das TERMINUS, nicht wahr?«

»Was ist denn los?« Juan kam ein bißchen näher. »Ich denke, du liebst das TERMINUS.«

»Es war ein Anfang für mich, damals«, sagte Henk. »Keine große Diskussion, als ich die Schule hinter mir hatte. Mein Vater war der Portier, und ich war sein Sohn. Was zu tun war, wußte ich sowieso schon. Wieso dann noch ein paar Jahre auf die Hotelfachschule gehen.« Er nahm einen Schluck Wasser. »Das war der Anfang. Im TERMINUS. Hat lange gedauert, bis ich begriffen habe, daß man im TERMINUS nicht den Anfang machen sollte. Du machst es richtig. Du warst in Amerika, du gehst auf das Kreuzfahrtschiff. Und in zehn, zwanzig Jahren, wenn du überall gewesen bist, dann kannst du zurückkommen, ins TERMINUS. Bringst die Welt hierher in die Bar.«

»Natürlich«, sagte Juan. »Es ist nicht schlecht hier. Ruhige Gäste, sehr übersichtlich.« Er kontrollierte den Trinker mit einem Blick. »Ich dachte, ich kümmere mich schon einmal um meinen Nachfolger. Ich habe da jemand an der Hand ...«

»Ich mache keine Personalsachen«, sagte Henk. »Das weißt du. Geh zu ihr.«

»Ja«, sagte Juan. »Natürlich. Bloß ist sie im Moment etwas ...«

»Ja«, sagte Henk. Und nach einer Weile: »Sie hätte weggehen sollen. Damals. Vielleicht wäre ich dann auch weggegangen.«

Juans Blick kehrte sich nach innen. »Vielleicht ist sie wegen dir nicht weggegangen. Sie hat mir erzählt, wie ihr zusammen im Kino wart... ›Niagara‹ ...«

»›Fluß ohne Wiederkehr‹«, sagte Henk. »›Und Blondinen bevorzugt‹. Aber bei ›Frühstück bei Tiffany‹ waren wir immer noch hier.«

Der Trinker leerte seinen Whisky und hielt das Glas hoch. Juan goß ihm nach und kam zu Henk zurück. »Audrey Hepburn«, sagte er. »Ich erinnere mich.«

»Tust du nicht«, sagte Henk. »Aber ich weiß es zu schätzen.«

Juan holte den Umschlag der Reederei aus der Schublade. »Der Dresscode«, sagte er. »Und die Liste der Drinks in den verschiedenen Bars. Hygienevorschriften und Pipapo.«

Henk grinste. »Brauchen wir alles nicht, hier im TERMINUS. Wir sehen uns die Leute einfach an, die wir einstellen.«

Juan grinste. »Du stellst doch keinen ein. Das macht doch ...«

»Ja, sagte Henk bitter. »Das macht sie.«

Horst Eckert
Verfluchte Aura

Joachim Bellmer war sich jetzt fast sicher, daß sie vorhatte, sich mit jemandem zu treffen. Sie schlenderte nicht, sondern ging zielstrebig, seit sie im Hauptbahnhof den Zug verlassen hatte. Es war ein heißer Vormittag, die Häuser reflektierten das Sonnenlicht, und selbst der graue Asphalt brannte grell in Bellmers Augen. Er fluchte, daß er keine Sonnenbrille eingesteckt hatte, und blinzelte in die Auslagen eines Modelleisenbahngeschäfts, als die Frau an einer roten Fußgängerampel stehenblieb.

Typisch Angela, dachte er. Kein Auto weit und breit, aber sie wartet auf Grün. Angela trug das dunkelblaue Leinenkostüm, als hätte sie sich für den Kirchgang mit ihren Eltern feingemacht. Als sei es kein schwüler, staubiger Werktag, eine Stunde von zu Hause entfernt, mitten in der Großstadt, in die sie sonst nur fuhren, wenn sie Besuch hatten oder Weihnachtseinkäufe planten.

Höchstens zwanzig Schritte lagen zwischen ihm und Angela. Bellmer hätte sie ansprechen können, aber er hatte Angst, daß sie ihn mit Ausflüchten abspeisen würde.

Die Ampel sprang um. Er latschte Angela hinterher. In der Seitenstraße ein Café. Tische auf dem Gehsteig, ältere Damen auf Alustühlen. Kübel mit Buchsbäumen, die den Durchgang für Fußgänger verengten. Angela steuerte das Café an.

Bellmer entging nicht, wie der Kellner ihr zunickte. Die Hausfrau und Mutter zweier Kinder, seit sechzehn Jahren scheinbar glücklich mit einem halbwegs wohlhabenden Versicherungsmakler verheiratet, sah blendend aus. Nicht nur für ihr Alter, wie Bellmer fand.

Während der Zugfahrt hatte er sich alles hundertfach ausgemalt. Jetzt schien ihn dieser Blick des Obers zu bestätigen: Angela hatte eine Verabredung. Sie war nicht zum ersten Mal hier. Sogar die Angestellten des Cafés kannten sie.

Unmittelbar vor den Buchsbäumen kreuzte sie jedoch die Straße und passierte einen Tattooladen. Bellmer blieb auf der anderen Seite. Zitternd beobachtete er, wie die Frau, die er besser zu kennen geglaubt hatte als jeden anderen Menschen, auf ein schmucklos renoviertes Gründerzeitgebäude zuging und eine Glastür öffnete.

TERMINUS. Offenbar ein Hotel.

Angela hielt die Tür auf für ein Pärchen, das mit Koffern bepackt die Steinstufen herabstolperte. Sein Blick fixierte Angela, als könne er sie mit Gedankenkraft davon abhalten, dort hineinzugehen.

Zweige streiften Bellmer, er versuchte einem Buchsbaumkübel auszuweichen, rempelte den Kellner an und krachte gegen einen Tisch. Tassen schepperten, Cappuccino schwappte. Zwei Damen guckten ihn empört an.

Die anderen Cafégäste kicherten. Bellmers Hüfte schmerzte.

Ihm wurde klar, daß alles viel schlimmer war, als er befürchtet hatte.

»Was glaubst du, wer du bist?« fuhr Diana ihn an.

Henk fand, daß sie besser aussah denn je. Der Zorn stand ihr gut. Die Nüchternheit erst recht.

Sie sagte: »Jetzt arbeitest du schon Tag und Nacht! Als nächstes machst du auch noch die Zimmer und die Bar, oder was?«

Ein etwas übergewichtiger Mann um die Vierzig betrat die Halle. Anzugträger, schütteres Haar, kein Gepäck. Unschlüssiger Blick.

»Ausgebucht!« rief Henk ihm zu. Trotzdem trat der Kerl näher. Er wich Henks Blick aus und musterte die Kratzer im Holztresen, als er sagte: »Angela Bellmer, ich bin mit ihr verabredet.«

Die Nervöse von eben, erinnerte sich Henk. Er hatte sie noch nie zuvor gesehen – vermutlich ihr erstes Mal. Er zeigte sein Profilächeln und erklärte: »Nummer 26, zweiter Stock.«

Der Mann im Anzug, der vermutlich ihr Liebhaber war, trottete zum Lift.

Diana blickte ihm mißbilligend hinterher. Dann knurrte sie: »Ausgebucht?«

»Ja, seit die junge Dame das letzte Einzelzimmer bekam.«

»Dame? Ich wette, du hast ihr ein Zimmer für eins von den late arrivals gegeben. Fünfzig Euro für drei Stunden auf eigene Kasse, nicht wahr? Du machst aus diesem Haus einen Puff!«

Henk zeigte ihr den Buchungsbeleg aus dem Computer. Er machte keine Nebengeschäfte. Nicht heute. Der Meldezettel war komplett ausgefüllt, sogar Paßnummer und Geburtsdatum hatte die Nervöse in penibler Schönschrift eingetragen.

Er sagte: »Und daß ich tagsüber hier bin, ist nur ausnahmsweise.«

»Ausnahmsweise!« höhnte Diana. »Das könnt ihr mit mir nicht machen! Du und Juan. Verbrecher seid ihr! Was ihr da macht, ist Freiheitsberaubung!«

Nimm's nicht persönlich, sagte sich Henk. Diana mußte da durch. Wenn sie eine Woche durchstand, waren sie einen großen Schritt weiter. Er hatte ihr den Weinvorrat stibitzt und den Schlüssel zum Keller sichergestellt, und Juan versorgte sie nicht mehr mit Medoc. Außerdem kontrollierte Henk ihre Einkäufe. Zwei Flaschen hatte er am Morgen aus ihrem Korb gefischt. Die Zimmermädchen paßten ebenfalls auf.

Eine Woche – es müßte zu schaffen sein.

Ein blonder Kerl in Jeans und Nike-T-Shirt räusperte sich.

Henk fuhr herum. Er hatte den jungen Mann nicht kommen sehen.

»Was ist Freiheitsberaubung?« fragte der Jeansträger.

»Wir sind ausgebucht«, antwortete Henk.

Der Blonde zeigte einen eingeschweißten grünen Ausweis. »Gericke, Kriminalpolizei. Ich, äh, wir bräuchten ein Zimmer nach vorn raus. Für ein paar Tage. Wir haben Hinweise, daß im Café gegenüber, na ja, Sie wissen schon.«

»Eine Observierung?«

»Eine ganz heiße Kiste, aber kein Wort zu irgend jemandem!«

Henk überlegte. Die Bullen brauchten es nicht gemütlich. Die Bude, die ein Gast neulich im Suff demoliert hatte, stand leer. »Zimmer 28 kann ich Ihnen geben. Es ist zwar eigentlich nicht bewohnbar im Moment, aber für Ihre Zwecke …«

»Nach vorn raus?«

»Ja. 135 Euro.«

»So viel?«

»Messepreis. Wollen Sie es sehen?«

Er angelte den Schlüssel vom Brett. Diana hielt ihn fest. Sie flüsterte: »Heinrich …«

Er raunte zurück: »Nenn mich so, wie alle mich nennen!«

»Gib mir den Medoc zurück!«

»Nein.«

»Henk, mir graust vor dir.«

In diesem Moment dröhnte ein Scheppern durchs Treppenhaus, etwas zerschellte. Ein Ficus, dachte Henk.

Einer der beiden großen Keramiktöpfe auf dem Absatz. Die Tür neben dem Aufzug wurde aufgerissen, und der dickliche Anzugträger von vorhin stürzte in die Halle. Tränen im Gesicht. Nasse Ärmel. Verschmiertes Blut an Händen und Manschetten.

»Rufen Sie die Polizei«, stammelte er. »Meine Frau ist ermordet worden!«

Henk warf Gericke einen fragenden Blick zu.

»8700 und das KK 11 verlangen«, erklärte der Kripomann.

Glastür, drinnen immer noch der kotzgrüne Teppichboden, der krumme Portier hinter dem Tresen. Lea Berg war die Absteige schon fast vertraut.

Ein Eifelbürgermeister war hier in der Badewanne gestorben. Zu gern hätte Lea dessen Gattin wegen Mordversuchs hinter Gitter gebracht, aber der Staatsanwalt hatte der Unfallthese Glauben geschenkt. Lea hatte sich in den letzten Tagen ein bißchen umgehört und ein paar wilde Gerüchte über das TERMINUS aufgeschnappt. Das jüngste handelte von einer Politiktussi aus Ossiland, die angeblich ihre eigene Doppelgängerin war – ein fieser, kleiner Wäschchcini hatte den Kollegen vom Staatsschutz eine irre Geschichte aufgetischt.

»Bin gespannt, was diesmal los ist«, sagte Lea zu Moritz Feldhoff, einem Grünschnabel aus dem Kommissariat für Tötungsdelikte, als sie die Halle betraten.

Zwei Uniformierte lungerten vor dem Aufzug, zwei weitere hielten einen mittelalten Anzugträger im Blick, der in einem der Sessel versank. Ein blonder Kollege in Zivil unterhielt sich mit dem Portier. Lea erkannte Gericke aus dem KK 33, Betrug und Falschgeld. »Was machst du denn hier?«

»Der Kerl dort drüben behauptet, seine Frau sei bereits

tot gewesen, als er in ihr Zimmer kam«, antwortete Gericke. »Nicht besonders glaubwürdig, wenn du mich fragst.«

»Ich dachte, du hättest Urlaub. Dom-Rep, Limbo und Cuba Libre.«

»Verschoben. Wir, äh, planen gerade eine Observation.«

Der Mann im Anzug stemmte sich aus den Polstern. Lea entdeckte Handschellen an den Gelenken, Blutflecken an den Manschetten. Die Augen des Mannes waren gerötet.

»Ich schwör's«, rief er. »Ich war's nicht!«

Lea wandte sich an ihren Begleiter. »Komm, Moritz. Um den kümmern wir uns später. Erst mal schauen wir uns die Sauerei an.«

Moritz Feldhoff fühlte sich ein wenig an die Fotos vom Fall Barschel erinnert. Die Tote lag mit schlichter, weißer Unterwäsche bekleidet in der Wanne. Rotes Wasser. Wunden an beiden Handgelenken der großen, schlanken Frau – ganz offenbar war sie verblutet. Bis zum Spiegel an der gegenüberliegenden Wand war das Blut gespritzt.

Ein sorgfältig gefaltetes dunkelblaues Kostüm auf einem Hocker, darunter standen die Schuhe. Auf dem Schreibtisch im Zimmer ein leerer Piccolo und ein benutztes Glas mit Resten von Lippenstift. Keine weiteren Spuren. Die Frau hatte außer ihrer Handtasche kein Gepäck mit sich geführt. Sie hatte nicht telefoniert.

Im Unterschied zu dem Politiker, dessen Tod in einem Genfer Hotel vor Jahren für Furore gesorgt hatte, war hier die Sache sonnenklar: Suizid schied aus, weil das Tatwerkzeug fehlte. Vermutlich ein Messer. Der Mörder hatte dem Opfer die Pulsadern geöffnet.

Keine Kampfspuren. Keine Hinweise, daß der Täter gewaltsam in das Zimmer eingedrungen war. Ihr Mann, dachte Moritz. Neunzig Prozent aller Tötungsdelikte waren Beziehungstaten.

Die Chefin wollte nicht warten, bis die Kriminaltechniker eintrafen. Während einer der Kuttenträger vor der Tür Wache hielt, holten Moritz und Lea Berg ihre Ausrüstung aus dem Wagen und erforschten das Zimmer. Verkleidet wie ein OP-Team in Overall, Handschuhen, mit Plastikkäppi und Überziehern für die Schuhe.

Im Anschluß daran vernahmen sie den Ehemann. Hubert Bellmer, Versicherungsvertreter und angesehenes Mitglied einer Dorfgemeinde draußen auf dem platten Land. Wo der Kerl das Tatwerkzeug versteckt hatte, wollte er nicht verraten. Statt dessen kam er mit der Story vom unbekannten Dritten: Angela Bellmer habe ein Date gehabt, und der Unbekannte habe sie ermordet. Daß ich nicht lache, dachte Moritz.

Lea führte ein paar Telefonate, befragte den Portier und die Kellner im Café gegenüber. Moritz quetschte unterdessen die Hausdame und das übrige Hotelpersonal aus. Natürlich hatte niemand etwas Ungewöhnliches beobachtet. Auch die Kriminaltechniker zogen schließlich ab, ohne ein Messer gefunden zu haben. Dafür hatten sie jede Menge Fingerabdrücke gesichert, die nun mit denen des Opfers, des Ehemanns und der Zimmermädchen verglichen werden mußten – Sonderschicht für den Daktyloskopen.

Inzwischen war es sechzehn Uhr. Moritz folgte der Chefin noch einmal in das Tatzimmer. Wieder nötigte sie ihn, die lächerliche Vermummung überzustreifen. Als gebe es noch unentdeckte Spuren.

»Warum, zum Teufel, kam die Frau in dieses Hotel?« fragte Lea. Wie zur Antwort rumpelte die Minibar und begann leise zu brummen.

»Ich wette, daß außer ihr und ihrem Mann keiner mehr

im Zimmer war«, sagte Moritz. »Wir sollten Bellmer nicht länger mit Samthandschuhen anfassen. Laß uns den Kerl ins Präsidium schaffen. Keine zwei Stunden und der Versicherungsheini gesteht.«

Lea öffnete das Fenster und spähte hinunter auf die Straße. Sie beugte sich vor und betastete den Sims. Dann begann sie, das Zimmer ein zweites Mal abzusuchen. Moritz fragte sich, wonach. Es nervte ihn, daß sie ihn nicht in ihre Überlegungen einweihte.

»Was erzählen die Kellner vom Café gegenüber?« fragte er.

»Bestätigen die Angaben des Ehemanns. Bellmer trank einen Cappuccino und ging dann hinüber ins TERMINUS.«

»Laut Hausdame und Portier war er für mindestens zehn Minuten hier oben. Wenn ich die Leiche meiner Frau finden würde, bräuchte ich nicht so lange, um zu reagieren.«

»Du bist verheiratet?«

»Ich meine nur, daß der Kerl uns nach Strich und Faden verarscht.«

»Da könntest du recht haben, Moritz.« Sie hob eine braune Plastikmappe vom Schreibtisch, wischte das Rußpulver ab, mit dem die Techniker Fingerspuren sichtbar gemacht hatten, und schlug die Mappe auf. Briefpapier und Umschläge. Eine Karte rutschte heraus. Moritz bückte sich danach. Das Verzeichnis der Fernsehsender für die festgeschraubte Hotelglotze.

Es klopfte. Ein Uniformierter von der PI Mitte trat ins Zimmer und schwenkte eine transparente Tüte. Eine Nagelschere lag darin. »Das haben wir in einem der beiden Blumentöpfe auf dem Treppenabsatz gefunden.«

»Großartig«, lobte Lea und nahm den Spurenbeutel an sich.

»Bellmer ist ein verdammter Tolpatsch«, bemerkte Moritz. »Vergräbt die Tatwaffe im Gummibaum und reißt den anderen auf der Flucht um.«

»Ficus«, erklärte Lea. »Nicht Gummibaum.«

Moritz wurde es zu bunt. »Ich weiß nicht, was wir hier überhaupt noch sollen. Entweder wir vernehmen Bellmer richtig, oder wir fahren in dieses Kuhkaff, aus dem er kommt, und hören uns dort mal um. Vielleicht weiß die Familie, was die Frau in diesem Hotel wollte.«

»Nein, wissen sie nicht.«

»Du hast mit denen schon am Telefon ...«

»Natürlich erst, nachdem es ihnen der Dorfpolizist schonend beigebracht hatte.«

Die Kollegin zog den obersten Bogen des Briefpapiers aus der braunen Mappe und hielt ihn gegen das Licht. Moritz erkannte ein wappenartiges Emblem und altmodisch verschnörkelte Druckschrift: TERMINUS. Lea trug das Papier zur Badezimmertür und starrte die Leiche an.

Sie fragte: »Würde deine Frau sich nicht wehren, wenn du versuchst, ihr die Pulsadern mit einer Nagelschere aufzuschlitzen?«

»Ich bin nicht verheiratet«, antwortete er.

Es klopfte wieder. Diesmal waren es die Bestatter. Lea nickte ihnen zu.

Henk beobachtete, wie die schwitzenden Herren in ihren dunkelblauen Billiganzügen die Leiche aus der Halle rollten. Verpackt im Plastiksack. Hoffentlich verschwindet die Polizei auch gleich, dachte er. Verbrechen waren nicht gut für den Ruf. Henk hatte den Eindruck, daß immer etwas davon am Haus haftenblieb – buchstäblich. Als verändere sich das Hotel mit jedem Todesfall.

Kommissarin Berg nahm den Polizisten beiseite, der

das Zimmer Nummer 28 gemietet hatte. Ihr junger Kollege starrte die beiden mißvergnügt an wie einer, den man nicht mitspielen ließ.

»Ich habe telefoniert«, hörte Henk die Kommissarin sagen. »Gericke, du *hast* Urlaub.«

»Na und?«

»Was soll der Unsinn mit der angeblichen Observation?«

»Privat. Geht dich nichts an, Lea.«

»Mach keinen Scheiß, okay?«

Sie ließ den Kollegen stehen und wandte sich Henk zu. Mit einem vertraulichen Zwinkern bat sie ihn um einen Bleistift.

Während die Kommissarin einen Bogen des Hotelbriefpapiers behutsam schraffierte, überlegte Henk, daß es für ihn keinen Unterschied machte, ob Gericke das demolierte Zimmer dienstlich oder privat brauchte. Vielleicht hätte er ihm die 28 doch besser unter der Hand vermieten sollen. Diana hatte ihn da auf eine Idee gebracht. Wo steckte sie eigentlich?

»Bingo«, sagte die Mordermittlerin und wedelte mit dem geschwärzten Papier. »Wir nehmen den Ehemann mit aufs Präsidium.«

»Endlich«, bemerkte ihr junger Kollege.

Wird auch höchste Zeit, dachte Henk.

Moritz hielt es für einen Fehler, daß der Verdächtige nicht mehr gefesselt war. Lea bewirtete Bellmer wie einen Gast mit Kaffee und Zigaretten. Sie verzichtete sogar darauf, das Tonband mitlaufen zu lassen. Moritz fragte sie nicht nach dem Grund. Sie war die Chefin, er der Neue. Bevor er sich trauen konnte, gegen die Tante aufzubegehren, mußte er zunächst die Kräfteverhältnisse im Kommissariat kennenlernen.

»Es war kein Mord«, sagte Lea.

»Doch, natürlich«, beharrte Bellmer. »Und während wir hier Kaffee trinken, läuft in der Stadt ein Mörder herum. Tun Sie endlich Ihren Job und fassen Sie den Verbrecher.«

»Haben wir das nicht schon längst?« fragte Moritz. Er blickte dem Versicherungsfritzen in die Augen und glaubte zu spüren, wie der Kerl auf seinem Stuhl schrumpfte.

Lea zündete sich einen Glimmstengel an und begann vorzulesen, was sie mit Bleistift auf dem Hotelbriefbogen sichtbar gemacht hatte: *Ich bitte um Verzeihung, daß ich dieses Hotel für meinen letzten Schritt ausgewählt habe, aber mir ist seit langem klar, daß ich es niemals zu Hause tun könnte.*

Bellmer begann zu heulen.

Die Chefin las weiter: »Meine Familie kann nichts dafür, daß ich nicht stark genug für dieses Leben bin.«

Moritz begriff, daß es die Abschiedsworte einer Selbstmörderin waren. Lea trug den Text ohne Rührung vor, und Moritz fragte sich, ob seine Chefin wirklich so kalt war, wie sie tat.

Das kurze Schreiben bestand vor allem aus Entschuldigungen. Gegenüber den Kindern, den Schwiegereltern und ihrem Mann. Sogar den Kirchenchor und die Nachbarschaft erwähnte sie. Nur warum sie nicht mehr leben wollte, hatte Angela Bellmer nicht verraten.

»Was haben Sie mit dem Brief gemacht?« fragte Moritz den Versicherungsfritzen.

Bellmer schluchzte. »Zerrissen. Ins Klo geworfen.«

»Und warum?«

Bellmer flennte. »Ich habe Angela geliebt wie mein eigenes Leben, das müssen Sie mir glauben!«

Lea mischte sich ein: »Haben Sie eine Erklärung dafür, weshalb sich Ihre Frau die Pulsadern aufgeschnitten hat?«

»Sie hat sich nie beschwert, niemals. Auch nicht, als ich zusätzlich den Kundenstamm meines Onkels übernahm und wir kaum noch Zeit füreinander hatten. Angela hat immer alles so perfekt gemacht.« Er lächelte plötzlich und wischte sich die Tränen von der Wange. »Sie hat mich geliebt. Ich habe doch immer getan, was ich konnte. Der Neubau, die Schwimmhalle. Alles nur für Angela und die Kinder.«

»Sie waren also glücklich?« fragte Lea Berg.

Er zog die Nase hoch und nickte.

»Keine Probleme? Nicht einmal eine kleine Verstimmung? Tage, an denen sie nicht so glücklich waren?«

»Nein!«

»Ich habe mit dem Pfarrer telefoniert«, sagte Lea.

»Sie war im Kirchenchor«, schniefte Bellmer.

»Er hat Ihre Frau als sehr zurückgezogen geschildert. In sich gekehrt. Manchmal fast ganz ohne Antrieb. Depressiv.«

»Wir waren so glücklich«, wiederholte er. »Da gab es nichts ...«

Die Chefin fragte: »Warum sind Sie Ihrer Frau nachgefahren?«

Bellmer riß die Augen auf. »Ich hatte wirklich keine Ahnung! Bis mir neulich ein Nachbar erzählte, daß seine Schwägerin zufällig Angela im Zug getroffen hat. Es hat sogar schon Getuschel im Dorf gegeben, und ich dachte, meine Frau hätte einen Liebhaber in der Stadt. Um zu erfahren, was los ist, habe ich mir die ganze Woche freigenommen.«

»Sie haben sie observiert, statt sie einfach zu fragen?«

Der Anzugträger schniefte. »Wie konnte sie mir das nur antun?«

Moritz fand, daß Bellmer sich die falsche Frage stellte.

Lea sagte: »Wir müssen eine Anzeige schreiben, Herr

Bellmer. Wegen Vortäuschens einer Straftat. Sie sind Beschuldigter, können ab jetzt die Aussage verweigern und einen Rechtsbeistand hinzuziehen, wenn Sie wollen.« Die Chefin wandte sich an Moritz. »Machst du bitte das Protokoll?«

Immerhin hat sie *bitte* gesagt, dachte Moritz.

Der Versicherungsvertreter erhob sich und gestikulierte. In seinem zu knapp sitzenden Anzug wirkte er wie ein tapsiger Bär. Er heulte wieder. »Ich hatte keine andere Wahl! Selbstmord, diese Schande! Die Leute zu Hause, was müssen die jetzt denken?«

Lea drückte den Kerl auf den Stuhl. Moritz verkniff sich eine Antwort.

Henk kontrollierte die Uhr und wußte, daß nun die zweite Schicht des Tages angebrochen war. Aus der Bar dudelte Vonda Shepard herüber. Juan ließ sich in der Tür blicken. »Soll ich dich vertreten, damit du ein Päuschen machen kannst?«

»Nein, danke. Was macht Diana?«

»Hat sich auf ihr Zimmer verzogen und schmollt.«

»Adieu, Medoc«, brummte Henk.

»Adieu et bonsoir«, antwortete Juan mit einem breiten Lächeln und kehrte in die Bar zurück.

Henk setzte sich an den Buchungscomputer und grübelte weiter über seine Theorie nach. Das Haus, das sich veränderte. Jedes Verbrechen hinterläßt Spuren, womöglich sogar jedes böse Wort, jeder schlimme Gedanke. Eine gewisse Aura nistet sich im Gemäuer ein. Und womöglich zieht diese Aura weiteres Unheil an. Ein Sog, der immer stärker wurde. Es hatte vielleicht schon damit begonnen, daß die Nazis im TERMINUS ihre Parteizentrale einrichteten. Damals, als er noch ein Kind gewesen war.

Die Kommissarin hatte vorhin noch angerufen. Er

konnte jetzt auch das Siegel an 26 entfernen, das Zimmer war freigegeben. Der Fall galt als geklärt. Kein Mord, keine Fremdeinwirkung.

Welche Spuren hinterläßt eine Selbstmörderin?

Henk fiel die Nummer 28 ein. Der blonde Polizist, der so scharf darauf gewesen war, ein Zimmer mit Blick auf die Straße zu bekommen – offenbar war der dienstliche Auftrag eine Lüge gewesen. Ob er die Aura gespürt hatte?

In den nächsten Stunden händigte Henk Schlüssel aus, nahm Anrufe entgegen, notierte ein paar Reservierungen. Irgendwann hielt es ihn nicht länger hinter der Rezeption. Er fuhr mit dem Aufzug in den zweiten Stock. Es würde nicht lange dauern. Wenn jemand den Portier brauchte, würde Juan einspringen.

Vor der 28 blieb Henk stehen und lauschte. Obwohl sich Herr Gericke bereits am späten Nachmittag verabschiedet hatte, klopfte Henk an. Er wartete zehn Sekunden, dann öffnete er mit dem Generalschlüssel.

Durch die Gardine drang das Licht der Straße. Am Fenster stand ein Fernrohr auf einem Stativ. Henk stellte sich auf die Zehenspitzen und spähte hindurch.

Nichts als ein dunkles Fenster irgendwo an der Fassade des Hauses gegenüber.

Henk wollte nichts berühren, keine Spuren hinterlassen. Trotzdem stieß er versehentlich gegen das Stativ. Das Fernrohr kippte. Er richtete es wieder auf das Nachbargebäude und suchte das dunkle Fenster. Sein Blick glitt über Betonkübel mit verkümmerten Buchsbäumen. Viel junges Volk zu dieser Stunde vor dem Café, ein lauschiger Abend. Henk verfolgte einen Kellner, der leeres Geschirr hineintrug. Dort kreuzte ein anderer seinen Weg, ein Rotweinglas auf dem Tablett, das er gegen ein leeres tauschte.

Henk verweilte auf dem einzigen Gast, der in der hintersten Nische saß. Es war Diana, und an der umständlichen

Art, wie sie das Glas an den Mund führte, erkannte Henk, daß es nicht erst ihr zweites war.

Sie hatte ihn ausgetrickst. Entwichen im Trubel der polizeilichen Ermittlungen. Henk verließ das Zimmer und nahm den Aufzug. Seine alten Beine schmerzten, als er durch die Halle eilte. An der Eingangstür blieb er stehen, weil er begriff, daß es keinen Zweck hatte. Diana würde sich wehren, sie würde laut werden. Es wäre zu peinlich, für sie und für ihn.

Das Telefon klingelte. Henk humpelte an seinen Platz. Eine Frau erkundigte sich nach einem Zimmer. Er kannte ihren Namen: ein Star aus irgendeiner Fernsehserie. Oder eine Sängerin? Henk wunderte sich, daß sie das TERMINUS ausgesucht hatte, und reservierte für sie das Zimmer der Selbstmörderin. Das Hotel war wieder ausgebucht.

Dann legte er auf und dachte an Diana. Die verfluchte Rotweinsucht – vielleicht war es ihre Art, mit der Aura des Hauses fertigzuwerden. Mit all der Verzweiflung und Einsamkeit, die sich in den Mauern eingenistet hatte. Und mit ihm, dem alten Knacker, der nicht aufhören konnte, ihren Aufpasser zu spielen.

9.

Henk fischte seine Gehaltsabrechnung aus dem Packen der computergedruckten Bögen, die die Hotelbetriebsgesellschaft jeden Monat mit einem Fahrradkurier herüberschickte. Er kniffte die Tasche an der Perforierung und trennte den Streifen ab, bis er den Bogen herausziehen konnte. Er hatte sich immer noch nicht richtig an die Währungsumstellung gewöhnt. Die meisten Gäste beim Trinkgeld auch nicht. Die Zimmermädchen hatten monatelang schlechte Laune wegen der spärlichen Beträge gehabt, die ihnen die Vertretertypen wie dieser Bellmer in die Schürzentaschen steckten, bevor sie ihnen den Hintern tätschelten. Nur die Bar hatte ihren Schnitt gemacht, weil sie die Preise gekonnt aufgerundet hatte.

Henk betrachtete die Zahl auf dem Bogen, und obwohl er das Ergebnis kannte, zog er die Zahl ab, die er auf der Überweisung in Dianas Zimmer gesehen hatte. Er hatte sich seitdem immer wieder gefragt, warum sie das tat. Hatte schlaflos im Bett gelegen und noch nicht einmal seine Arthritis mehr gespürt, wenn er darüber nachdachte, und wenn seine Gedanken dann wegdrifteten zu Lorelei Lee und Holly Goligthly, zu den Kinoträumen, die er mit Diana geträumt hatte. Wäre er damals weggegangen, dann würde er ihr jetzt nicht auf der Tasche liegen. Dann würde er sich jetzt nicht um sie kümmern können, ihr bei ihrem Problem mit dem Rotwein helfen.

Der Fahrstuhl plingte. Die ersten Zimmermädchen kamen herunter. Seit ein paar Jahren arbeiteten die meisten nur halbtags, kamen aus Kroatien oder der Türkei, aus Portugal und neuerdings auch aus Albanien, Polen und Rußland. Auch das war früher anders gewesen. »Hallo, Henk!«

Er zwang sich sein Portierslächeln ins Gesicht, gab ihnen ihre Abrechnungen und sah ihnen nach, wie sie kichernd hinausgingen.

Um sich zu beschäftigen, ordnete er die Prospekte auf der Theke. Hochglanz. Tiefenschärfe. Breitenstreuung. Der Fotograf, der für die Betreibergesellschaft vor ein paar Monaten hier gewesen war, hatte ihm seine digitale Kamera gezeigt und erklärt, daß er die Aufnahmen noch auf fünf Sterne hoch trimmen würde. Das Ergebnis zeigte ein völlig anderes TERMINUS. Die Gesellschaft warb mit neuen Angeboten. Online-Buchung. Wochenendtarif.

Erlebnistour mit Musicalbesuch. Neues Design, neue Preise, neue Serviceleistungen. Bei dem Begleitservice, der »Eleganten Escort durch junge, natürliche Damen« versprach, hatte sich Diana allerdings quergestellt und die Flyer der Agentur in den Papierkorb geworfen.

Unter den Prospekten tauchte seine Gehaltsabrechnung wieder auf. Henk steckte sie ein. In der Bar schepperte etwas.

Für Juan, der demnächst auf der QE II über die Meere schipperte, mixte seit letzter Woche Gregor probehalber die Drinks. Gregor kam direkt von der Sonnenküste, aber wie seinem Akzent anzuhören war, lag die nicht zwischen Almeria und Alicante, sondern am Schwarzen Meer. Seine Deutschkenntnisse verdankte er angeblich den DDR-Touristen. Diana hatte ihn sofort eingestellt, als Juan mit ihm gekommen war. Wahrscheinlich hoffte sie, daß sie von Gregor die Flaschen bekam, die Juan und Henk ihr verweigerten. Daß Gregor die Konditionen des TERMINUS ohne Murren akzeptiert hatte, konnte für Henk nur heißen, daß irgend etwas mit ihm nicht stimmte oder daß er die Bar als Stützpunkt für eigene Geschäfte brauchte.

Gregor stand auf Madonna und hatte als erste Tat einen Stapel schwarzgebrannter CDs neben dem Player aufgeschichtet. Seine Interpretation von »Like a Virgin« war grauenhaft, seine Cocktails dagegen hatten Weltniveau. Juans und Henks Einweisung, daß Diana in der Bar und überhaupt keinen Tropfen Alkohol bekam, hatte er mit dem verbindlichen Nicken eines gelernten Duckmäusers entgegengenommen. Daß Gregor sich an die Anweisung hielt, hatte Henk erst geglaubt, als er zwei Abende später aus der Bar hörte, wie Diana ihn lautstark beschimpfte. Dann war sie wütend zur Rezeption gekommen und hatte es sich wieder einmal verbeten, daß er sich in ihr Leben einmischte. Inzwischen hatte er sie in Verdacht, daß sie sich heimlich mit einem Zweitschlüssel aus dem Weinkeller unten im Haus bediente.

Henk drückte das Kreuz durch und stöhnte. Warum mischte er sich eigentlich ein? Es war ihr Leben. Sie brauchte es ihm nicht noch einmal sagen. Es war schon immer ihr Leben gewesen, und er hatte, wenn es hochkam, ihr gelegentlich die eine oder andere Tür aufhalten dürfen. Wenn es da nicht diesen Vorfall in der Wäschekammer gegeben hätte. Henk packte die Hotelprospekte in den Ständer.

Sein Vater hatte sie erwischt. Er hatte kein Wort gesagt, solange Diana dabei war, hatte sich umgedreht, während sie sich anzog und davonhuschte. Dann hatte er Henk so sehr verprügelt, wie er ihn bisher noch nie verprügelt hatte. Henk hatte nicht getraut, sich zu wehren, hatte nur Angst, daß sein Vater mit seinem Bluthochdruck einen Herzinfarkt bekam. Schließlich knickten dem Alten einfach die Beine weg, und er fiel völlig ausgepumpt auf die Dreckwäsche. Henk hatte ihn bis unters Dach in eines der Dienstmädchenzimmer schleppen müssen, weil er ihn nicht allein lassen konnte. Dann hatte er sich die Portiersjacke seines Vaters übergezogen und den Nachtdienst am Empfang für ihn übernommen.

Am anderen Morgen sagte sein Vater keinen Ton, und auch später hatten sie nie darüber geredet. Diana tat ebenfalls so, als wäre nichts passiert. Manchmal fragte sich Henk, ob es vielleicht nur eine Szene aus einem Film gewesen war, den sie zusammen gesehen hatten oder die Geschichte aus einem Buch, an dessen Titel er sich nicht mehr erinnerte.

Die Tür schwang auf und wehte zwei Männer herein, die er auch aus einem Film kannte. Groß und schlank der eine, klein und breit der andere. Schwarze Anzüge und

Sonnenbrillen, schwarze Haare, schwarze Schuhe. Die Blues Brothers hatten sich verlaufen. Ihr Herrenparfum schwappte ihm entgegen, bevor sie auch nur einen Schritt auf ihn zugemacht hatten. Sie legten eine Visitenkarte und den Ausdruck einer Online-Buchung auf die Empfangstheke.

»Wir verlassen uns auf Sie«, sagte der kleinere Blues Brother, während der Große seine Sonnenbrille abnahm und durch Henk hindurchblickte. Auch noch schwarze Augen, wollte Henk sagen, aber dann sagte er nur: »Selbstverständlich.«

Der Typ sah sich im Foyer um, registrierte die Ausgänge, den Durchgang zur Bar, die Treppe neben dem Lift und sagte schließlich: »Gut!«

Henk blickte auf die Visitenkarte. Ein Logo in Stahlblau, darunter eine Handynummer.

»Die Zimmer liegen nebeneinander?« vergewisserte sich der Große.

Henk konsultierte die Online-Buchung. »Wie gewünscht.«

Der Große nickte zufrieden. Sein Begleiter seufzte erleichtert. »Dieser Auftrag ist auch für uns wichtig!« sagte er. Die beiden drehten sich um, ohne eine Antwort abzuwarten. Noch in der Tür wurden sie eins mit der Dunkelheit, und während Henk sich über die Augen rieb, fragte er sich, ob die beiden wirklich hier gewesen waren.

Roger M. Fiedler
Kleine Fische

Wenn man so die Buchstaben betrachtet, wie sie sich miteinander zu Steinen verbinden, diese dann wieder zu einer Wand, hinter der die Personen in diesem so charmanten wie morbiden Hotel meistenteils unsichtbar agieren, dann bekommen die seltenen Momente, in denen seine Akteure durchs Bild huschen, etwas Magisches. Oder die Momente, in denen sie hinter einem Fenster erscheinen. Henk? Nein, der ist immer da. Man braucht nur im richtigen Winkel durch die Glastür zu gucken, schon sieht man ihn hinter seinem Computer stehen und irgendwas vor sich hin brabbeln – wahrscheinlich hängt es mit einem elektronischen Formular zusammen, das er nicht begreift, oder mit der Arthritis, die ihn quält.

Manchmal bei Nacht sieht man ihn, wie er sich immer wieder etwas an Mund oder Nase zu halten und den Kopf dabei leicht ins Genick zu legen scheint – ein heimlicher Trinker? Kokser? Aber es könnte auch ein Mentholtaschentuch sein, das er sich zur Nase führt, und die Kopfbewegung ein Niesen. Wer weiß? Wer weiß, warum manchmal nachts, wenn die Hotelbar längst geschlossen ist, eine nackte Glühbirne hinter der vergitterten Kellerluke aufblitzt und ein leises Klicken von Glasflaschen über die Straße schallt?

Aber diese seltsamen Augenblicke: Jetzt zum Beispiel, wo sich im zweiten Stock ein Vorhang öffnet und ein einsamer Mann auf die Straße schaut, um im nächsten Moment schon wieder zu verschwinden, dort im Zimmer könnte sich eine großartige Geschichte ereignen oder ein vollkommen belangloses Geschehnis. Wie will man das wissen? Diese Hotels sind für alles gut. Und eine halbe Stunde später vielleicht, wenn sich der Vorhang noch einmal zur Seite bewegt, und der Mann von eben mit einem noch bedrückteren Ausdruck im Gesicht schaut zum zweiten Mal heraus? Ist dann nicht schon der Mann zu einem Protagonisten geworden, über dessen Leben wir leidenschaftliche Spekulationen anstellen? Zu Recht, wie wir jetzt sehen, denn da, wo bisher nur ein Mann zu sehen war, blitzt für einen Moment die Reflexion am Objektiv eines Fernrohres auf, das sich zur Gegenseite richtet, hier herüber, und das Licht geht wieder aus. Wen sucht wohl da oben das große Auge? Und was wird es finden?

Zwanzigtausent Euro im Koffer auf die Strase legen, oder das ganse Hotell brennt.

Hotell brennt war durchgestrichen und statt dessen geschrieben: *Bombe – Bombe* war nochmal durchgestrichen und ersetzt durch: *Alle Scheiben kaput.*

Die Sägefischgäng hier unten im Lichtkegel der Neonlaterne besteht aus drei Personen. Buus, Hinnerich und Lögesaak. Buus hat den Mist geschrieben. Hinne und Lögesaak verlieren kein Wort darüber. Weder über die Orthographie noch über den Rest. Was sie sich ausgemalt haben, ist keine große Sache. Anködern, drillen und schocken war der Fahrplan, der Plan B, Plan X, wie immer man ihn nennen will, der Plan für alle Fälle. Das Telefonat mit Henk hat ja nun zu nichts geführt. Lögesaak weiß, warum. Sagen tut er nichts. Jetzt machen sie es mit Gewalt. Ist eh schon zu spät. Hinne kennt sich mit den Caps aus. Kaum sind sie über die Straße gerannt, entsteht unter seiner Hand das Zeichen an der Wand. In einem einzigen Ansatz. Bemerkenswert, muß man sagen.

Die Hand zischt los, und ein helles Blau legt sich in dünner Linie über den Sandstein im Erdgeschoß, schlängelt sich in einem Bogen nach hinten, dann ein Dreieck, das wird der Schwanz, und spiegelverkehrt wieder zurück: ein Fisch. Hinnes Dreh ist das Gebiß. Niemand kriegt Gebisse hin wie er. Grauenvolle Gebisse, furchteinflößende Gebisse. Darum ist er dabei. Die kleinen Dreiecke im Mund des Sägefischs zappeln sich aus seiner Sprühdose, als wären sie da drinnen schon so vorgefertigt gewesen, und die fast genauso geformten Zähne in Hinnes Mund lachen dazu zwischen seinen Lippen hervor. Ein dreckiges Lachen, eines aus einem Zeichentrickfilm mit Ratten. Am Ende malt er noch die Antenne vorne dran, und der Sägefisch ist fertig.

»Der ist wie Herr Kaleun sein Fisch«, meckert Buus, und Hinne sprüht zur Erklärung Swordfish drunter. Buchstabe für Buchstabe, Stein für Stein, mehrmals das Ganze, Wand für Wand. Trotzdem immer noch alles ruhig im Hotel.

»Niemand gesehn – haun wir ab!«

»Schmeißen wir wenigstens die Lampen ein!« rät Lögesaak und fixiert dabei die beiden barocken Plastikkandelaber links und rechts des Hoteleingangs, aber Buus hat ausnahmsweise schon genug, und Hinne ist in glückselige Betrachtung seines Kunstwerks versunken. Später wird Lögesaak sagen, er hätte hier schon geahnt, daß diese Großmäuligkeit ihn irgendwann mal reinreiten wird. Aber jetzt ist es Buus, der als einziger um den Mann am Fernrohr oben weiß. Buus ist der General, derjenige, der den Überbiß behält – auch in brenzligen Situationen. So jedenfalls würde Lögesaak die Sache ausdrücken. Der Militärscheiß ging dem Soldaten schon immer auf den Sack. Befehle und der ganze Mist.

»Los, weg!« raunzt Buus, und das Fußvolk gehorcht – ausnahmsweise noch einmal – und rennt, was das Zeug hält.

Henk kommt raus, stellt sich vor die Tür unter die flackernde Leuchtreklame und atmet mit einem tiefen Zug die Nachtluft ein. Beim Ausatmen klingt es wie ein Stöhnen. Sein Kopf schüttelt sich dazu, und so läßt sich weiterspekulieren, was mal wieder im Hotel nicht nach seinen Plänen läuft. Wenn der alte Portier überhaupt noch Pläne hat. Links an der Wand – von ihm aus gesehen rechts – prangt der frische Fisch, doch Henk scheint nur eine leichte Veränderung der Luft zu bemerken. Riechen gemalte Fische? Henks Nase knittert sich, als wolle ein Nieser heraus, und im Moment, als sein Gesicht sich allmählich zu drehen begann, schellt drinnen das Telefon, und Henk eilt zurück.

»Ab in deine Hütte«, bemerkt Lögesaak. Er ist der Akrobat an den Wörtern. Die Gäng hockt am Abbruchgrundstück schräg gegenüber und ein Stück die Straße runter, gute fuffzich Meter entfernt. Die Atemfrequenz der Jungs hat sich verdoppelt. Wie viel sind fuffzich Meter in Euro?

»Halt die Klappe!« Sechs Augen schielen um die Ecke. Wichtigeres zu tun. Frage: Wofür ist ein Fisch gut, wenn ihn keiner sieht? Aber andererseits weiß man auch wieder nicht, was dann passiert, wenn jemand ihn sieht. Lögesaak ist der Meinung, man werde schon sehen, und daß man sehen werde, läßt sich machen, man müsse dazu, und dann werde man schon sehen, einfach eine Scheibe einwerfen. Im Hotel. Oder gleich die Tür. Dann nämlich müsse der Portier aus seiner Hütte.

»Ja und?« sagt Buus. Er denkt an das Fernrohr hinter dem Fenster und sucht nach einem passenden Wort für diesen Plan, irgendwas Cooles. »Wozu solln das gut sein? Du, eh«, und dann fällt ihm was ein, was ihm gefällt: »Du Schnellmerker?«

Lögesaak macht dauernd diese Art von Plänen, ausführen tut er nie einen. Sein Mund formuliert Gemeinheiten, seine Augen suchen nach einem Täter, der sie ausführen wird. Nun sucht auch Buus. Es bleibt nur einer. Doch Hinne findet noch immer seinen Fisch ganz toll, und das mit dem Stein, das ist nicht sein Ding so was. Er geht. Jedoch die falsche Richtung. Er geht die Straße rauf. Er will sein Werk noch mal sehen. Die Dosen läßt er vorsichtshalber hier. Voll bescheuert ist er denn doch nicht. Buus stopft sich seinen Drohbrief in die Tasche. Für alle Fälle.

Oben am Fenster verschiebt sich nun leicht das Objektiv. Es schwenkt die Hauswand von gegenüber ab, wie es aussieht. Doch genau sieht wohl nur einer, wohin das Ding zeigt. Derjenige, der ins Okular hineinguckt. Oder guckt da keiner rein? Könnte ja sein, daß das Fernrohr einfach nur so bewegt wird. Vom Vorhang – oder vom Wind. Blödsinn, vom Wind! Vielleicht lehnt sich aber oben einer dagegen? Und das ist der Grund? Das Licht geht an – in mehreren Zimmern gleichzeitig. Ein Zeichen, daß Pro 7 gerade Werbepause macht oder einen Spielfilm beendet. Die Gäng hier unten hat davon keinen Schimmer. Normalerweise tauschen sie ihre Heldentaten mündlich vor dem Schaufenster des Tattoostudios aus. Sie starren die Motive an, fachsimpeln über die Schmerzen beim Tätowieren. Rein kommen sie nie.

»Ich hau ab«, sagt Buus. Er kann sich das erlauben. Niemand brüllt ihm ein »voll uncool« hinterher, jedenfalls meistens nicht. Sein Vater ist Asi, das sagt er selbst, und alle wissen es. Er hat nichts mehr zu beweisen. Die andern schon.

Lögesaak ist Zahnarztsohn und nur darum geduldet, weil er die Story von der Pillensucht erfunden hat, sein Alter wäre voll auf Droge. Kaum auszuhalten.

Hinne hat's am schwersten. Sein Paps ist im Bausenat und voll der Spießer. Hinne steckt ständig in Beweisnot deswegen, aber Hinne ist nicht dumm. Zum einen weiß er über die Terroristen Bescheid, das waren nämlich alles Kinder von Beamten wie seinem Vater seine, und zum anderen hat Hinne den einzigen CD-Brenner der Gäng und damit die Hoheit übers Egoshooten. Er hat das Händchen für Botz, Mots und Skins und ist an der Dose ein Künstler. Das reicht – für gewöhnlich. Er ist wirklich ein Künstler. Zumindest steckt einer in ihm. Und will manchmal auch raus.

»Ruf noch mal an!« rät Buus, und Lögesaak kann nicht anders, als in seinen Taschen nach Münzen zu kramen. Ein Zeitungsschnipsel kommt dabei heraus und ein breites Lächeln. Dummerweise auch genügend Kleingeld. Der Anruf läßt sich also nicht vermeiden. Aufschub gibt das Foto. Es ist aus der BRAVO, der Rest aus dem Stadtmagazin. Die Lady auf dem Foto ist voll die Granate, und über Jeanettes Titten wurde schon ausgiebig diskutiert. Sie wartet auf den Richtigen.

»Aah!« macht Buus und bewegt sein Becken rhythmisch vor und zurück. Hat er im Nachtprogramm gesehen. Buus ist der Richtige. Und Lögesaak wird eifersüchtig. Angeblich hat er schon mal Papas Freundin nackt unter der Dusche erwischt. Der Rest seiner Geschichte ist absolut sicher erfunden. Bevor er den Mund aufmachen kann, um sein Abenteuer zum soundsovielten Mal zu wiederholen, reißt Hinne ihm den Schnipsel aus der Hand. »Und wenn es gar nicht das TERMINUS ist, wo sie absteigt?«

»Wassn?«

»Dann wär alles umsonst!«

»Blödmann! Steht doch da!« faucht Buus und kickt Lögesaak zum Telefon. Der läßt sich schieben, wirft in der Zelle verlegen seine Münzen ein und wählt die Nummer. Doch Buus läßt nicht locker. Hat keine Lust, draußen an der Zelle den ganzen Artikel zu lesen, zwei Spalten Kulturgequassel mit der Pointe, daß SIE im TERMINUS absteigt. Oder in der Gegend oder überhaupt nur in der Stadt oder sonstwo. Oder was? Lesen ist sowieso nicht sein Ding. Buus hat Wichtigeres zu tun. Lögesaak beim Telefongespräch kontrollieren. Er traut Lögesaak eigenständiges Handeln nicht zu. Und der, angespornt, zittert am Hörer.

»He«, brüllt er schließlich hinein, »übermorgen kommen drei Freunde von mir. Sie wollen ein Zimmer – direkt neben der Poptante ihrem. Ich will, daß das keine Schwierigkeiten gibt!« Eigentlich wollte er noch ein »Verstanden?« hinterherbrüllen, und Buus hätte gerne was von Bomben gehört, aber die Angst wird dann doch übermächtig. In Lögesaaks Ohr tutet immer noch das Freizeichen, aber schon so wackelig, als wollte gleich jemand drüben den Hörer abheben.

»Sag ihm, wir haben den Fisch gemalt!« souffliert Buus, und Lögesaak legt schnell auf. Die Münzen kommen wieder raus.

»Ha«, Lögesaak lacht verlegen, »das Ding ist kaputt!« Und sackt seine Münzen wieder ein. Ein vorsichtiger Blick verrät ihm: Der General hat das Manöver nicht kapiert. Manchmal ist er langsam. Er glaubt, Lögesaak hätte den Portier tatsächlich zusammengeschissen und dampft zufrieden ab.

»Vielleicht geben sie uns ja das Zimmer«, hypnotisiert er sich selbst. »Dann haben die noch mal Glück gehabt.« Keine Bombe, kein Geld. Wenn die Sache klappt mit dem Zimmer neben Jeanette.

Lögesaak liegt es auf der Zunge zu sagen: »Du bist ja voll verknallt, Buus!« Aber er läßt es. Das Tuten zappelt ihm noch im Ohr wie ein eingesperrter Vogel.

»Wenn der Portiermann uns nicht reinläßt, stecken wir die Bude an«, erklärt Buus auf dem Heimweg. Im Gehen leckt er das Bild aus der BRAVO ab – oder tut nur so. Lecken ist cool. Ah, Jeanette!

Tag 2

Es ist spät am Morgen. Der Fisch ist heute rot. Gestern sah er noch blau aus. Außer den Akteuren hat offenbar noch niemand die Veränderung der Hotelwände bemerkt.

Öffentlichkeitsarbeit ist wichtig. Da haben die Sägefische voll versagt. Nur Lögesaak weiß, daß auch der Rest noch auf wackeligen Füßen steht, denn er hat die beiden Telefonate gefaket. Die beiden. Heißt, auch der erste Anruf bei Henk war eine Nullnummer. Ein paar in den tutenden Hörer geblasene Verwünschungen waren es gewesen, ohne daß die Verbindung überhaupt zustande gekommen wäre. Mehr nicht. Eine, hm, Notlösung unter dem Druck, den Buus in der Sache machte. Lögesaak bringt's nicht. Das weiß er selbst. Aber für Kleinkram ist es eh schon zu spät, denn Buus hat mittlerweile den ultimativen Plan. »Wenn der alte Sack« – gemeint ist Henk – »nicht mitspielt, gehen wir durch den Keller rein.«

Lögesaak ist blond, jetzt so bei Tageslicht gesehen, blond und knallrot im Gesicht. Rot wie ihr Fisch. Was mit den Haaren schön kontrastiert in angsterfüllten Momenten wie diesem. Er ahnt, daß Henk nicht mitspielen wird. Wie soll er auch? Weiß ja nichts von der Sache. Das zum Thema Coolness.

Hinne mit seinem Mittelmeergesicht – wie ein Märchenprinz, hat die Kunstlehrerin gesagt – zeigt seine Aufregung nie über Hautverfärbung. Er zappelt mit den Beinen rum und verrenkt seinen Hals in alle Richtungen. »Wa-wa-wa?«, beginnt er zu stottern und wird gleich zweimal nachgeäfft. »Wa-wa-wa-wa-wa. Wir machen ein Loch im Fenster, im Wa-wein-keller«, schmückt Buus seinen Plan weiter aus und zieht die Kumpels über die Straße rüber, um dort gegen das Eisengitter vom Keller zu treten. Das, in dem ab und zu nachts ein Licht anspringt, was die Katze nebenan jaulen läßt. Das Gitter ist lose, wie sich nun zeigt, und Buus strahlt darüber. Der ist so was von cool! Woher hat der jetzt wieder das von dem losen Gitter gewußt?

Hinne muß schlucken, so direkt unter seinem Fisch.

»Laß uns abhaun!« rät Lögesaak, dem die Sache nun doch zu konkret wird, und platzt bald vor Angst. Hinne macht den ersten Schritt. Doch Buus fängt ihn ein. General Buus, Leutnant Buus, Feldwebel Buus reißt Hinne von hinten am Toni. »Jemand muß rein!«

»Wie rein? Jetzt?«

»Klar jetzt, denksten du?«

Lögesaak macht ein wissendes Gesicht. Kapiert hat er auch noch nicht ganz, aber das jetzt zu zeigen, wäre fatal. »Erklär's ihm!« fordert er auf. Und Hinne mit seinem Mittelmeergesicht hebt die Lippen von den Seeräuberzähnen. »Mein Arm, verdammt!« Buus läßt ihn los, und Hinne rennt.

»Du Scheißer!« schreit ihm Buus hinterher und fokussiert dann Lögesaak, doch der wird immer röter.

»Was meinst du mit rein?«

»Uns anmelden, Mann! Das mußt du jetzt machen. Mich kennen die sicher schon. Sag ihm, er hat nur noch eine Chance. Sonst kriegt er Stoff.«

Und bevor die Diskussion beginnt, in der Buus sicher wieder den kürzeren zieht, schiebt er Lögesaak die Treppe rauf. Die Glastür springt zitternd zur Seite, und der kleine, blonde Klops sieht sich mit dem eigenartigen Geruch im Foyer konfrontiert. Rückweg, sagt ein Blick, ist abgeschnitten. Die Luft bleibt ihm aus.

»Was ist denn hier los?« fragt der Portier. Ein kleiner Dunkelhaariger mit großen Augen und fremdem Gesicht. Nicht der, den Lögesaak vom Abend kennt, nicht Henk. »Was willst du denn, mein Kleiner?« fragt der Mann und beugt sich über seine Theke.

Lögesaak reißt die Augen auf: »Ich?«

Endlos dampft Lögesaak die Zeit unter den Armen. Es kneift, aber es bewegt sich nichts.

»Eh, mein Vater«, stottert Lögesaak und fühlt den Teppich unter seinen Reebocks knirschen, als wollte selbst der Boden unter den Füßen nicht halten, »mein Vater, eh, der wohnt hier – in einem Zimmer, oben, eh. Ja.«

»Aha, und wie heißt dein Vater?«

Lögesaak liegt in einem Anflug von Mut was ganz andres auf den Lippen. »Und wir wollen ...«, beginnt er. Doch da macht es pling in Lögesaaks Ohr, und die Aufzugtür öffnet sich hinter seinem Rücken. Vergessen, was wir wollen ... Neben Jeanette ein Zimmer.

»Was?«

»Eh, ich weiß nicht.«

»Du weißt nicht, wie dein Vater heißt?«

Lögesaak stutzt, hat er seinen eigenen Namen tatsächlich vergessen, oder hat die Aufregung ihn aus seinem Kopf geblasen. Zusammen mit dem Rest des Anliegens? Er schüttelt den Kopf auf einem Hals so dick und schwer und undurchlässig wie ein Betonfundament, und mittlerweile beugen sich schon zwei Männer über ihn. Ist besser, sich nicht an den Namen zu erinnern. Sonst ist er geliefert.

»Na ja, vielleicht steht er auf seinen Heften«, sagt der, der aus dem Aufzug kam, und deutet auf Lögesaaks Rücken, wo die Schultasche hängt. »Bist du auch sicher, daß dein Vater hier wohnt? Im Hotel?«

Lögesaak atmet wie ein Preßlufthammer, schüttelt

stumm den Kopf, Tränen laufen ihm an der Nase lang. Der Mann von der Rezeption spricht den aus dem Aufzug zu allem Überfluß als »Herr Kommissar Gericke« an, und aus der Bar tropfen zwei ältere Frauen mit Erste-Hilfe-Gesichtern. »Was ist denn mit dem Kleinen?«

Zu leisen Klängen von Spießermusik stürzen sie sich wie Geier auf Lögesaaks Tasche. Der knallrote Kerl kann nur hoffen, daß draußen keiner seiner Kumpels mitkriegt, was hier im Foyer läuft. Und daß die Leute hier drinnen nicht auf die Idee kommen, seinen Vater zu Hause anzurufen. Denn dann hängen sie ihm auch den Fisch noch an, und dann ist alles aus. Aber glücklicherweise wissen sie ja den Namen nicht.

»Lögesaak.« Der Mann von der Polizei lächelt, und eine der Frauen aus der Bar drückt den Angesprochenen an ihre dicke Brust. Den Geruch von pudriger Schminke wird Lögesaak bis zum Abend nicht los. »Lögesaak! Den Namen hätten wir schon mal.« Das kommt einem Todesurteil gleich.

Lögesaak versinkt im Teppich.

»Ist dir nicht gut?« fragt die Frau und drückt ihn noch fester in ihre weichen Konturen und diesen dumpfen Schminkegeruch hinein, daß ihm wirklich mulmig wird.

Der Portier tippt, tippt und tippt in seinen Computer, der Aufzug plingt noch mal, und die Ansammlung an der Rezeption vergrößert sich. Lauter alte Leute, und niemand hat was Sinnvolleres zu tun, als zu helfen.

»Lögesaak? Haben wir nicht in der Anmeldung«, sagt der Portier. »Bist du ganz sicher, daß dein Vater im TERMINUS ...?«, aber Lögesaak hat sich losgerissen, die Hefte gepackt und rennt nun schnaufend ins Freie. Dort hält er gar nicht erst an, rennt und rennt und rennt.

»Hasten dem so lang erzählt?« will später Hinne wissen.

Später. Viel später. Lögesaak hat sich zu Hause ausgeweint. Fühlt sich wie ein Vergewaltigungsopfer. Nur daß er es nicht in Worte fassen kann. Das ist der eigentliche Grund für Tränen. Sprachlosigkeit über das, was passiert. Hinne ist wieder ganz mutig, als sei er niemals weggelaufen. Es ist Nachmittag, die Kids streunen wieder die Straße lang und bleiben dabei irgendwie am Eingang zum Tattooladen hängen. Die Mutprobe planen die Jungs schon ewig: Yakuza-Drachen von den Füßen bis zum Hals. Man sieht es Lögesaak an, daß ihm jetzt die Wahrheit auf der Zunge liegt. Aber Hinne bläst sich wieder mal auf mit irgendeiner gecrackten Beta-Shooter-dreißig-Tage-Version aus der neuen COMPUTER-BILD, und da bessert Lögesaak sein Abenteuer vom Morgen nach. Sie wollten ihn verhaften, behauptet er, doch er sei weggerannt. Entkommen.

»Wegen dem Fisch?«

»Blödsinn. Wegen dem Zimmer.« Lögesaak hat dem Wicht hinter der Theke Druck gemacht. Aber umsonst. »Die stellen sich stur. Unter achtzehn kein Zimmer. Das können wir knicken. Die wollten mich echt verhaften. Da war einer von der Polizei.«

»Boah!«

Buus ist nicht da, und so huscht ein fragender Blick zum Kumpel. Ob sie beide die Meuterei durchhalten werden? Polizei ist eine Nummer zu groß. Das sollten sie lassen. Und dieser blöde Drohbrief. Das ist doch Oberkacke. Sagen tut es keiner. Sind beide viel zu cool dafür.

»Buus ist total verknallt in die Alte, glaub ich«, sagt Hinne statt dessen und starrt auf seinen Fisch an der Wand. »Der ist voll geil auf die.«

Von hier aus hatten am Morgen die Restsägefische das

Schattentheater beobachtet. Mit den Hintern auf der Schaufensterkante vom Tattooladen und dem Kopf voller Yakuza-Drachen. Hinne ist noch immer schwummerig bei dem Gedanken an das, was Buus am Morgen entschieden hat. »Wir gehen durchs Fenster rein«, hatte der gesagt, während Lögesaak drinnen seinen peinlichen Auftritt hatte, »und legen 'ne Bombe!« Immer noch einen drauf. Immer. Das berichtet Hinne Lögesaak und gibt sich Mühe, nicht feige dabei zu erscheinen. Möglichst belanglos plappert er das nach. Bombe. Lögesaak müßte jetzt »ich mach nicht mit« sagen, oder Hinne müßte es tun. Doch beide sitzen nur da und tun, als wäre ihnen der Gedanke schon selbst gekommen.

Na ja, und dann knattert es in der Straße, die Chance verrinnt, und Buus taucht lautstark mit einem Mofa auf.

»Stand auf dem Industriegelände rum«, sagt er, »zehn Minuten von hier. Wahrscheinlich geklaut, die alte Kiste, fährt auch nicht. Jedenfalls nicht richtig. Ist kein Auspuff dran.« Buus ist fast dreizehn. Führerschein ist nicht. Allein die Ciao zwischen den Häuserfluchten anzuschmeißen ist schon absolut obercool. Das Geräusch kracht von den Fassaden zurück wie Panzerkettenrasseln. Buus dreht eine Runde Straße rauf, Straße runter, dann ist der Vergaser verstopft, oder es fehlt »Komprission«, und die Kiste geht knötternd aus. Jetzt muß man wieder warten.

Buus schiebt das Mofa zum Abbruchgrundstück rüber, Hinne und Lögesaak mit offenen Mäulern hinterher, legt das Ding auf die Seite und läßt rostrotes Benzin aus dem Tank in die mitgebrachte Coladose laufen. Zwei C-Kracher stecken in seiner Tasche. Weiß der Geier, wo der die jetzt wieder her hat. Und wozu.

»Machsenda?« fragt Hinne und betrachtet Buus dabei, seinen Kracher in den dreieckigen Trinkschlitz zu frickeln.

Buus hält für einen Moment inne, mustert den Kumpel von Kopf bis Fuß und zeigt dabei ein dreckiges, überhebliches Grinsen. »Erklär's du unserm Schisser!« befiehlt er Lögesaak und beugt sich konzentriert über seine Arbeit. Hinne verspürt den Wunsch zu gehen, aber der General hat vorgesorgt, hat Hinne schon gleich vergattert. Wenn Hinne abhaut, erfahren die im Hotel, wer den Fisch gemalt hat. Das läßt sich dann nicht mehr vermeiden. Und Lögesaak kann sich ausrechnen, daß Hinne dann seinerseits Dr. Lögesaak informiert, wer Hinne zu den Fischen angestiftet hat.

»Heulse denn?« fragt Buus und schießt Lögesaak einen bösartigen Blick rüber, der den sofort zum Schweigen bringt.

Der hat mal wieder mit unterdrückter Stimme rumgemosert. Ist offenbar noch nicht hundertpro ein Freund von dem neuen Plan. Und Hinne zappelt mit Armen und Beinen. »Zeich ma, was machst du da?« Doch der General hat keine Zeit dafür. »Iss kein Zeiger dran.«

Buus deponiert die beiden Molli-Dosen im alten Ölfaß und schmeißt dann seine ausgeweidete Ciao wieder an. Auf den Tank hat er Jeanettes Foto geklemmt, und jetzt legt er sich drauf. Die Frau ist genau die Richtige für ihn. Besser als Britney, besser als Shakira. »Wollt ihr auch mal fahren?«

Hinne nickt, und Buus dampft lachend ab. »Dann klau dir selbst ein Mofa. Morgen hier! Und laßt die Flossen von meiner Munition!«

»Eminem ist cooler«, sagt Lögesaak und blickt dem Knattern hinterher, das Buus einhüllt wie die Qualmwolke, bis am Ende der Straße der Lärm abbricht, dann fehlt ihm wieder seine Komprission. Er schiebt ab, und beide Kids heben ihre Kinne an der Hotelfassade hoch, von Stock zu Stock bis unters Dach, wo Tauben gurren. »Der will doch nicht wirklich da rein?«

Tag 3

Drei Etagen, so was um die fünfzehn Fenster, vier davon erleuchtet, das Erdgeschoß explodiert auf ganzer Breite vor Licht aus seinem Inneren, darüber blinken die letzten beiden Leuchtbuchstaben noch immer verloren am Ende der Schrift, die anderen sondern ein häßliches, elektrisches Summen ab: Hotel TERMIN.

U-S-US-U-S-US

Es ist Abend. Hinne und Lögesaak sind wieder da. Jeder von ihnen mit der Absicht, sich auszuklinken. Sie reden nicht, sie starren nur auf die Fassade gegenüber. Sie hoffen, daß Buus nicht kommt. Sie hoffen, daß das Gitter an der Kellerluke fest verankert ist, hoffen, daß Henk heute Streife läuft oder die Welt untergeht. Hoffen, daß ein Raumschiff sie in den Orbit der Gerechten beamt. Hauptsache, Buus setzt seinen Plan nicht durch. Hauptsache, sie hängen nicht mit drin. Kein Raumschiff. Ein angebissener Mond klettert fahl am Dach entlang.

»Gafft ihr so?« brüllt Buus vom Ende der Straße. »Ihr seht aus, als hättet ihr schon wieder die Hosen voll.« Er schiebt sein Mofa auf eine Art, als wären Mofas dafür gemacht, geschoben zu werden. Hinne und Lögesaak zucken zusammen bei seinem Geschrei.

Buus hat eine gelbe Sonnenbrille auf. Heute, für die große Begegnung. Deswegen hat er wohl auch das Mofa dabei, obwohl es nicht fährt. Buus ist insgesamt der Erfolgstyp für morgen. Würde weder Hinne noch Lögesaak wundern, wenn Buus es schaffen sollte, einen Star abzuschleppen. Die wartet ja auf einen wie ihn, die Jeanette. Hat sie im Fernsehen jedenfalls gesagt.

Buus haftet was wie Ghetto-Image an. Er ist, was er ist. Er hat die Durchsetzungskraft eines Dschungeltiers – und die Instinkte. Nur in seltenen Momenten scheint aus ihm so etwas wie menschliche Schwäche, wenn er sein abgewetztes Mofa vorsichtig an den Holzlattenzaun vom Abbruchgrundstück lehnt, als gelte es, den Lack zu schonen, dann bekommen seine Handlungen etwas Rührendes, oder wenn er das BRAVO-Foto an sich nimmt und es sorgfältig in der Brusttasche verstaut. Ist Buus vielleicht nicht der harte Typ, den er gibt? Na ja, und die Rechtschreibfehler, die er macht. Wenn er was auf einen Zettel krakelt, wie diesen trotteligen Drohbrief, dann schlagen voll die Fehlstunden durch. Und die beiden »Ehrenrunden«.

»Steht ihr da rum wie die Pfeifen?« feixt er, und Hinne und Lögesaak fliegen die Straße lang wie ferngesteuert.

Eine Minute später hat jeder von ihnen eine eiskalte Coladose in der Hand, aus der die Zündschnur eines Krachers herausguckt. Das Benzin verdampft, und dadurch werden sie kalt und beschlagen, weiß Hinne. »Wenn du 'ne Zeitlang Farbe aus Dosen sprühst, werden sie auch kalt.«

Hinne plappert und plappert, während er in Buus' Schlepptau die Straße quert, und Lögesaak schleppt seinen Molli mit zitternden Händen hinter den Kumpels her in geduckter Haltung und hat keine Ohren für Physik. Nur Schiß ohne Ende. Schließlich trägt seine Angst erste Früchte, Lögesaak legt sich am Bordstein lang und zerschlägt sich Ellbogen, Kinn und Knie. Hat nicht aufgepaßt. Aber die Dose hat nichts abgekriegt. Die hält er umarmt wie einen Schatz und kann nicht verstehen, was er da tut.

»Was machen wir hier?« fragt er, aber zu leise. Ein dünner Faden Blut sickert ihm aus der Hose, und der Ärmel klebt ihm am Handgelenk. Alles riecht nach Benzin, und seine Kumpels tun, als hätten sie nichts von dem Sturz bemerkt.

Buus zerrt an dem Fenstergitter. »He«, sagt er, »Lögesaak, bist ja echt hart im Nehmen!« Und der merkt nicht, wie sich unter diesem Lob sein Fluchtgedanke im Kopf herumdreht und zu einer Form von Tollkühnheit mutiert, die ihn auf eine Stufe mit Buus zu heben scheint. Wir drei. Alle für einen …

Das Gitter springt los. »Rein!« sagt Buus und kippt seinen Kopf zum Fensterchen, Hinne fest im Blick. Der zappelt noch von einem Bein aufs andere, guckt sich nach Lögesaak um, erkennt auch dessen Entschlossenheit, entblößt die spitzen Zähne, stellt seine Dose ab und rennt, was das Zeug hält.

»Schisser!« faucht Buus hinterher, doch zu spät, Hinne verschwindet hinter der nächsten Häuserecke, – weg –, und Buus lächelt seinem neuen Adjutanten zu, der noch ganz stolz über sein »hart im Nehmen«, von der Situation völlig überrascht wird. »Also du zuerst«, sagt Buus und winkt.

Lögesaak hört für Augenblicke nichts als sein Herz, sieht schwarz, sieht die kleine Straße sich vor seinen Augen entfernen wie das verschwindende Ende einer Kindheit, beugt sich schließlich runter, wirft einen Blick in die Luke hinein, steigt hinab. Krabbeln, zittern, sich selbst verfluchen. Dann macht es einen Rums, und Lögesaak sitzt in einem fremden Keller.

»Verdammte Kacke!« flüstert er leise von unten rauf.

Buus oben scheint noch unschlüssig, ob er hinterhersteigen oder nach Hause gehen soll. Ein gefährlicher, stiller Moment für den Kerl im Keller. Schließlich hangelt auch Buus sich durch die Öffnung nach innen, und Lögesaak, der das alles mitbekommen hat, wird ganz kleinlaut.

»Ein Weinkeller«, schnauft Buus, umrahmt von einem kalten Echo, und hebt prüfend Flaschen aus dem Regal.

Ein Feuerzeug dient ihm als Kerze. Lögesaaks Ärmel stinkt noch nach Benzin, doch es dringt ihm nicht ins Bewußtsein, welche Folgen das haben könnte. Das Feuerzeug und das Benzin. Die Angst vor Entdeckung ist übermächtig. Keine Ruhe für das, was Buus da tut. Lögesaak durchquert vorsichtig mit ausgestreckten Armen den Raum, Schritt für Schritt, und lehnt sein Ohr dann hinten an die Tür. »Ob die offen ist?« Buus fummelt was aus seinen Taschen.

»Hastenda?«

Zwanzigtausent Euro im Koffer auf die Strase legen, oder das ganse Hotell brennt. Hotell brennt durchgestrichen: *Bombe – Bombe* durchgestrichen: *Alle Scheiben kaput.*

Buus stellt sein Machwerk von einem Drohbrief auf dem zweiten Regalbrett auf, an die Flaschen gelehnt, doch der Zettel segelt zu Boden. Buus bückt sich mit seinem Feuerzeug hinunter, die beiden Coladosen erscheinen im Lichtkegel, und Lögesaak ahnt Schlimmes. Der dumpfe Geruch von verdunstendem Alkohol mischt sich allmählich mit dem von Benzol.

»Machsenda?« fragt Lögesaak wieder. »Wir wollten doch zur Jeanette rauf.«

Doch Buus meckert nur, der soll nicht immer so heulen. »Kann ja kein Mensch aushalten, das Geflenne.« Er faltet seine Botschaft und schiebt sie vorsichtig in eine der leeren Flaschen hinein. Die stellt er auffällig ins Regal. »Du trägst unsere Munition«, entscheidet er schließlich.

Lögesaak gehorcht, nimmt die beiden Dosen auf und tappt wie benommen Buus hinterher. Buus drückt die Klinke nieder, die Tür fällt ihm entgegen: Luftzug. Feuerzeug aus. Lögesaak verschüttet unmerklich noch mal was von dem Benzin. Er stellt eine Dose ab, die fällt um und rollt irgendwo hin. Lögesaak findet sie nicht mehr. Er mosert es Buus in den Rücken, und der faucht nur zurück, Lögesaak solle sich jetzt endlich zusammenreißen, das wäre eine militärische Operation.

Hinter der Tür ein Flur. Den Flur entlang, am Ende reflektiert sich weiß das Licht. Die beiden schleichen durch einen endlosen Tunnel, Buus beherzt, wie es scheint, und Lögesaak eingeschüchtert. Jeder Schritt hallt, wie es dort unten erscheint, durch das gesamte Gebäude, zudem hört man den Aufzug ständig anspringen und bremsen und spürt den Wind, den er in den Keller preßt oder aus ihm saugt, je nachdem, ob auf- oder abgefahren wird.

Nun, im Feuerzeugflimmern, fällt Lögesaak auch langsam auf, welche Gefahren das Benzin in seiner Hand verströmt – und das an seinem Ärmel. Trotzdem hält er die Klappe. Greift die Dose mit zwei Fingern, setzt sie vorsichtig auf dem Boden ab.

Buus beleuchtet hinten die Aufzugtür. Da ist ein Schloß, daneben steht eine Gitterpalette, die überquillt von weißen Tüchern. Buus zückt ein Butterfly-Messer und stochert lustlos an dem Sicherheitsschloß herum, um, wie er sagt, den Aufzug zu knacken. Das mißlingt.

»Gib mal Muni!« befiehlt er nach einer halben Ewigkeit entnervt und sticht auf den Wäschehaufen ein, doch dabei verbrennt ihm sein eigenes Feuerzeug in der linken Hand die Finger, und er läßt es zu Boden fallen.

Stille zuerst. Der Aufzug springt an, fährt, bremst, Luftdruck reißt und zerrt an den Lungen. Lögesaak hört was trappeln. Erst vor sich, dann hinter sich. »Wo bist denn du?«

Doch Buus hat sich nicht bewegt. Kniend tastet er den Boden ab und verbrennt sich zum zweiten Mal an seinem Feuerzeug. »Scheiße, verdammt.«

»Und was hat da getrappelt?«

»Klappe!« antwortet Buus.

Das Licht geht wieder an. Doch diesmal ist es Lögesaaks Maglite.

Buus fährt im Lichtkegel herum wie ein angestochenes Raubtier. »Wo hasten die jetzt her? Gib schon die Lampe!« befiehlt er dann mit einiger Verzögerung, und zum ersten Mal widerspricht Lögesaak. »Nein, ist meine.« Die Lampe ist ihm heilig.

»Los, mach schon!« Buus kommt breitbeinig den kahlen Flur entlang, daß hinter ihm ein Schatten wie King-Kong herläuft.

»Nee«, sagt Lögesaak weinerlich, und läßt die Lampe in seiner Tasche verschwinden. In der Dunkelheit tritt Buus versehentlich gegen die Benzindose. »Was war das?« faucht er und fordert nun noch entschiedener die Taschenlampe. Doch die gibt Lögesaak nicht her.

Lögesaak sieht den Schlag nicht kommen, ein eher peripherer Treffer. Trotzdem fällt er rückwärts hin, und die Schlacht um die Lampe hält sich eine Weile am Laufen. Schließlich leuchten zwei Lichter auf, hinten an der Wand, ein grünes und ein rotes, und der Kampf endet ohne Lampenübergabe in einer Art unentschieden, das Lögesaak noch nicht kapiert. Hatte Buus tatsächlich den kürzeren gezogen? So stark war der gar nicht.

»Da reden wir noch drüber!« erklärt der General und geht die neue Lichtquelle untersuchen. Wa-wa-wa dröhnt ein Transformator auf, als hätte Hinne gesprochen, und im nächsten Moment zerbirst der Kellerflur unter dem aus einer Doppelreihe längsverlegter Neonröhren platzenden Licht. Der Aufzug preßt Luft in den plötzlich hell erleuchteten Raum, und die Kids zerren noch blinzelnd an verschiedenen Türen, weil der Fluchtinstinkt übermächtig wird, verschlossen, wechseln die Objekte, zerren an anderen Türen, wechseln noch mal. Abgeschlossen.

Drei graue Stahltüren befinden sich am Gang, alle verschlossen, nur nicht die, auf der Heizung steht. Lögesaak und Buus rennen hinein, hocken sich in den Heizungskeller und haben Zeit, ihren Plan zu überdenken. Wenn es einen gibt.

Im Keller öffnet sich die Aufzugtür. Eine Frau und ein Mann trappeln heraus, einer von beiden wirft schwere Lasten in den Wäschekorb auf der Palette, Feuerzeuge ratschen, Tabak knistert. Die beiden im Heizungskeller sehen nichts, hören alles.

»Sag mal, wonach riecht denn dett hier?« fragt eine weibliche Stimme.

Die schwereren Schritte des Begleiters knirschen einmal hin und zurück den kahlen Gang entlang, Schlüsselbärte sägen sich durch Sicherheitsschlösser in Eisentüren, Quietschen und Zufallen mit kleinen Druckwellen verbunden, schließlich Lachen. Die Frage bleibt unbeantwortet, und Lögesaak klopft das Herz im Hals.

»'75er?« fragt die Frau. »Der ist sicher teuer. Stell den wieder zurück!«

»Unsinn«, sagt der Begleiter. Jetzt wird das schmatzende Geräusch eindeutig.

»Die knutschen!« flüstert Lögesaak. Zeit, seine Duschgeschichte noch mal zu ... na ja, zumindest, daran zu denken.

»Klappe!« sagt Buus und klatscht sich im Heizungskeller den zweiteiligen Messergriff in die Handfläche. »Gib ma Mäclight!«

Lögesaak tut, als hätte er nichts gehört. Doch Buus läßt nicht locker.

»Iss nich!« faucht schließlich Lögesaak und blickt in die Dunkelheit, wo er Buus vermutet – und vielleicht noch ein paar Schläge.

Die Heizung brennt los. Nichts mehr zu hören. Nur noch der Lärm des Brenners, ein stetiges Tropfen irgendwo am Boden hinten und ein Pfeifen in den Rohren an der Wand. Endlose Minuten, bis der Streifen Licht unter der Tür sich ausknipst und Lögesaak wieder zu atmen anfängt.

Diesmal muß er leuchten. Immer auf das Schloß neben dem Aufzug. »So! Von oben!«, und Buus hebelt mit dem Messer in dem Schlitz herum. Angeblich weiß er genau, was er tut, aber alles in allem wirkt das Herumgeschabe nicht sehr professionell. Im Keller breitet sich allmählich der Benzindampf aus. Der Dampf von der heimlichen Zigarette ermuntert Buus zu einer naturwissenschaftlichen Analyse der Gefahren, wenn jemand jetzt mit all dem Benzin drum herum ein Feuerzeug anratscht. »Dann geht der ganze Kasten hoch. Das haben die dann davon.«

Lögesaak glaubt ihm jedes Wort, blickt seinem Kumpel über die Schulter, und der sticht sein Messer in den Schlitz zwischen den beiden Teilen der Aufzugtür. Dann dreht er die Klinge, verfolgt vom Kegel aus Lögesaaks Maglite und einem ängstlichen Augenpaar.

Irgendwann ist der Zuschauer unvorsichtig genug, um seine Meinung zu sagen: »So wird das nie was.« Im selben Moment bricht die Klinge ab, klirrt irgendwo jenseits der Aufzugtür und löst dort drinnen irgendwas aus. Die Tür versucht sich zu öffnen und zittert bei dem Versuch sofort wieder in die Gegenrichtung. Es sieht aus, als hätte sie Angst. Und nur die seltsame Erscheinung hält Buus davon ab auszuflippen. Klar, daß Lögesaak die Sache vermasselt hat. Vorsichtshalber ziehen sich Buus und Lögesaak erst mal wieder in den Heizungskeller zurück.

»Yeah!« sagt Buus – immer noch einen drauf, immer – und hat plötzlich eine Schachtel Fluppen in der Hand.

Mit großer Geste stopft er sich eine Zigarette in den Mund.

»Hör auf, mit der Scheißlampe in mein Gesicht zu zeigen!« mault er an der Zigarette vorbei Lögesaak an, und bei dem regt sich was in der Magengegend, als Buus ihm die Schachtel unter die Nase hält.

Was tun? Zwei Stufen auf der sozialen Leiter übersprungen und hier unten im Keller eingebrochen mit einer Fluppe im Gesicht neben Buus – jetzt »nein« sagen? Lögesaak greift zu und schnippt sich einen Stengel an. Erstaunlicherweise macht es nicht mal Probleme, den Dampf zu inhalieren. Nur ein leichtes Unbehagen arbeitet im Unterleib. Was, wenn man sie entdeckt? Was, wenn der Benzindampf da draußen Feuer fängt? Ohoh!

»So wird das nichts«, wiederholt Lögesaak, und Buus nickt dazu. »Das mit Jeanette können wir knicken.«

»Ja.«

»Ja.«

»Ja.«

»Haun wir ab!« entscheidet Buus. Im Schein der aufleuchtenden Glut kann man erkennen, daß er Jeanettes Foto in der Hand hält. Die Sache ist gegessen. »Oder gehn wir die Treppe rauf?«

Lögesaak schüttelt den Kopf. Buus – wie soll er es nennen? – Buus ist so verändert! So verunsichert. Fast könnte man ihn heute nacht sympathisch nennen. Buus fragt Lögesaak nach seiner Meinung! Lögesaak, den Versager, Lögesaak, den Befehlsempfänger. Lögesaak zieht wieder an seiner Zigarette. Der Rauch trocknet ihm die Kehle aus, und ein öliger Geschmack bleibt am Gaumen zurück. Im Brummeln der Heizung bemerkt er nicht, daß Buus die Tür geöffnet hat.

Als er sich erhebt, fällt sie gerade wieder zu. Alles dunkel drum herum. Lögesaak drückt seine Zigarette aus und schiebt sie mit dem Fuß zur Seite. Dann spürt er schon die Angst, allein zurückzubleiben, tastet nach der Tür und reißt sie auf. Im hinteren Teil des Kellerflurs sieht Lögesaak für einen Augenblick Buus über sein Feuerzeug gekauert und das Flackern eines unsteten Lichtscheins in der grau gestrichenen Ecke hinter ihm. Erst da begreift Lögesaak, was geschieht.

Der Knall drückt ihnen die Luft aus den Lungen. Lögesaak und Buus pressen sich gleichzeitig durch die Tür zum Weinkeller, als der Kracher explodiert. Zehntelsekunden dehnen sich zu Zeitlupenaufnahmen. Eine Tür, die mal groß, mal kleiner wirkt, ein Boden, der auf Lögesaak zufällt, eine Holzkiste im Augenwinkel, eine Katze auf der Flucht, ein Schuh an einem Fuß, und der gehört Lögesaak und tritt auf die Tür ein, die sich nur langsam schließt. Im Weinkeller wieder. Das Dröhnen knistert in seinen Ohren. Die Taschenlampe rollt ihm aus der Hand. Auch Buus hält sich – hockend – die Ohren zu. Für einen Moment ist er zu sehen. Dann wird es dunkel rundherum. Und Lögesaak tastet nach der erloschenen Lampe.

»Bist du verrückt?« fragt er, kann aber seine eigenen Worte nicht hören. Erstmals kommt ihm der Sinn eines Ausdrucks zu Bewußtsein und läßt sich von da an nicht mehr abwimmeln: Ernst. Was hier passiert, ist kein Spaß mehr.

Das Fiepen im linken Ohr wird erst stärker, dann läßt es wieder nach. Links! Der Knall hat rechts stattgefunden. Wie verdreht die Dinge doch sind!

Lögesaak preßt sich die Hand ans fiepende Ohr, jedoch ohne Besserung. Dann nimmt er die rechte, und die stinkt unerträglich nach Benzin. Hinter der Tür, denkt Lögesaak, wahrscheinlich brennt dort jetzt unsere Bombe.

Bei diesem Gedanken richtet er das heile Ohr zur Tür hin aus, aber das Fiepen von links ist zu stark. Lögesaak öffnet den Mund und schluckt Luft. Das hat ihm sein Vater gezeigt. Jetzt, in diesem kritischen Moment ist auf Papa Verlaß. Zahnärzte kennen sich aus mit solchen Sachen. Das Fiepen läßt nach. Ein seltsames Geräusch kriecht ins rechte Ohr. Lögesaaks Blick wandert in weiträumigen Kreisen durch das Dunkel des Kellers, von Flaschen über Regale zur Kellerluke, unter der Buus hockt wie ein Stofftier ohne Füllung. Lögesaak weigert sich zu glauben, was er hört. Dann, als es nicht mehr anders geht, richtet er seine Augen auf das Geräusch, das ihm nie mehr aus dem Kopf gehen soll. Ein Schluchzen, das nicht seines ist.

»Sie lassen uns nicht rein«, jammert Buus hinten unter dem Fenster. »Wir können tun, was wir wollen.«

Schließlich.

Sie kommt so gegen acht Uhr abends. Bei ihr ein Großer und ein Kleiner in schwarzen Anzügen, mit schwarzen Sonnenbrillen und schwarzen Hüten. Man hat vorher angerufen, daß ihr Personenschutz dabei sein wird. Die Blues Brothers postieren sich im Eingang des Studios, und wer herein will, bekommt gesagt, daß es im Moment nicht geht.

Das Tattoo, das die Pop-Diva will, gehört zu den Neben- und Kleinaufträgen – ein zweifarbiges Herzchen, das von einem Drachen gefressen wird. Aber kaum liegt sie auf dem alten Friseurstuhl, fällt ihr der Sägefisch von der Hauswand des Hotels ein, eben, als sie herausgekommen ist. Ob er den gesehen hat? Natürlich. Und … also ob … das denn vielleicht auch ginge. Der Sägefisch, als Vorlage. Ungefähr zwei Finger breit, auf die rechte Schulter? Aber natürlich, das ginge, und er muß nicht einmal hinaus, um sich das Motiv noch einmal anzuschauen, denn schließlich hat er es die letzten Tage jedesmal gesehen, wenn er zum Laden gekommen ist.

Während er sie sticht, grübeln die Blues Brothers über den Schwelbrand, der letzte Nacht wohl im Heizungskeller des TERMINUS ausgebrochen ist und den der Portier und der Barkeeper sofort in den Griff bekommen haben. Wie es heißt, rauchen die Angestellten immer heimlich im Keller. Was seit dieser Nacht streng verboten sei.

Die Gäng sitzt nicht mehr draußen am Laden. Man sieht die Kids nicht mehr zusammen. Lögesaak kam mal rein und wollte wissen, was ein »Yakuza-Tattoo« kostet. Als er den Preis hörte, nickte er trocken. Bei der Gelegenheit hat er alles erzählt. Mußte es loswerden. Eine Woche später arbeitete ein Reinigungstrupp am Hotel. Sie mußten die Sägefische sandstrahlen.

ACHTUNG!!!

Take a look – unsere neuen Sparkle Tattoos im Shop!!
be young – be cool – take it

S-IT Tattoos die coole Art des Tätowierens! Egal, ob unsere neuen Sparkle Tattoos, unsere Tattoostamps oder unsere Crystal Tattoos, Du bist jedesmal aufs neue »TRENDY«, »MODERN« und »IN«. Ohne Zeitaufwand oder Schmerzen schmückst Du Deinen Body jedesmal passend zu Deinem Outfit, Deinem Make-up oder Deiner Stimmung.

NO PAIN – JUST TATTOO
Nutze die Vielfalt der Farben und der Motive!
BE DIFFERENT

10.

Henk liebte solche Regennächte. Das Plätschern drang gedämpft ins Foyer des TERMINUS. Gleichmäßig, beruhigend wusch es die Tageshektik weg, schuf Platz für Erinnerungen, Wachträume.

Der Fahrstuhl plingte, und der Turnschuhpolizist kam heraus, ein längliches Futteral unterm Arm, in dem man gut ein Gewehr vermuten konnte. Henk tippte eher auf das Fernrohr. »Herr Gericke?«

Er rieb sich die Bartstoppeln. »Die Rechnung!«

Henk druckte die Rechnung aus und kassierte. »Hatten Sie Erfolg?«

Gericke zuckte mit den Schultern »Keine Ahnung.« Er steckte das Wechselgeld ein. »Wir waren drei Jahre zusammen, dann sagte sie, daß es nicht mehr ginge.« Er hob die Hände.

Henk knitterte angemessene Anteilnahme in sein Gesicht.

»Natürlich war da ein anderer«, sagte Gericke und machte mit dem Kopf eine Bewegung nach draußen, zum Haus gegenüber. »Bei ihm ginge es ihr besser. Hat sie gesagt.«

»Verstehe«, sagte Henk.

Gericke schulterte sein Fernrohr. »Ich habe sie gesehen«, sagte er. »Sie hat recht gehabt.«

Er hob die Hand und wandte sich um. Die Glastür schwang auf, und er verschwand in der Dunkelheit.

Das Hotel schlief. Das Personal schlief. Die Gäste schliefen. Früher hätte um diese Zeit in der Cocktailbar noch reger Betrieb geherrscht. Jetzt wurde die Zeit zwischen dem letzten abendlichen Summen des Aufzuges und dem ersten Tellerklappern im Frühstücksraum immer länger. Sie dehnte sich aus. Erst unmerklich. Übersprang dann mühelos die Sperrstunde. Rückte auf Mitternacht vor. In manchen Nächten spülte Juan in der Bar schon um elf die Gläser. An Wochenenden, in Regennächten wie dieser, wenn die wenigen Gäste sich beim Kabelprogramm auf ihren Zimmern vergnügten, wenn das Trommeln der Tropfen die Nachtgeräusche im Haus übertönte, wenn …

Henk blätterte in den alten Gästebüchern, die er im Schrank seiner Rezeption aufbewahrte. Handgeschriebene Einträge, noch von seinem Vater, dann seine eigenen ersten Schriftzüge. Glanzzeiten, Krisenzeiten. Reservierungen für Veranstaltungen. Gauleitertreffen, Kriegstreiber, Kriegsflüchtlinge, Kriegsgewinnler, Kriegsschuldleugner, Kriegsveteranen …

Henk packte die alten Kladden wieder in den Schrank, zu dem schmalen Alukoffer, der Fundsache, für die sich immer noch niemand interessiert hatte, und sortierte die neuesten vergessenen Romane der Hotelbesucher ins oberste Fach seiner TERMINUS-Bibliothek ein. Das übliche Sammelsurium von Julia-Heften, Taschenbuch-Thrillern und Messekatalogen, dazwischen eine Studie über die Hydromelioration in Entwicklungsländern, zwei Pornohefte für Nylon-Fetischisten. Hin und wieder las er, wenn in einem der Romane ein Lesezeichen steckte, das Buch zu Ende, bevor er es zu den anderen stellte. Auf dem obersten Brett standen die Hoteliaden mit den eingelegten Zetteln der Gäste. Den halben Roman von Arthur Hailey hatte er sich dreimal mit wachsendem Mißvergnügen vorgenommen. Von Vicky Baums *Hotel Shanghai* kannte er nur das Schlußkapitel. Von Werfel die ganze *Hoteltreppe* bis auf die ersten zwei Seiten. *Das Hotel zum Paradies* eines gewissen Adolf Uzarski aus Düsseldorf stammte, wie die Widmung des Autors zeigte, von seinem Buchmessebesuch 1929. Henk hatte eine

Zeitlang gern darin gelesen, bis dann in den Sechzigern jemand *Hotel Schwarzland* von Fritz Paul Schimaniak vergessen hatte – die Geschichte einer Familienpension in Herne.

Henk strich über den abgeschabten Einband der Buchclubausgabe und stellte sie wieder zu den anderen Büchern zurück. In ein paar Tagen würden ein paar Schriftsteller kommen, er hatte ihre Sammelbuchung vorhin im Computer gesehen. Vielleicht würde das TERMINUS dann später in dem einen oder anderen Buch auftauchen.

Er blickte durch die dunklen Scheiben auf die Straße. Licht schwamm auf dem nassen Asphalt, spiegelverkehrt die Leuchtschrift des TERMINUS mit den flackernden letzten Buchstaben, das grelle Neonrot des Straßencafés gegenüber. Die Stühle zusammengestellt und an die Wand gekettet.

Henk hörte das Singen der Autoreifen, bevor die Taxibeleuchtung verschwommen durch die Fenster aufschien. Der Wagen verzögerte auf der gegenüberliegenden Seite vor der Bar, der Fahrer wendete seine Kutsche, nahm vor dem TERMINUS noch rumpelnd den Bordstein in Angriff und schob sich bis unters Vordach des Hoteleingangs. Der Wagen stand im pladdernden Regen, bis der Fahrgast bezahlt hatte, und im gleichen Moment, in dem sich die Autotür öffnete, klingelte Henks Telefon.

Peter Zeindler

Der Mann im weißen Leinenanzug

Der Mann trug einen weißen Leinenanzug und eine blutrote Krawatte. Blutrot? Henk hätte ja auch an karmesinrot oder scharlachrot oder tizianrot denken können.

Der Fremde kam auf die Rezeption zu, wo Henk gerade mit einer Frau ein Telefongespräch führte, deren dunkle Stimme ihm zwar bekannt vorkam, aber er wußte einfach nicht mehr, wann er sie schon einmal gehört hatte und bei welcher Gelegenheit. Ließen ihn seine alten Reflexe im Stich, die Fähigkeit, blitzschnell in fixe Bilder einzurasten, diese Gabe, eine Stimme und das dazugehörige Gesicht blitzschnell zur Deckung zu bringen?

Der Mann im Leinenanzug blieb an der Rezeption stehen, die linke Hand in der Jackettasche, die rechte auf der Theke. Es waren schmale, gepflegte Hände, die verrieten, daß der Mann erstens stolz auf diese Hände war und daß er sie nicht zu schwerer körperlicher Arbeit benützte. Vielleicht waren es ja auch die Hände eines Killers, eines Mannes, der ein Messer oder eine Rasierklinge oder eine kleinkalibrige Pistole geschickt zu bedienen imstande waren. Warum Henk in letzter Zeit nur immer in solchen Kategorien dachte? Es hatte wohl mit dieser Häufung mysteriöser Begegnungen und Todesfälle zu tun, wie zum Beispiel kürzlich dieser eigenartige Selbstmord in der Badewanne von Nummer 26?

»Wie, sagten Sie?« fragte Henk die Frau mit der dunklen Stimme. »Lucy?«

»Lucy, ja. Sagen Sie ihr einen Gruß von ihrer alten Gesangslehrerin.«

»Es wohnt keine Lucy bei uns«, sagte Henk und starrte

noch immer fasziniert auf die Hände des Neuankömmlings, die sich jetzt blitzschnell von links nach rechts und wieder zurückbewegten, als ob sie einen perlenden Klavierlauf absolvierten. »Möchten Sie Ihre Telefonnummer hinterlassen, damit Sie diese Dame … Lucy … wenn sie in unserem Hotel eintreffen wird, zurückrufen kann?«

»Tamara genügt«, sagte die Frau und hatte aufgelegt, bevor Henk das Gespräch wie ein Kriminalbeamter, der seinen Anrufer orten will, in die Länge ziehen konnte. Er wußte, wer sie war, das spürte er. »Tamara«, hatte die Frau gesagt. Das klang russisch, oder mindestens stammte der Name aus dem Osten. Aber vielleicht hatte es auch nur italienisch geklungen.

»Haben Sie ein Zimmer?« fragte der Mann im weißen Leinenanzug.

Die Frage kam im falschen Augenblick. Henk hatte soeben aufgelegt, und vor seinem geistigen Auge begannen sich die Konturen eines Gesichts zusammenzusetzen. Und jetzt zerstörte dieser Mann wieder alles. Ludmilla?

»Eigentlich habe ich kein Zimmer frei«, sagte Henk, etwas zu unfreundlich.

Der Mann sah ihn erstaunt an. Er streckte den Zeigefinger der rechten Hand in die Höhe und bewegte ihn drohend hin und her. Wie ein Lehrer.

»Sie möchten mir also kein Zimmer geben?« fragte er. »Vielleicht könnten Sie das noch bereuen.«

War das eine Drohung? Henk war plötzlich verunsichert. Der Mann schien nicht wütend zu sein, er wirkte eher belustigt.

»Ich verstehe Sie nicht, Herr …?«

»Grab«, sagte der Mann mit sonorer Stimme. »Grab wie das Grab.«

»Ich verstehe Sie nicht, Herr Grab«, sagte Henk unbeeindruckt. »Warum sollte ich es bereuen, wenn Sie nicht unser Gast sind?«

»Ich bin Musiker. Pianist. Barpianist, genauer.«

Henk überlegte. War das ein verstecktes Angebot? Im TERMINUS gab es keinen Barpianisten. Vielleicht war das ja auch einer der Gründe, warum die Bar nicht so gut besucht war, wie man es sich eigentlich wünschte. Das lateinische Sexappeal des Barkeepers Juan war wohl doch nicht so ausgeprägt, sonst hätte sich so etwas wie eine weibliche Stammkundschaft gebildet.

Er versuchte Zeit zu gewinnen. »Wir haben zur Zeit eigentlich kein Zimmer.«

Der Mann im Leinenanzug hob die Hand und sah über Henks Schulter hinweg. »Sehe ich aber da nicht einen Schlüssel? Für die Nummer 28?«

»Dieses Zimmer möchte ich keinem unserer Gäste zumuten. Vor ein paar Wochen hat ein angetrunkener Gast darin gewütet, und leider sind wir bisher nicht dazu gekommen, es wieder so herzurichten, daß es halbwegs unserem Standard entspricht.« Henk räusperte sich. »Es gäbe da nur noch etwas unterm Dach. Ein altes Mädchenzimmer. Allerdings ...«

»Ich nehme die 28«, sagte Grab.

Henk zögerte. Er durfte das Zimmer eigentlich nicht vermieten, aber da war etwas im Auftreten dieses neuen Gastes, was seine Autorität aufweichte. Oder hatte Henk einfach nur Angst?

»Dann wollen Sie sich bitte einschreiben?« sagte er betont sachlich und schob Grab das Anmeldeformular hin.

Victor Grab lebte angeblich in Brüssel, war Deutscher, Jahrgang 1962 und von Beruf Musiker.

Henk sah Victor Grab nach, als dieser zum Aufzug ging, sich in der Lifttür noch einmal umdrehte und, bevor sich die Tür schloß, lächelnd beide Hände hob wie der Papst an seinem Fenster im Vatikan.

Der Mann am Baß war eine auffallende Erscheinung. Wie er so dastand, seine kräftigen Finger auf der Höhe des linken Ohres, den Blick leicht abgewandt, und wenn er dazu sein lüsternes Spitzmäulchen unter dem Schnurrbart schürzte und diesen gierigen Gesichtsausdruck bekam, der durch das kunstvoll drapierte weiße Haar kaum gemildert wurde! Er gehörte ja zu den Einsamen seines Fachs: Eingeklemmt zwischen Flügel und Schlagzeug mußte er sich immer wieder Gehör verschaffen, obwohl er ja nur immer wieder einen einzigen Ton erzeugte. Er knüpfte zwar an diesem wunderbaren Teppich mit, auf dem sich seine sogenannten Kollegen dieses fast ausschließlichen Männervereins dann, vom Scheinwerfer angestrahlt, im Solo produzierten, aber er fiel, musikalisch gesehen, nicht wirklich auf. Eher rhythmisch. Und eben visuell, wegen seiner raumverdrängenden Erscheinung.

Natürlich durfte er auch ab und zu solistisch seine Fingerfertigkeit beweisen, doch wenn dann seine dicken Finger über den schlanken Hals seiner Dicken wuselten, manchmal auch hart zugriffen, ihn oft auch liebkosten und ihr freudige kleine Laute entlockten, hatte das etwas Irritierendes. Und das war auch der Grund, warum Lucy sich eigentlich zu Don hingezogen fühlte. Eigentlich! Es gab auch immer wieder Augenblicke, in denen er sie abstieß, besonders dann, wenn sie ihm auf der Tournee zusah, wie er sein verschwitztes weißes Hemd mit der Paste aus einer Tube behandelte, es heiß abduschte, dann auf einen Bügel hängte und am andern Tag wieder anzog. Es sah dann aus wie neu, allerdings roch es nicht wie neu und auch nicht so, als ob es frisch aus der Wäsche käme. Die

Leadsängerin Lucy konnte sich mit Dons Waschgewohnheiten nicht anfreunden.

»Dein Timbre ist so wundervoll, sogar dann, wenn du mich anschreist«, sagte er in solchen Augenblicken und zeigte sein schmales Grinsen. Und dann fügte er noch hinzu: »Aber du mußt vorläufig noch durchhalten. Wir sind ja so etwas wie ein Paar, nicht wahr?«

Wie er das meinte, wußte nur sie. Sie hatte sich darauf eingelassen, aber nicht aus denselben Gründen wie er. Doch dieser Verdacht hatte sich erst in den letzten Tagen in ihr festgesetzt.

Daß er und Lucy bei dieser Station der Tournee nicht im selben Hotel abgestiegen waren, hatte seine Gründe. Eine einzige Nacht hatte Don vor ein paar Wochen im TERMINUS verbracht, dann war er umgezogen. Er hatte schließlich keine guten Erinnerungen an den Aufenthalt in diesem Hotel, obwohl seine Angst, man hätte ihn identifizieren können, glücklicherweise anscheinend nicht begründet gewesen war. Seitdem wohnte er mit den anderen aus der Band in einer Pension bei dem Club, in dem sie auftraten, und Lucy hatte seinen Platz im TERMINUS eingenommen.

»Guess, who I saw today«, sang Lucy.

Das Publikum applaudierte begeistert, als sie diese Ballade eines Liebesverrats zu Ende gesungen hatte. Sie stand bewegungslos da und schaute mit scheinbar starrem Blick auf die Stelle, wo sie vor ein paar Wochen den Mann mit der verkrüppelten Hand entdeckt hatte.

Der Mann im weißen Leinenanzug, der in der ersten Reihe saß, war ihr schon ganz zu Beginn ihres Auftritts aufgefallen, als sie von hinten über die Treppe gekommen und bereits in das musikalische Bett eingetaucht war, das ihre Kollegen für sie bereitet hatten. Deshalb wunderte es sie auch nicht, als er nach der Vorstellung vor ihrer Garderobentür auf sie wartete. Eigentlich hat er Stil, dachte sie. Er stürzte nicht auf sie zu, als sie die Tür öffnete, er stieß keine Begeisterungslaute aus, verwarf nicht die Hände, applaudierte nicht und hatte auch keinen Rosenstrauß dabei. Den einzigen Farbakzent setzte seine blutrote Krawatte.

Er stand einfach da, nickte beifällig und tat dann einen Schritt auf sie zu: »Das war klasse!«

Sie lachte. Es war einfach, dieses Kompliment entgegenzunehmen.

»Ihr Körper stand unter Strom. Die ganze Energie in Ihrem Gesicht. Dieser Blick! Das ging unter die Haut.«

Sie schaute ihn überrascht an. »Sind Sie denn Musiker?«

Er nickte. »Pianist. Eigentlich Barpianist. Ich heiße Victor.«

»Ich bin Lucy«, sagte sie leichthin, so unverbindlich wie möglich und ging dann an ihm vorbei zum Ausgang, wo Don schon auf sie wartete.

Als sie zwei Stunden später das TERMINUS betrat, war sie doch sehr überrascht, als sie den Mann im weißen Leinenanzug, der sich Victor nannte, auf einem der verschlissenen Sessel in der Eingangshalle sitzen sah. Als er sie erkannte, hob er lächelnd die rechte Hand, stand dann auf und kam auf sie zu.

»Welch ein Zufall!« sagte er, ohne daß es sehr überrascht klang.

»Wie das Leben eben so spielt«, antwortete sie scheinbar leichthin und ging auf die Rezeption zu. »Guten Abend, Herr Henk«, sagte sie freundlich. »Darf ich meinen Schlüssel haben?«

»Guten Abend, Frau Sedlacek.« Er streckte ihr den Schlüssel entgegen. »Und schöne Träume!«

Bei der letzten Bemerkung verzog er schmerzhaft das

Gesicht. Sie schien es nicht bemerkt zu haben, ging zum Lift und entschwand.

»Das war Lucy Sedlacek, die bekannte Jazzsängerin, nicht wahr?« sagte Grab, der an der Rezeption stand, die rechte schmale und sehr weiße Hand wieder wie einen Kunstgegenstand ausgestellt auf der Theke.

»Lucy?« fragte Henk überrascht. »Ihr Vorname ist Daphne.«

Aber während er diesen so sanften, fremd klingenden Frauennamen aussprach, mit dem sie sich eingeschrieben hatte, erinnerte er sich an das Telefongespräch. Hatte diese dunkle Frauenstimme nicht nach einer Lucy gefragt? Er würde herausfinden, wie Frau Sedlacek wirklich mit Vornamen hieß.

»Übrigens, mein Zimmer ist in Ordnung. Mit den letzten Spuren des Säufers kann ich leben.«

»Dann ist es ja gut«, sagte Henk scheinbar uninteressiert. Erst jetzt wurde ihm bewußt, daß dieser Victor Grab ausgerechnet die Nummer 28 bewohnte, unmittelbar neben der 27, in dem diese geheimnisvolle Daphne oder Lucy untergebracht war.

Zwei Musiker! Ein Zufall, dachte Henk und wandte sich ab.

»Was war da eigentlich an diesem Abend?«

Henk blieb stehen, ohne sich umzudrehen. »An welchem Abend?«

»An dem Abend, als der Kerl das Interieur der Nummer 28 nach seinem Geschmack abänderte.«

»Was soll da gewesen sein. Das kommt immer wieder vor. Der Mann war verschwunden, als ich oben auftauchte. Das Fenster stand offen. Vielleicht hat er auch den Notausgang genommen, als ich im Aufzug unterwegs nach oben war. Was soll's! Er hat alles zurückgelassen.

Sogar seinen Koffer. Wenn es überhaupt seiner war. Aber er hat sich nie mehr gemeldet.«

»Was für ein Koffer, Herr Henk?« fragte Grab scheinbar beiläufig.

Henk biß sich auf die Lippen. »Irgendein Koffer. Er stand herrenlos zwischen Zimmer 28 und 29.«

»Und wo ist der Koffer jetzt?« fragte Grab.

Henk lächelte dünn. »Ich denke, das ist wohl jetzt nicht mehr von Interesse. Eines Tages wird sich der Besitzer schon melden. Das ist immer so.«

»Sie haben recht, Herr Henk«, sagte Grab versöhnlich.

Er wandte sich ab, steuerte den Aufzug an und blieb dann plötzlich stehen, als ob ihm etwas in den Sinn gekommen sei. »Hätten Sie etwas dagegen, wenn ich morgen abend in Ihrer Bar spiele?«

Henk war irritiert. »Ich habe nichts dagegen. Nur steht da kein Klavier.«

»Und stünde da ein Klavier, dann ...?« fragte Grab lächelnd.

»Dann ja. Vergessen Sie es!«

»Dann bis morgen abend, Herr Henk. Für das Klavier sorge ich.«

Am anderen Vormittag, bevor Victor Grab und die Jazzsängerin zum Frühstück gingen, war die Polizei schon im Haus. Henk, der frühzeitig wieder ins TERMINUS zurückgekehrt war, getrieben von einer diffusen Angst, war zuerst zum Schrank gegangen, in dem der herrenlose Koffer aufbewahrt worden war. Der Koffer war zwar noch da gewesen, aber jemand hatte ihn aufgebrochen und vielleicht auch etwas daraus mitgehen lassen. Henk hatte sofort die Polizei benachrichtigt, genervt von der Häufung von kriminellen Handlungen im TERMINUS und auch besorgt um den Ruf des Hauses. Daß aber dann ausgerechnet Lea Berg sich selbst um diesen schäbigen Koffer kümmerte und nicht irgendein Beamter von der zuständigen Revierwache, fand Henk schon ein bißchen übertrieben.

»Wem gehört dieser Koffer?« hatte Lea Berg gefragt, und natürlich hatte sie vorgängig ihre Ermittlungen mit der Bemerkung eröffnet: »Bin gespannt, was diesmal los ist.«

Los war das Schloß des Koffers gewesen. Der Inhalt war unergiebig, zwei Paar Socken, ein Kondom, eine Ausgabe des SPIEGEL, vier Ausgaben der FAZ, ebenfalls nicht mehr aktuell, abgesehen vielleicht vom Kulturteil. Und in einem Seitenfach hatte noch eine CD gesteckt.

»Ich weiß nicht, wem der Koffer gehört«, knurrte der genervte Henk.

In diesem Augenblick tauchte die Sängerin Daphne oder Lucy Sedlacek auf der Treppe auf, und zehn Sekunden später erschien Victor Grab, der Musiker.

»Warum haben Sie uns nichts von diesem Koffer gesagt, Henk?« fragte Lea Berg, ohne sich um die beiden Gäste auf der Treppe zu kümmern.

»Es war doch alles so alltäglich. Ein Betrunkener hat randaliert und sein Zimmer übel zugerichtet, aber er hat sich verdrückt, bevor wir ihn bremsen konnten. Und dann stand eben noch dieser verwaiste Koffer oben im Flur. Er hat jedoch scheinbar nicht dem Randalierer gehört.«

»Was für ein Mann war das auf Zimmer 28, Henk?« fragte Lea Berg. »Wie war sein Name, und wie hat er ausgesehen?«

»Das habe ich Ihnen doch gesagt. Elmar Wagner aus Dachau. Vertreter.«

»Den Mann gibt es nicht. Wir haben uns informiert. Wie sah er aus?«

Henk dachte nach. »Seine rechte Hand war verkrüppelt.«

»Aha«, sagte Lea Berg. »Aber der Mann im Zimmer Nr. 28 hat mit beiden Händen zugegriffen. Ich habe mir das Bad dort angesehen: Er hat die Toilettenschüssel zerdeppert. Was heißt da, zerdeppert! Sie sagen, er hat sie sozusagen zuerst mit den Schuhen sturmreif getreten und dann mit beiden Händen aus der Wand gerissen und auseinandergebrochen. Er hatte eine Kraft in den Händen, die einmalig ist. Nun?«

Henk schüttelte resigniert den Kopf. »Was wollen Sie mir anhängen? Ich bin ein alter Mann. Ich laufe auf dem letzten Zylinder. Also?«

»Das in diesem Zimmer war nicht das Werk eines Säufers. Da hat jemand etwas gesucht! Wer hat vor diesem Wagner in dem Zimmer gewohnt?«

Lea Berg drehte sich um. Sie schaute die beiden Gäste an der Treppe kurz an und bedeutete ihnen dann, sich zu entfernen.

»Wo ist der Frühstücksraum?« fragte Victor Grab.

Henk zeigte mit einer müden Bewegung nach oben. »Erste Etage, am Ende des Ganges.« Grab nickte gleichgültig. Lucy folgte ihm zur Treppe.

»Wer waren die zwei?« fragte Lea Berg.

»Musiker. Sie ist Sängerin, er Pianist.«

»Für die Nacht mit dem aggressiven Säufer habe ich die Gästeliste eingesehen. Da war doch auch ein Musiker darunter.« Sie warf einen Blick in ihr ledergebundenes Notizbüchlein. »D. Randolph, Musiker. Bassist. Erinnern Sie sich an ihn?«

»Großgewachsen und weißhaarig. Er wohnte auf der dritten Etage. Nur eine Nacht. Mit dem Säufer hatte er nichts zu tun.«

»Henk, gestern wurde ein Mann mit einer verkrüppelten Hand zwischen den Gleisen des Güterbahnhofs gefunden. Er wurde erwürgt. Höchstwahrscheinlich ist es der Mann, der sich hier Elmar Wagner genannt hat. In Wirklichkeit hieß er Fred Arazzi.«

»Das heißt, der Koffer hat jetzt keinen Besitzer mehr«, sagte Henk scheinbar erleichtert. »Sie können ihn mitnehmen.«

»Danke. Das hatte ich ohnehin im Sinn. Die Spurensicherung wird sich um ihn kümmern. Wir bleiben in Kontakt.«

Sie ging grußlos davon.

Eine Minute später standen Victor und Lucy unschlüssig vor demselben Tisch im Frühstücksraum.

»Darf ich mich zu Ihnen setzen?« fragte Grab.

Lucy nickte mit Verzögerung.

»Oder möchten Sie lieber allein sein und die Zeitung lesen?« fügte er hinzu.

»Die Reihenfolge war falsch, Victor. Hätten Sie mich zuerst gefragt, ob ich die Zeitung lesen möchte, hätte ich ja gesagt.«

»Ich verstehe Sie nicht.«

»Ihre direkte Frage signalisiert mir, daß Sie mir etwas zu sagen haben. Und auch die Tatsache, daß Sie, kaum stand ich oben auf dem Flur, auch schon auftauchten. Aber ausschlaggebend ist Ihre Bemerkung von gestern nach dem Gig. Sie haben gespürt, worum es mir musikalisch ging! – Was wollen Sie?«

Sie standen nebeneinander vor der Frühstückstheke. Sie füllte sich eine Schale mit Müsli und ging dann zum Tisch zurück, wo sie ihre Handtasche zurückgelassen hatte und wo Grab ebenfalls seine Duftmarke gesetzt hatte: Es war die Partitur der Ballade, die sie am Vorabend gesungen hatte: »Guess, who I saw today?«

Sie nahm es zur Kenntnis, und er gab keinen Kommentar dazu ab. Sie aßen eine Weile schweigend. Er trank den Kaffee in großen Schlucken, sie nippte an ihrer Teetasse.

»Ich spiele heute abend hier in der Bar«, sagte Victor nach einer Weile.

Sie schaute ihn überrascht an. »Gibt es denn da ein Klavier?«

»Ich werde eines besorgen.«

»Einfach so?«

»Ich muß mich wieder in der Szene bekannt machen. Machen Sie mit?«

Sie lächelte irritiert. »Ich bin schon bekannt.«

Er nickte. »Nur so zum Spaß.«

»Und mit welcher Absicht sonst?«

Er schwieg. Die Finger seiner rechten Hand trommelten eine hastige Melodie auf das Tischtuch.

»Nach dem Konzert? Kommen Sie in die Bar?«

Sie stand auf. »Ich muß gehen. Ich bin verabredet.«

Er verzog sein Gesicht. »Mit dem Mann am Baß?« fragte er.

Sie schaute über ihn hinweg.

»Kennen Sie ihn gut? Durch und durch?«

Sie ging davon, ohne sich umzusehen. Victor zog sein Handy aus der Innentasche seines Jacketts und wählte.

»Eine ganze Liste«, sagte er leise und schaute sich dabei vorsichtig um. »Ich komme vorbei.«

Er nickte. Immer wieder.

»Ja, unverschlüsselt.«

Er nickte erneut. »Eben, das dachte ich auch.«

Er kappte die Verbindung und ging in sein Zimmer zurück, wo er eine ganze Weile nachdenklich vor seinem Laptop saß.

Lucy saß im Taxi.

»Fahren Sie. Richtung Süden.«

Der Taxifahrer betrachtete sie im Rückspiegel, kniff dann ein Auge zu und fuhr los. Lucy lehnte sich zurück und holte ihr Handy aus der Handtasche. Sie drückte flink mit dem Daumen der rechten Hand auf die Tasten. Dann schickte sie die SMS auf die Reise.

»Fahren Sie jetzt zum Bahnhof«, sagte sie zum Fahrer.

Am Bahnhof stieg Don zu, setzte sich neben Lucy auf den Rücksitz und schaute sie von der Seite an.

»Wohin jetzt?« fragte der Chauffeur.

»Nach Norden«, sagte sie.

Der Fahrer grinste und fuhr los. Don und Lucy saßen schweigend im Fond. Nach einer Viertelstunde legte Don dem Fahrer die Hand auf die Schulter. Der Wagen scherte aus der Kolonne aus und hielt am Straßenrand an. Don zahlte. Sie stiegen aus und schauten dem davonfahrenden Taxi nach.

»Die Polizei war da? Warum?« fragte Don.

»Jemand war hinter dem Koffer her. Jedenfalls hat mir der Portier erzählt, daß jemand einen herrenlosen Koffer, den er in einem Schrank aufbewahrte, mit Gewalt geöffnet hat.«

»Wer?«

»Wie soll ich das wissen!«

»Was haben sie gefunden?«

»Alte deutsche Zeitungen.«

»Dann hat er nicht ihm gehört. Fred war Italiener. Damit haben wir also wieder etwas Zeit gewonnen. Die richtige CD muß doch irgendwo sein. Fred ist tot. Sie haben ihn auf dem Areal des Güterbahnhofs gefunden.«

Lucy schaute ihn erstaunt an. Sie hatte Fred nicht persönlich gekannt. Sie wußte nur, daß er eine verkrüppelte Hand gehabt hatte und daß er nun anscheinend tot war. Jetzt war diese diffuse Angst wieder da, die sie in letzter

Zeit manchmal in Dons Gegenwart gespürt hatte. Woher wußte Don, daß Fred tot war?

»Er wurde erwürgt!«

Sie schwieg.

»Jemand wollte wissen, wo er die CD versteckt hat.«

Sie schaute ihn an. »Don. Ich habe mir all das anders vorgestellt. Ich dachte, du bist auf meiner Seite, vertrittst dieselben Ansichten wie ich. Damals in Genua ...«

Er grinste. »Eine Weile her. Seither ist die Besetzung in diesem Stück merklich angewachsen.«

»Tamara hat uns vertraut, Don.«

»Tamara ist eine Fundamentalistin. Eine Globalisierungsgegnerin der ersten Stunde.«

»Ihre Argumente waren überzeugend! Wir waren doch dabei. Du auch, Don!«

»Damals. Aber dann: Sie wollte uns als Laufburschen benutzen, weiter nichts.«

»Laufburschen? Sie gab uns Material mit, das wir auf unserer Tournee an ihre Kontaktpersonen weitergeben sollten.«

»Du weißt, was für Material!« sagte Don heftig.

»Eine CD mit detaillierten und verschlüsselten Angaben über die Computersysteme gewisser Firmen weltweit. Future Projects! Die Ziele eines Hackerrings, den sie letztlich dirigierte. Zu wertvoll, um sie über irgendwelche Datenleitungen zu schicken. Tamara! Ich habe sie bewundert.«

Don sagte: »Tamara heißt in Wirklichkeit nicht Tamara. Und jetzt ist sie untergetaucht. Ich sagte ja: zuviel Personal. Das konnte nicht gutgehen.«

Sie standen eine Weile schweigend da.

»Ich habe dich beobachtet, Don! Ich habe dich telefonieren hören, im Club. Mit einer Kontaktperson Tamaras. Du wolltest Geld. Und dann habe ich gleich nach unserer

Ankunft hier in dieser Stadt den Mann mit der verkrüppelten Hand gesehen. Er saß bei uns im Konzert in der ersten Reihe und beobachtete immer nur dich. Für mich hatte er keine Augen. Sein Applaus war dürftig, und das hatte nicht mit seiner verkrüppelten Hand zu tun. Er hat dir die CD abgenommen, ja?«

Sie wartete umsonst auf eine Bestätigung ihrer Behauptung.

»Am Anfang, als du noch im TERMINUS gewohnt hast, hast du sie in deinem Zimmer versteckt – nicht gut genug. Er hat sie gefunden. Und dann, als du es gemerkt hast, bist du in sein Zimmer gegangen und hast sie gesucht und dabei alles kurz und klein geschlagen. Er aber ist durchs Fenster entkommen. Oder durch den Notausgang. Das hast du mir ja schließlich alles erzählt. Nur nicht den wahren Grund: Daß Fred Tamaras Mann war und er dir das Geschäft vermasselt hat. Du hast Tamara erpreßt. Du wolltest Geld von ihr. Nur dann würdest du die CD an die richtigen Adressaten abliefern.«

Don hatte Lucy nicht unterbrochen. Auch jetzt schwieg er, als sie geendet hatte.

»Du hast ihn wieder aufgespürt und umgebracht, dort am Güterbahnhof, nicht wahr? Mit deinen kräftigen Händen!«

Er schwieg noch immer. Seine Finger aber waren in stetiger Bewegung, formten sich zur Kralle, streckten sich wieder.

Er sagte: »Ich will diese CD zurück!«

»Er hatte sie also nicht bei sich, und er hat auch nicht gesungen. Deshalb hast du ihn umgebracht.«

»Was soll's! Leere Behauptungen. Willst du mich etwa verpfeifen?«

Sie warf einen schnellen Blick auf seine Hände und schüttelte dann den Kopf. »Ich will nur, daß Tamara die

CD wiederbekommt. Oder die Leute, denen wir sie geben sollten.«

»Nein! Sie soll zuerst zahlen! Als bloße Kuriere lassen wir uns doch nicht mißbrauchen. Ohne Entgelt!«

»Es geht doch um mehr, Don!« sagte sie leise.

Ein Taxi fuhr vorbei. Don hob den Arm. Der Wagen bremste am Bordstein. Don stieg ein. Lucy blieb zurück.

Am Abend vor ihrem Auftritt verkehrten Lucy und Don miteinander so, als ob nichts geschehen wäre. Auf der Bühne stand er wie immer leicht nach vorn gebeugt da, die kräftigen Finger der linken Hand am Hals seines Instruments, während sich die Finger der rechten in die Saiten verkrallten. Don war der einzige der Band, das wurde Lucy eigentlich erst an diesem Abend so richtig bewußt, der immer zwei Notenständer vor sich stehen hatte. Er hatte alles im Griff, seinen Part und den seiner Kollegen. Er wollte die Übersicht haben. Über alles und über alle. Über die Partitur seines Lebens. Und das Leben anderer.

Lucy sang zum Schluß wie immer »Guess, who I saw today!« Ihr war, als ob sie bei ihrem Vortrag diesmal die dumpfen Töne, die Don aus seinem Instrument herauszwackte, wie Stromstöße im Rücken trafen.

Nach den zwei Zugaben fühlte sie sich erschöpft. Sie zog sich in ihre Garderobe zurück, zog sich schnell um, weil sie Don entkommen wollte. Doch als sie die Tür öffnete, stand er davor. Er trug noch immer seinen Frack und sein chemisch aufgepepptes Hemd.

»Die CD muß noch immer irgendwo im TERMINUS sein. Also, du weißt, was du zu tun hast.«

»Natürlich.« Sie lächelte ihn an. »Ich steige der Reihe nach zu jedem Verdächtigen ins Bett, setze sie mit dem üblichen Schlaftrunk im Whisky außer Gefecht und gehe dann an die Arbeit.«

Er grinste. »So ungefähr! Du nimmst jeden neuen Gast unter die Lupe. Einer weiß Bescheid. Und an den hältst du dich! In zwei Tagen reisen wir ab. Stockholm ist weit. Also!«

Er hob seine Pranken in die Höhe und wandte sich ab.

Als Lucy die Halle des TERMINUS betrat, hörte sie aus der Bar Klaviermusik. The Entertainer. Sie blieb stehen. Der Mann spielte nicht schlecht.

»Wunschkonzert!« hörte Lucy eine Frauenstimme.

»Also dann?« Victor plazierte drei wohltönende Akkorde.

Lucy stand unter der Tür der Bar, die viel besser besetzt war als üblich. Ein Klavier war es nicht, was er in die Bar gebracht hatte, aber ein Profi-Keyboard. Ein Gesangsmikrofon lag auf dem Instrument.

Die Stimmung war glänzend. Anscheinend war der Alkoholkonsum in der Bar größer als sonst. Als Victor, der eben zu einem Intro ansetzte, Lucy in der Tür entdeckte, wechselte er blitzschnell das Register, spielte einen Tusch und zeigte in ihre Richtung: »Vocal: Lucy Sedlacek!« rief er.

Die Leute drehten sich um und applaudierten. Lucy verbeugte sich andeutungsweise und setzte sich auf den einzigen freien Stuhl, der anscheinend für sie reserviert worden war. Victor Grab begann wieder zu spielen. Er war kein Anfänger, dachte sie. Er war allerdings auch kein abgebrühter Profi. Er hatte eine Selbstverständlichkeit beim Spielen, die ihr gefiel.

Juan brachte ihr unaufgefordert einen Martini. Sie nickte, trank und überlegte dabei krampfhaft, wie sie sich aus der Affäre ziehen konnte. Sie erinnerte sie an dieses wunderschöne Gefühl von Solidarität, das sie erfaßt hatte, als sie damals in Genua zusammen mit Tausenden von

Gleichgesinnten durch die Straßen gezogen war. Sie hatte gesungen. Sie hatte wildfremde Menschen umarmt. Sie hatte auch geweint. Und Don war dabei gewesen. Allerdings hatte er etwas exotisch gewirkt. Er hatte nicht so recht dazu gepaßt, aber seine Begeisterung schien ebenfalls echt gewesen zu sein. Und dann waren sie mit Tamara ins Gespräch geraten, und eins war zum anderen gekommen.

Victor spielte die Titelmelodie aus Fellinis »Amarcord«. Lucy war gerührt. Als ob der Mann am Klavier ihre Gedanken erraten hätte. Aber es war irgend jemand aus dem Publikum gewesen, der diese Melodie gewünscht hatte. Lucy stand auf und stellte sich neben das Keyboard. Sie beugte sich kurz zu ihm hinunter, flüsterte ihm einen Titel ins Ohr, er nickte und begann auch gleich zu spielen. »I'm so lucky to be me«, sang sie.

»Bernstein«, rief jemand.

Lucy nickte. Der Applaus war mehr als herzlich. Sie verbeugte sich.

»Ich hab noch einen Koffer in Berlin!« rief eine Frau, die in der Düsternis einer Nische saß.

Victor setzte die ersten Akkorde, und dann setzte Lucy ein. Victor gab sein Bestes. Sein Enthusiasmus war für einen Barpianisten ungewöhnlich und auch die Tatsache, daß er nicht einfach die Melodie mitspielte, sie in Akkorde kleidete und gelegentlich den Rhythmus verschleppte. Victor leistete sich sogar manchmal eine melodische Eskapade. Er war kein Barpianist, der mit diesem Blick ins Nirgendwo an seinem Instrument saß, eingeigelt in seiner Isolationszelle, die ihm Schutz vor den Menschen um ihn herum gab, die ja nicht hinhörten und manchmal beiläufig und matt applaudierten.

Victor war anders. Er stand unter Strom, er improvisierte, forderte Lucy heraus, gab ihr aber auch all das wieder zurück, was sie ihm angeboten hatte. Das Publikum war begeistert, und zum ersten Mal seit langem fühlte Lucy wieder dieses Glücksgefühl in sich hochsteigen, das sie in raren Augenblicken in Konzerten gespürt hatte, in denen es ihr ganz gelungen war, ihre Energien überspringen zu lassen.

Eigenartig, daß es heute so war, obwohl sie sich ja mit wenigen Ausnahmen außerhalb ihres üblichen Repertoires bewegte.

»Was denn noch?« fragte sie.

»Meine Tante Tamara hatte ein Lieblingslied«, sagte plötzlich eine scheinbar ferne Stimme. Lucy hatte diese Stimme an diesem Abend schon einmal gehört. Sie hatte das Lied der Knef gewünscht: »Ich hab noch einen Koffer in Berlin ...«

»Und?« Lucy versuchte ihre Augen in die Richtung zu dirigieren, aus der die Stimme gekommen war.

»Ich spreche nur schlecht französisch«, sagte die Frau in der unbeleuchteten Nische der Bar.

»Worum geht es?« fragte Lucy. Ihr Herz klopfte wild. Sie spürte, daß dieser Wunsch außergewöhnlich war.

»Es ist ein Lied von Gabriel Fauré. Leider klassisch. Haben Sie auch Klassisches gesungen, Lucy?«

Lucy nickte vage. »Reden Sie!«

»Der Titel hat etwas mit einem Geheimnis zu tun. Le Secret!« Die Aussprache klang hilflos.

»Worum handelte es sich?«

»Um das Geheimnis in den Falten des Rockes.«

Lucy schaute Victor an, der jedoch nur mit den Schultern zuckte. Lucy versuchte verzweifelt, ihre Irritation zu unterdrücken. Victor schaute sie von der Seite verwirrt an.

»Es tut mir leid«, sagte Lucy. »Andere Wünsche?«

Ein paar Gäste meldeten sich, ihre Wünsche überlagerten sich.

»Verzeihen Sie«, sagte Lucy leise durch ihr Mikrofon. »Ich überlasse jetzt die Bühne dem Pianisten: Victor Grab!«

Sie zeigte auf den Pianisten, eine angelernte Pose, die sie mehr als einmal präsentiert hatte. Victor Grab zögerte. Er schaute sie an. Inbrünstig.

»As long as I live Come rain or come shine.« Sie sang ihr letztes Lied. Der Applaus war mäßig. Sie verbeugte sich, ging zur Tür und kam nicht mehr zurück.

Victor Grab spielte noch ein paar Nummern, doch der Abend war gelaufen.

Lucy saß draußen in der Eingangshalle auf einem verschlissenen Sessel und wartete auf Victor Grab, aber es war nicht Grab, der zuerst auftauchte. Es war die junge Frau, die den Wunsch nach dem Fauré-Lied geäußert hatte. Sie hatte eine langstielige dunkelrote Rose in der Hand und streckte sie Lucy mit einer nur angedeuteten Verbeugung entgegen. »Danke trotzdem. Gute Nacht, Lucy.«

Sie ging hinaus auf die Straße, Lucy sah ihr nach. Dann betrachtete sie die Rose und entdeckte den kleinen Zettel, der an der Zellophanhülle klebte. Sie löste ihn vorsichtig. Eine Telefonnummer.

Victor Grab stand plötzlich vor ihr, als sie noch auf den Schnipsel mit der Telefonnummer starrte.

»Sie waren großartig«, sagte er und setzte sich neben sie.

»Sie auch. Nur, Sie sind kein Barpianist, Victor. Sie sind ein Musiker durch und durch. Sie haben versucht eine Rolle zu spielen.«

»Was meinen Sie?« fragte er irritiert.

»Ein Barpianist ist ein Mensch, der seinen Part mit mehr oder weniger Anstand über die Runden zu bringen versucht. Sie waren voll da. Sie haben einen Barpianisten gespielt. Nicht vollkommen. Aber das spricht für Sie!«

Victor Grab schwieg.

»Worum geht es?« fragte sie geradeheraus. »Um die CD?«

Er zuckte zusammen. »Was für eine CD?«

»Sie sind ein schlechter Schauspieler, Victor. Trotzdem finde ich Sie sympathisch.«

»Wo ist die CD?« fragte er.

»Ich weiß es nicht.«

Er schaute sie ungläubig an. »Wirklich nicht?«

»Für wen arbeiten Sie?« Sie schaute zur Eingangstür.

»Gibt es denn noch so viele Möglichkeiten?«

Sie lachte. »Der Aufwand ist mir zu groß. Dieses ganze Theater mit einem falschen Barpianisten! Viele Möglichkeiten bleiben nicht. Es bleibt eigentlich nur noch einer, der das Interesse gewisser Firmen vertritt, die sich bedroht fühlen.«

»Ich spiele gern Klavier. Und ich spiele gern eine Rolle«, sagte er ausweichend. »Und ich lebe in Stockholm.«

Sie schaute ihn überrascht an. »Sie spielen gut Klavier, Victor, aber Sie sind nicht der coole Typ. Morgen rufe ich Sie an. Geben Sie mir Ihre Handynummer.«

»Ich habe heute im Radio gehört, daß ein Mann ermordet aufgefunden wurde. Beim Güterbahnhof.« Er schaute sie prüfend an.

Sie zuckte mit den Schultern, stand auf und ging zum Aufzug. Er blieb sitzen und schaute ihr nach, als sie hinter den Türen verschwand. Er wartete.

Zwei Minuten später stand sie wieder vor ihm. »Hat der Mann, der zwischen den Gleisen des Güterbahnhofs erwürgt worden ist, einen Mantel getragen?«

»Ich weiß es nicht.« Er zögerte. »Denken Sie an das Lied von Gabriel Fauré?«

Sie nickte, und wieder ging sie zum Aufzug. Diesmal kehrte sie nicht zurück.

Als Lucy in ihrem Zimmer auf dem Bett saß, griff sie zum Telefonhörer und wählte die Nummer, die an der Zellophanhülle der Rose geklebt hatte. Es dauerte, bis sie die rauchige Stimme Tamaras hörte.

Als sie am folgenden Vormittag im Frühstücksraum erschien, war Victor schon da. Er hatte ihr einen Platz an seinem Tisch freigehalten. Sie holte ihr Müsli und setzte sich zu ihm.

»Und?«

»Nichts.«

Er trank seinen Kaffee. In diesem Augenblick tauchte die Kommissarin im Frühstücksraum auf und setzte sich unaufgefordert zu den beiden an den Tisch.

»Lea Berg.« Sie zeigte ihren Dienstausweis.

Lucy nickte, obwohl sie die Frau eigentlich hätte fragen müssen, was sie wollte.

»Herr Grab hat mich informiert. Wir haben einen Mantel gefunden. Zwischen den Gleisen des Güterbahnhofs.«

Lucy schaute Victor von der Seite an. Er verzog keine Miene. Lucy nickte, scheinbar uninteressiert.

»Im Futter steckte eine CD.«

Lucy nickte wieder.

»Sagen Sie nichts?«

»Nein.«

»Wir können die Informationen auf der CD nicht entschlüsseln«, sagte Lea Berg. »Und unser Kryptologe meint, da werden sich auch die Profis ihre Zähne ausbeißen. Was sagen Sie dazu?«

»Nichts.«

»Reisen Sie ab?«

»Morgen. Nach Stockholm. Heute ist unser letzter Auftritt.«

»Wir sprechen uns noch, Frau Sedlacek.«

»Wie Sie meinen.«

»Kennen Sie einen Mann mit dem Namen Don Ray?«

Sie nickte. »Unser Mann am Baß.«

»Er hat kräftige Hände, nicht wahr?«

Lucy nickte.

»Mehr haben Sie nicht zu sagen?«

»Nein!« Lucy griff in ihre Jackentasche und legte ein bernsteinartiges Gebilde auf den Tisch.

»Was ist das?« fragte Lea Berg.

»Kolophonium. Streichmusiker machen damit ihren Bogen geschmeidig.«

»Wem gehört es? Dem Mann am Baß? Diesem D. Randolph, wenn der Name auf der Gästeliste überhaupt stimmt.«

»Don Ray.«

»Ich verstehe«, sagte Lea Berg. »Seine Fingerabdrücke ...?«

Lucy stand auf und dachte an diese aufregenden Stunden in Genua und an das kurze Telefongespräch mit Tamara. Auch Experten würden die Daten auf der CD nicht entschlüsseln können. Sie hatte den Schlüssel bei sich, den sie dem Hackerring in Stockholm zuspielen sollte. Jetzt hatte sie nur noch das Instrument zur Dechiffrierung, aber die CD war in den Händen der Polizei. Und darüber war sie froh. Sie würde diese Gewißheit mit zu ihrem nächsten Auftritt nach Stockholm nehmen. Und sie wußte schon in diesem Augenblick, als sie das TERMINUS verließ, daß beim letzten Auftritt in dieser Stadt ein anderer Mann am Baß stehen würde.

Victor holte sie unter der Tür ein. »Treffen wir uns in Stockholm wieder?« fragte er.

»Wozu? Sie haben die Polizei informiert.«

»Die CD ist in den Händen der Polizei gut aufgehoben. Nur ich kann den Inhalt dechiffrieren. Also warten wir auf neue Informationen aus Genua. Wir sind jetzt Komplizen, Lucy. Mehr als das.«

Er küßte sie überraschend auf den Mund.

»Sie sind also einer der Hacker?« fragte sie überrascht.

»In Stockholm also!«

Er berührte kurz ihren Arm und ging ins Hotel zurück.

»I'm so lucky to be me«, sang sie vor sich hin, dachte an Tamara und daß das Geheimnis auf der CD für alle Nichteingeweihten ein Geheimnis bleiben würde.

Bevor sie auf die Straße hinaustrat, sah sie sich noch einmal um. Henk, der Portier, stand hinter seinem Tresen und hob scheinbar bedauernd die Hand zum Abschiedsgruß.

Als sie sich ein zweites Mal umdrehte, sah sie Victor unter der Eingangstür des TERMINUS stehen. Sie nickte ihm zu und winkte dann ein Taxi zu sich heran.

»Nach Norden«, sagte sie, lehnte sich zurück und schloß die Augen. Sie dachte, daß sie eigentlich immer viel lieber den Vornamen Daphne getragen hätte. Lucy war so gewöhnlich.

11.

Zwölf Decks, mehr aus tausend Kabinen. Restaurants, drei Discos, ein Kino, ein Theatersaal, und die Bars. Mehr als 1700 Passagiere – nein, Gäste. Das Hundertfache dessen, was ihm das TERMINUS auch bei vollster Auslastung bieten konnte.

Juan straffte sich, polierte ein letztes Mal die Bar, kontrollierte die Flaschen, die Spiegel, die Gläser, tippte auf die Klappe des CD-Spielers, nahm unter Gregors mißbilligendem Blick die Madonna-Kopie heraus und legte Vonda Shepard ein.

»I've been searchin' my soul tonight / I know there's so much more to life.«

Juan lächelte in Gregors düsteres Gesicht. »Now I know I can shine a light / To find my way back home.«

Sein Flug ging morgen, um halb zehn. Dienstantritt auf der Queen Elizabeth II in zwei Tagen. Vorher ärztliche Untersuchung, ob er nicht irgendwelche Krankheiten mit sich herumschleppte. Und ein Crashkurs in Schiffsetikette.

Die Bar war leer, es war später Nachmittag, noch zu früh für die Verzweiflungstrinker und die einsamen Herrschaften, die sich nicht mit dem Programm des Pornokanals im Hotelfernseher anfreunden konnten. Juan schloß die Augen und lauschte der Musik. Er würde Jo-Ann schreiben, sobald er an Bord war. Einen Brief oder vielleicht auch eine E-mail. Würde fragen, was aus ihren Projekten geworden war und ihr erzählen, wo er gelandet war. Nur eine kurze Botschaft, eine kleine Nachricht, daß es ihm gutging. Keinesfalls, um die alten Gefühle wiederaufleben zu lassen. Never say never again, mahnte ein diffuses Gefühl, das er schnell wieder wegschob, genau wie die Vorstellung, daß möglicherweise gerade jetzt im Pornokanal des TERMINUS einer der Filme laufen könnte, für die der fette Produzent aus dem »Gonzo Inn« Jo-Ann hatte engagieren wollen.

Als er die Augen wieder öffnete, hatte Gregor seinen treudoofen Hundeblick aufgesetzt. »Sag mal, wie läuft das eigentlich? Mit der Bewerbung für das Schiff ...«

Juan lächelte schmal. Für dich läuft das gar nicht, wollte er sagen, aber dann beließ er es bei einem »Das geht nur über Kontakte«.

Ein Lufthauch sagte ihm, daß jemand drüben ins Foyer

gekommen war. Der Tagesportier brüllte etwas ins Telefon. Seit ein paar Tagen stimmte irgend etwas mit der Anlage nicht. Gäste hatten Gebühren auf ihren Abrechnungen stehen, die sie angeblich nicht vertelefoniert hatten. Manchmal klingelten die Apparate auch, ohne daß jemand anrief.

Gregor räusperte sich. »Sie hat mich wieder beschimpft!« sagte er, als würde es ihm etwas bedeuten. »Kam um Mitternacht herein und wollte eine Flasche Roten. Bordeaux, Merlot, Medoc, irgendwas. Hat mich ein Würstchen genannt, einen Wurm, einen widerlichen Kriecher.«

»Keinen Tropfen!« sagte Juan. »Egal, wie sie dich auch nennt.«

Gregor zuckte mit den Schultern und kam zu Juan hinter die Bar, stellte den Shaker für sich zurecht, rückte die Schale mit den Zitronenschnitzen etwas zur Seite, ordnete die Gläser ein paar Millimeter nach links, ergriff Besitz von Juans Reich. Juan wußte, daß sein Nachfolger nicht hierbleiben würde. Gregor hatte sich beim Flughafen beworben und bei ein paar Berliner Nobelhotels. Das TERMINUS war für ihn nur eine Station im Lebenslauf, in dem bei Gregor vor dem TERMINUS eine Lücke von zwei Jahren klaffte. »Ausland!« hatte er Juan erzählt, als sie sich in einem Club in der Nähe des Bahnhofs getroffen hatten. »Du weißt ja, wie die da mit den Papieren und so sind.«

Von wegen. Juan war sicher, daß die zwei Jahre Ausland eher zwei Jahre Knast gewesen waren, wegen was auch immer. Aber Gregor war bereit gewesen, für das wenige Geld, das die Hotelbetreiber für den Barmann des TERMINUS auszugeben bereit waren, zu arbeiten, und nur das zählte.

»Morgen also?« Henk war hereingekommen. Sein Gesicht wirkte noch zerknitterter als sonst. Er trug schon seine Portiersjacke, obwohl seine Schicht erst in einer halben Stunde anfing.

»Morgen also«, sagte Juan und lächelte.

Henk zog ein schmales Päckchen aus der Tasche. »Viel Glück.«

Juan wickelte einen silbernen Sektquirl aus dem Geschenkpapier, mit einem fein gearbeiteten T am oberen Ende. T wie TERMINUS.

»Noch von früher!« sagte Henk viel zu beiläufig, nahm das Geschenkpapier, faltete es zusammen und steckte es ein.

Juan schluckte. »Danke.«

Henk nickte zum CD-Spieler. »Wird Zeit, daß dein Gedudel hier aufhört.«

»Ja«, sagte Juan nur. »Es wird Zeit.«

Er sah Henk nach, wie er hinausging, die Schultern gebeugt und ein wenig ächzend, weil ihm seine Arthritis wohl wieder zu schaffen machte. Der Türvorhang verschluckte ihn und schwang noch einmal leicht nach.

»Komischer Kerl«, sagte Gregor.

Die ersten Gäste kamen, zwei Vertreter, die viel Bier brauchen würden, um ihre Geschäfte zu begießen, die sie sich gegenseitig in die Tasche lügen würden. Gregor versorgte sie. Juan wartete noch, bis der letzte Track der CD ausgelaufen war, dann holte er die Scheibe aus dem Player und legte Gregors Madonna ein. »Bye, bye Miss American Pie«, säuselte sie hinter ihm her, als er die Bar verließ.

Er nahm den Lift nach oben, nach ganz oben und klopfte leise an Dianas Tür. Nichts rührte sich, er drehte den Sektquirl zwischen Fingern, klopfte noch einmal und ahnte schließlich ein »Ja?«

Diana hatte es sich auf der Couch gemütlich gemacht, eine Decke auf den Knien. Vielleicht hatte sie gedöst. Ihre alten Fotos und das große Portrait ihrer Eltern tapezierten den Hintergrund.

»Ach ja«, sagte sie, als Juan hereinkam. »Morgen.«

Juan nickte. Auf dem Couchtisch lagen Abrechnungen und Briefe, ein Tohuwabohu von Zetteln und Notizen, in dem sich kein Mensch zurechtfinden konnte. Er nahm ihr Kopfnicken als Einladung, sich zu ihr zu setzen.

»Juan, mein Lieber!« sagte sie. »Was hältst du von einem guten Roten, zum Abschied? Das muß doch erlaubt sein!«

Er schüttelte den Kopf und nahm ihre Hände. »Das würde Henk niemals erlauben.«

»Henk!« sagte sie. »Überall Henk. Man könnte meinen, das Hotel gehört ihm!« Sie drückte seine Hände. »Ich wünsche dir viel Glück, mein Junge.«

»Danke, Diana. Und du paßt auf Henk auf, ja?«

»Guter Witz!« Sie blinzelte, und Juan fragte sich, ob ihr nur etwas ins Auge geflogen war. »Hast du gesehen, wie er sich an diese Kommissarin herangeschmissen hat, dieser alte Schwerenöter?«

Juan kniff ein Auge zu. »Er ist bestimmt nur eifersüchtig, weil er uns beide gesehen hat!«

Sie mußte grinsen. »Er ist hinter mir her, seit der Sache mit der Wäschekammer damals.«

»Welche Wäschekammer?«

Sie lachte und strubbelte ihm durch das Haar. »Mach's gut!« sagte sie. »Und mach vor allem dem TERMINUS keine Schande auf diesem Schiffchen!«

Jürgen Alberts
J. B.Cool und die letzten Dinge

Es gibt Tage, die nenne ich rien ne vas plus. Und zwar gar nix mehr. Das Licht gleißt schwarz, tausend Tunnel haben den Blick verstellt. Am liebsten würde ich landunter liegen und nie wieder an Bord kommen. Solche Tage mehren sich, wenn mal wieder Bomben fallen, diesmal im fernen Irak, mal wieder die Macht eines Weltpolizisten über den Protest von Millionen obsiegt, wenn man sich in seiner Haut äußerst unwohl fühlt. Als habe der Flaschengeist Freigang bekommen.

So einen Tag hatte ich erwischt, ausgerechnet ein Freitag.

Theo hatte sich am Morgen mit den Worten verdünnisiert: »J.B., ich muß mal Tapetenwechsel haben.« Mit den letzten Euro aus der Portokasse war er verschwunden, nur ein paar Krümel schwarzer Afghane waren mir geblieben.

Allein. Onkeltantenvatermutterbruderseelenallein. Und dann auch noch diese Bilder. Seit Wochen. Brannten sich in mein Hirn. Grüne Panzerblitze, verbrannte Kinderleichen. Feuer über Bagdad, schreiende Väter.

Ich saß auf meinem Bürostuhl, die Arme verschränkt, die Beine angewinkelt. Der Körper eine Anspannung, alles erstarrt. Gab es irgendeinen Ausweg?

Ausweg, so nennen die Schotten das Gefühl, wenn der letzte Pub geschlossen hat, und der Faröer fügt hinzu: »Ein Ausweg hat noch nie geschadet, besonders hintenrum.« Während meine Liebste gerne formuliert: »Wenn du meinst, es geht nicht mehr, kommt von irgendwo ein Lichtschein her.«

Das Telefon plärrte.

Abnehmen oder nicht abnehmen, war die Frage seit Hamlet. Ein Anruf konnte mich an so einem schwarzen Tag noch weiter aus der Bahn werfen oder eben ... wieder aufrichten.

»J. B.Cool, wen darf ich für Sie beschatten?« Das sage ich seit Jahren, damit meine Gesprächspartner sofort wissen, mit wem sie es zu tun haben. Ein private eye muß sich in steter Alarmbereitschaft zeigen.

Am anderen Ende. Alles. Tot. Nix. Nicht mal ein Freizeichen. Als hätte ein übermächtiges Wesen den ganzen Äther verschluckt. War schon eine Atombombe auf die Telekom gefallen?

»Hallo, ich bin's«, rief ich in die Sprechmuschel. Mal probeweise. Vielleicht sollte ich die Sache friedlicher angehen.

Oder war es Theo, der ein schlechtes Gewissen hatte, mich derart schnöde verlassen zu haben?

Die Leitung blieb stumm.

Früher, als noch alles gelb funktionierte, Post, Pakete, Telefon, meldete sich nach dem Klingelzeichen meistens ein Klient. Der Bürgermeister, besorgt um das Image der Hansestadt, der enttäuscht nach Cuba zum Saufen gefahren war, oder die Kultursenatorin auf der Suche nach den schwarzen Löchern in ihrem schlappen Etat, der Fußballvereinsmeier mit der Bitte um eine kluge Taktik gegen den drohenden Abstieg ... Wie viele Fälle hatte ich schon ungelöst hinterlassen! Es war mindestens eine Legion.

Aber daß nicht mal mehr die Klienten mit mir sprechen wollten, war beschämend, um nicht zu sagen, verzweifelnd. Oder auch: voll unter der Gürtellinie.

Kaum hatte ich aufgelegt, klingelte es wieder.

Sofort griff ich nach dem Hörer.

Es gibt so ein Selbstanrufprogramm, um sich bei Laune

zu halten oder um Klienten auf der anderen Seite des Schreibtisches mal richtig zu beeindrucken, aber wir haben uns bei dieser Offerte zurückgehalten. Es hätte zu viel Verwirrung gestiftet.

»Hier spricht J. B. Cool, ergeben Sie sich und kommen mit hocherhobenen Händen herein!« Ich variierte meine Ansage, vielleicht half ja das.

Die Leitung blieb schwarz wie das Öl, das gegenwärtig in den Wüstenstädten lichterloh brannte.

Ich legte den Hörer daneben.

Noch so ein Menetekel und ich würde mich aus dem Fenster stürzen. Erster Stock, Knochenbrüche inklusive.

Im Polizeirevier gegenüber würden sie was zum Lachen haben. Ein verzweifelter Sprung aus drei Metern Höhe.

Plötzlich murmelte jemand, was sage ich, faselte, brabbelte, ich zog den Hörer wieder an mein Ohr.

»Morgen abend, 20 Uhr, Hotel TERMINUS, Zimmer 20!« Wie eine Endlosschleife, fünf-, sechs-, siebenmal wiederholt – dann war finito.

Morgen abend war kein Problem. Ich hatte ja alle Zeit der Welt. Aber wo lag dieses Hotel TERMINUS? Es gab Hunderte davon auf dem Globus. Und hatte es auch ein Zimmer 20? Das waren Fragen, die mich auf Trab brachten.

Immer wenn mich etwas auf Trab bringt, dann vergesse ich die schwarze Auszeit, dann stürze ich mich ins nächste Abenteuer, dann lebe ich auf und strahle vor mich hin. So sind wir eben, wir vom Stamme: M.-D. (Sie dürfen selbst herausfinden, was die Abkürzung bedeutet!)

Es dauerte keine drei Minuten, bis ich wußte, welches Hotel TERMINUS gemeint war. Mein elektronischer Eckermann sagte mir, daß gerade eine Bande von Krimischreibern einen Roman darüber verfaßte und nannte auch sogleich die Namen der Hauptverdächtigten. Ein Anruf genügte.

Leider war Theo mit dem Fahrgeld durchgebrannt. Das Konto zeigte sich so rot glühend, daß ich mich innerhalb der Fünfhundertmeterzone rund um die Bank nicht blikken lassen durfte, ohne wegen Überziehung einkassiert zu werden.

Einziger Ausweg: schwarzfahren.

Worin ich allerdings ein Meister bin. Zu irgendetwas müssen meine Gemütszustände ja auch gut sein.

Schwarzfahren geht so. Möglichst schnell auf dem ergatterten Sitzplatz Chaos veranstalten, Zeitungen auftürmen, Kakao ausschütten, Mitreisende begrüßen und in philosophische Gespräche verwickeln, zum Beispiel über das restliche Leben vor dem Tode ... Wenn der Kontrolleur dann ruft: »Noch Zugestiegene, die Fahrausweise bitte!« ihm ins Gesicht lächeln und dabei nicht zucken. (Sich schlafend zu stellen hilft überhaupt nicht!) Auf jeden Fall: Darf man sich nicht erwischen lassen. Das ist die oberste aller Devisen. (Dabei fiel mir ein, ich hatte ja noch ein paar Devisen. In einer Währung, in der man manchmal bezahlen konnte. Die paar Krümel ...)

Der Kontrolleur war ein Kumpel aus längst vergangenen Fußballtagen. »J. B. Cool, daß wir uns mal wiedersehen. Du hast doch damals alle Tore gegen uns geschossen. Dein Spitzname war: der Eigentor!«

Unser Gespräch ging so lange, bis ich aussteigen mußte. Ich hörte ihn hinter mir herrufen: »Ich muß noch den Fahrschein entwerten, J. B ...« Aber da war ich schon auf der Rolltreppe und winkte ihm zu.

Das Hotel TERMINUS hatte etwas vom finalen Charme, dem selbst die Abrißbirne nicht mehr helfen konnte. Die flackernde Inschrift, der kotzgrüne Teppichboden, die derangierten Sitzmöbel, die sich gut mit meinem Büro-Ensemble aus frühem Ikea und spätem Hertie vertragen hätten.

Der Portier begrüßte mich mit einem Lächeln, zu dem Papst Johannes Paul I. »urbi et orbi« gesagt hätte. (Der hatte ja 1978 selber nur 33 Tage gelacht, bevor er in die Kiste gefahren war.)

»Sie haben reserviert, mein Herr?«

Ich verneinte.

»Wir sind belegt, mein Herr!«

Ich kapierte.

»Leider kein Zimmer frei, mein Herr!«

»Aber ich brauche das Zimmer 20, nur für ein paar Stunden«, insistierte ich.

»Wir vermieten nicht für Stunden«, kam es indigniert hinter dem Tresen hervor.

Das wüßte ich aber, dachte ich. Diese Rezeptionisten haben keine Übersicht über ihre Schlüssel, geschweige denn die Schlüsselgewalt über ihr Hotel.

Ich zeigte mit meinem rechten Michelangelo zum Schlüsselbrett. Dort baumelte unter der Nummer 20 ein Schlüssel mit goldenen Trotteln. Leicht verstaubt sah er aus. »Und was ist das?« Fast hätte ich mir den Schlüssel selbst gegriffen.

In diesem Augenblick tauchte eine Dame in Rot auf. Merlotrot. Ganz eindeutig. Ich konnte diese Farbe unter den tausend Rottönen dieses Lebens ausmachen. Schließlich liegt mein Büro gleich neben jenem der führenden Rotweinnase meiner Hansestadt.

»Was wünschen Sie, mein Herr?« lallte das Geschöpf.

»Zimmer 20!« sagte ich so knapp wie möglich. Mit manchen roten Gesprächspartnerinnen gehe ich lieber ganz präzise um.

»Henk, ist das Zimmer vergeben?«

Der Blick, den sie ihm zuwarf, hatte etwas Zauberisches, aber auch durchaus Niederschmetterndes. Hatten die beiden schon häufiger gemeinsam ins leere Glas der Zukunft geschaut?

»Das Zimmer ist auf ewig vergeben!« kam es untergründig von Henk zurück. Was sollte das nun wieder? Ein Spielchen, um den Preis in die Höhe zu treiben? Ich konnte sowieso nur bezahlen, wenn mein künftiger Klient liquide war.

»Gib es dem Herrn!« befahl die Dame, die sich als Diana vorstellte und mir einen guten Schluck in Aussicht stellte. Eine Jagdgöttin auf trunkener Wildbahn. »Ich habe heute meinen spendablen Tag!«

Ich nicht.

Aber darüber ließ ich sie im dunkeln.

Das Zimmer lag im zweiten Stock.

Der Geruch stammte aus den späten zwanziger Jahren. Gut konserviert. Hätte im »Museum der Olfaktorien« sofort einen Spitzenplatz ergattert.

Das Fenster ließ sich nicht öffnen.

Na prima.

Ob ich mich gleich wieder trollen sollte, um der merlotroten Hausherrin ein paar Flaschen Gesellschaft zu leisten? Immerhin waren es noch zwei Stunden bis zum Treffen mit meinem Klienten. Hoffentlich verfügte er über Barmittel. Sonst saß ich in diesem Zimmer fest, bis ich von einer grünen Wanne weitertransportiert werden würde.

Ich entschied mich für einen Doppel-Whopper, den ich mir in Windeseile baute.

Wo Theo bloß steckte?

Manchmal fuhr mein Assistent und Chefkoch an die Nordsee, um sich mit frischen Schollen zu besprechen. Fische wissen ja genau, wo es lang geht. Hat schon Pablo Neruda geschwärmt. Die sind auch für jeden Anlaß richtig gekleidet. Was der Chilene von sich nicht gerade behaupten konnte.

Ich wählte die Nummer meines Haschischtenten.

Kein Theo nirgends. Kein Anrufbeantworter. Keine Mehlbox. Hat er mich denn für immer verlassen? Sind auch meine Tage gezählt?

Es gibt solche Momente, wo man zurückblickt und feststellt: Das war es jetzt, da kommt nichts mehr, laß es bleiben oder bleib gelassen.

Der Joint entspannte mich umgehend. Handelsklasse 1, beliebt bei allen offiziellen Drogen-Bewahrern und Mitarbeitern der örtlichen Asservatenkammern. Und zwar in allen Altersklassen.

Das Hirn benebelt, die Zunge gelöst,
die restliche Stunden leichthin verdöst.

Ich kam ins Reimen. Das hätte immer so weitergehen können, wenn nicht plötzlich eine tieftönende Stimme mich daran erinnerte, warum ich hergekommen war.

Die Baßstimme stellte sich als Mann vor.

»Mann?«

»Ja, Mann!«

»Der Zauberer?«

»Nein, der Klaus.«

»Der Sohn?«

»Ja, der Aissi.«

»Soso. Und was wollen Sie von mir?«

Wohin ich auch blickte, es war niemand zu entdecken. Auch nicht unter dem Bett.

»Könnten Sie sich vielleicht mal kurz zeigen?« bat ich.

Virtuelle Klienten sind schlimmer als gar keine. Das weiß ich seit Einführung des Euro.

»Das ist uns nicht gestattet!« tönte der Bassist.

»Aber Sie sind es doch selber, Herr Mann, oder?«

»Ich bin der Autor vom Mephisto, hat 'ne Menge Ärger eingebracht, aber auch ein bißchen Ruhm, wie mir Arno Schmidt erst kürzlich noch versichert hat.«

Klaus Mann, ein ganzes Leben auf drugs und dann eine Geschichte wie speed, danach mußte ich ihn unbedingt fragen.

Ich hätte meinen Klienten zu gerne angeschaut. Sehen Tote eigentlich älter aus, oder bleiben sie so jung wie am Sterbetag? Gute Frage, muß ich mal mit Wittgenstein drüber konferieren.

Wieso war das Zimmer 20 im Hotel TERMINUS auf ewig ausgebucht? Vielleicht sollte man dort leben. Für immer. So sehr es auch vor sich hinmoderte.

»Warum haben Sie mich herbestellt? Könnten Sie mir zunächst mal die Fahrtkosten erstatten?« Eine Doppelfrage meinerseits, die es in sich hatte.

Klaus Mann blieb gelassen. Er sprach mit geistlich gedämpfter Stimme.

»An Bezahlung soll es nicht mangeln. Ich habe ein Leben lang auf Pump gelebt – das wird sich bestimmt regeln lassen. Der Zauberer hat noch eine Menge Tantiemen zu kriegen.«

»Auf Pump bekomme ich gar nichts«, widersprach ich erschreckt. »Wenn ich die Hotelrechnung nicht bezahlen kann, gehe ich in den Bau …«

»Haben Sie Angst davor, Mr. Cool? Was ist denn schon der Bau … in diesen Tagen. Immerhin hätten Sie da staatliche Verpflegung und ein Dach überm Kopf … Da ging es mir manchmal viel schlechter.«

»Gut, zurück zur ersten Frage!« Ich gab mich geschlagen. Wie konnte ich bloß einen berühmten Dichter mit solchen Kleinigkeiten wie Bargeldknappheit behelligen.

»Ich brauche Ihre Hilfe in einer äußerst schwierigen Angelegenheit …«

Was Klaus Mann dann ausführte, dauerte länger als ein gewöhnlicher Rausch. Deswegen hier in Kürze: Einmal pro Jahrhundert dürfen die im Himmel versammelten

Dichter, ja, auch Selbstmörder kommen in den Himmel, einen persönlichen Wunsch äußern und sich dafür mit den Hinterbliebenen gemein machen, allerdings ohne sich visuell zu materialisieren.

Keine Sorge, es wird nicht komplizierter.

Er, der Aissi, hätte lange darüber nachgedacht, was ihm wirklich am Herzen liege. Und da sei ihm das Zimmer im Hotel TERMINUS eingefallen. Jenem Hotel am Ende der Zeitläufte, wo nix mehr geht, wo alle Schienenstränge ihren letzten Rammbock finden. Das Zimmer 20 ... und dann wurde er ganz feierlich: »Das Zimmer, in dem ich meinen Gruß an das zwölfhunderste Hotelzimmer geschrieben habe.« Klaus Mann fand mich ein wenig ratlos. So viel hatte ich nicht von ihm gelesen. Was er aber nicht weiter übel nahm, sondern umgehend anfing zu rezitieren:

»Zwölfhundertstes Hotelzimmer – sei mir gegrüßt!
Sei mir gegrüßt, mit mäßig gutem Bett, Spiegelschrank,
Kommode, wackligem Schreibtisch:
Mit rosa Nachttischlampe, abgeschabtem Teppich,
Wasserkaraffe, Briefpapier, Kofferständer.
Sei gegrüßt, Heimat seit einer halben Stunde,
Heimat für zwei, drei oder vierzehn Tage:
Werde ich mich bei dir ausruhen dürfen?

Oder gibt es gleich Ärger, weil der Kellner mich neun geschlagene Minuten warten läßt, seit ich nach meinem Frühstück geklingelt habe ...«

Und während er zitierte, überprüfte ich das Zimmer. Alles da! Von der rosa Nachttischlampe bis zum wackeligen Schreibtisch. Ich hab es ja schon immer gewußt, diese Literaten sind der Realität verhaftet, was sage ich, sie kupfern einfach von ihr ab.

Klaus Manns Ode an die unhaltbaren Zustände im Hotelgewerbe und an die verflossenen Liebschaften in unmöglichen Zimmern, an die er sich dennoch sehnsüchtig erinnerte – zu gerne hätte ich diesen Text gehabt. Zwar hatte ich nicht so viele Hotelzimmer wie dieser Dichter bewohnt, aber oft hatte ich ähnlich Schäbiges ertragen müssen. Ich würde Uwe Naumann bitten, mir das Gedicht zu schicken.

Bluff scheint mir, wenn ich drei Glocken übereinander angebracht finde, für Kellner, Hausburschen, Zimmermädchen – noch dazu mit neckisch erläuternden Bildern, komisch flatterndem Frack des Kellners, Zimmermädchen, sich niedlich machend mit Besen.

Es ist aber gleichgültig, auf welche Klingel man drückt, immer erscheint der Angestellte, der gerade nichts anderes zu tun hat.

Wie ist der Nachtportier?

Nun stimmte wieder gar nichts. Gerade noch hatte ich eine Theorie über das Herstellen von Literatur, nun löste sie sich in Luft aus. Puff, auf und davon! In diesem Zimmer 20 gab es gar keine drei Glocken übereinander. Alles Bluff, Herr Mann?

Kannte Henk eigentlich dieses Gedicht? War das Zimmer 20 deswegen auf ewig ausgebucht? Sollte es in dem Zustand erhalten bleiben, in dem Klaus Mann es verlassen hatte?

Immerhin war das mehr als siebzig Jahre her.

»Und da ich in dich eintrete, mein liebes Zwölfhundertstes, prüfe ich, mißtrauisch, aber zärtlich, kennerisch und doch mit unendlicher Wehmut, die Beschaffenheit deiner Bettdecken, deines Briefpapiers und des Schrankes, der wieder einmal nicht schließt.«

So endete der Gruß – Klaus Mann hatte sich in Tränen zitiert. War in Erinnerungen zerflossen. Ganz schön sentimental, was?

»Sorgen Sie dafür, lieber J. B. Cool, daß mein Hotelzimmer niemals abgerissen wird.«

Das war also sein Herzenswunsch.

Ich wußte, es würde wieder mal ein Fall werden, den ich nicht allein lösen konnte.

»Darf ich Ihnen eine Frage stellen? Wie war das eigentlich mit Ihrer Erzählung *Speed*, wollten Sie sich damit dem amerikanischen Publikum …«

Die Alarmglocke schrie auf.

Feuer.

Ich rannte zur Tür. Mein Blick fiel auf den Fluchtplan. Aus der Tür raus, rechts rum, keinen Aufzug benutzen, Treppenhaus, Hinterausgang nehmen.

Oder mußte ich doch erst nach links?

Der Fluchtplan war verkehrt herum aufgehängt.

Ich hatte recht. Aus dem Zimmer raus, nach links und dann laufen, was das Zeug hielt …

Die Zimmertür ließ sich nicht öffnen.

Noch immer ging die Alarmglocke.

Ein unangenehmes Schrillen, erinnerte mich an die Schelle in meiner Volksschule. Besonders vor dem Religionsunterricht.

Ich stürmte zum Fenster.

Verschlossen und verriegelt.

Das konnte ja heiß werden.

Schon fuhren unten die Feuerwehrwagen auf.

Großes Lalülala. Vom Bock sprang jemand, der Oskar Werner ziemlich ähnlich sah. Ob er die Bücher verschonen würde und sich die besten selbst einsteckte. Auch wenn heute kein Montag war? (Na, wer knackt diese Synapse?)

Ich sah Henk, der müde seine arthritischen Knochen bewegte, ich sah Diana, eine Flasche Rotwein in der Hand schwenkend, ich sah die Wasserfontänen, die aus C-Rohren gegen die Hotelfront schossen.

Hoffentlich kamen sie der Feuersbrunst zuvor. Und mir zu Hilfe!

Verdammt, ich war hier eingesperrt, als hätte ich mal wieder die Warnschilder *Vorsicht, Falle!* übersehen.

Ein letztes Mal rüttelte ich an der Tür.

Im Zimmer war es so heiß, daß eine finnische Erdsauna ihre Arbeitsgenehmigung freiwillig zurückgegeben hätte.

Nun war es also gekommen, das ENDE, ganz anders als erwartet.

Ob ich Theo noch einen letzten Gruß zukommen lassen sollte. Wo war mein Handy? Und ... wo war die Stimme von Klaus Mann?

»Sind Sie noch da, verehrter Dichter?«

Stille.

»Ich hätte zu gerne Ihren Wunsch erfüllt! Aber ...«

Nichts.

»Wohin sind Sie entfleucht, ich hätte so viele Fragen gehabt. Waren Sie und Ihre Schwester Erika die Vorbilder für die beiden haschischseligen Deutschen in Ihrer Erzählung *Afrikanische Romanze*, Doris und Marcel, die nur mit einem äußerst starken Schlafmittel aus ihren Derwischtänzen erlöst werden konnten?«

Da steht man in einem muffigen Hotelzimmer, das zu einem Glutofen wird, und stellt Fragen über Fragen, die niemand, aber auch niemand mehr beantwortet. Nicht mal der tote Elefant.

»Ist da jemand?« rief eine Stimme jenseits der Tür. Hätte auch aus dem Jenseits sein können, mir doch egal.

»Ja!« antwortete ich erhitzt.

»Was heißt hier ja?«

»Ja, hier ist noch ein Gast!«

Statt einer Antwort splitterte die Zimmertür.

»Nichts anrühren, bitte!« flehte ich. »Nur nichts anrühren.«

Der Feuerwehrmann führte mich hinaus. Sein Raumanzug leuchtete silbrig. Über eine Eisenleiter ging es nach unten. Wenigstens mußte ich mich in kein Sprungtuch stürzen.

Das Hotel TERMINUS war rußgeschwärzt, die Fenster dunkle Höhlen, überall dicke Qualmwolken.

Der Brand schien unter Kontrolle. Noch schossen Wasserkaskaden über die verbrannten Treppen herunter. Die Männer an den C-Rohren hatten ganze Arbeit geleistet. Das Zimmer 20 war unbehelligt geblieben.

Henk weinte.

Diana war stocknüchtern. Sie trug ein schwarzes Kleid, wahrscheinlich aus Versicherungsschäden.

Die Bande der Krimischreiber (wo die so plötzlich herkamen?) stimmte ein Klagelied an. Jahrelang hatten sie sich mit dem Hotel TERMINUS beschäftigt, und nun lag es in Schutt und Asche. Nicht mal mehr für ein Werbefoto geeignet.

Klaus Manns Zimmer hatte die Literatur gerettet. Ein schöner Nebeneffekt.

Der Einsatzleiter kam auf mich zu.

»Haben Sie irgend etwas bemerkt?« fragte er.

»Es hat gebrannt!« erwiderte ich, ganz wahrheitsgemäß. Man soll sich ja nicht über Obrigkeiten lustig machen.

»Meine Frage zielte mehr darauf ab, ob Sie etwas über die Brandursache sagen können.« Er schaute mir in die rotgeränderten Augen. »Sagen Sie mal, Sie sind doch nicht etwa bekifft?«

In Handschellen wurde ich abgeführt.

Der Täter war zur Tatzeit am Tatort, titelte am nächsten Morgen die Lokalpresse.

Denen fiel seit den Bombentagen auch nichts mehr Originelles ein.

12.

Henk wußte nicht mehr, wann Diana ihre Hand in seine gelegt hatte; er hielt sie fest, drückte sie, als die Dachkonstruktion des TERMINUS krachend zusammenstürzte, hielt sie fest, als die Flammen aus den Fenstern in der dritten Etage schlugen. Es stank nach Feuer und Wasser. Ein schmieriger Film aus Rauch und Ruß legte sich über sie, klebte auf Haut und Haar, legte sich auf Dianas schwarzes Kleid. Blaulichter zuckten, Feuerwehrmänner wuselten herum, arbeiteten effektiv und konnten doch kaum mehr tun, als die verschreckten Gäste in die Arme des Notfallseelsorgers abzudrängen, der in seinem Kleinwagen als Nachhut des Löchzuges gekommen war. Vertreter in Boxershorts unterm Morgenmantel, Damen mit halbkahlen Köpfen, weil sie ihre Perücken nicht hatten finden können. Mit morbider Faszination im Blick die Schriftsteller, die seit vorgestern im TERMINUS wohnten, weil sie in einer Buchhandlung in der Nähe ihr neues Gemeinschaftsprojekt vorstellen wollten. Einer umklammerte seinen Laptop, eine Kollegin strich beruhigend über seinen Arm. Halbverdeckt hinter ihnen einer mit kurzem Haar und schwarzen Augen, die gelassen an der Fassade hinaufblickten, aus deren Fensterlöchern die Feuerlohe emporschlug.

Ein Kombi quietschte bremsend heran, ein kleiner Kerl in Jeans und Baumfällerhemd hüpfte heraus, wieselte zur Ladeklappe, holte eine Videokamera heraus und schwenkte umgehend die Fassade ab. Dann fragte er den Einsatzleiter, wie lange es noch dauern würde, bis das ganze Gemäuer zusammenbrach. Das seien Bilder, die er gut gebrauchen könne. Die Wasserschleier aus drei C-Rohren näßten alles ein. Henk perlten die Tropfen übers Gesicht, liefen ihm über Stirn, aus den Augenwinkeln, über die Wangen.

»Das ist es also«, sagte Diana. »Das Ende des TERMINUS.«

Henk ließ ihre Hand los und legte seinen Arm um sie.

Sie lehnte sich an ihn. »Es ging wohl nicht anders«, sagte sie.

»Nein«, meinte er. »Wahrscheinlich nicht.«

Rettungssanitäter verteilten Decken und versorgten ein paar Schürfwunden. Der Schriftsteller mit dem Laptop hockte im Transportstuhl des Rettungswagens, das Gerät auf den Knien, und tippte, die Zunge konzentriert im Mundwinkel.

»Ich wohne in der Nähe«, sagte Henk zu Diana. »Ich nehme dich auf.«

»Hast du einen Medoc?«

»Nein.«

»Merlot? Beaujolais?«

»Nein.«

»Dann ist das das Ende einer wunderbaren Freundschaft.«

»Ich schulde dir was«, sagte er.

Sie sah ihn lange an. »Ohne dich wäre das TERMINUS nicht das TERMINUS geblieben. Ohne dich …«

»Danke«, sagte er heiser.

Er zog die Decke um ihre Schultern. »Komm«, sagte er. »Gehen wir.«

Die Gäste im Hotel TERMINUS:

(in der Reihenfolge ihres Erscheinens)

REGULA VENSKE, geb. 1955 in Minden, studierte Jura, Anglistik und Germanistik in Hamburg und Heidelberg und lebt als Autorin und Journalistin in Hamburg. Sie wurde 1996 für »Rent a russian« aus ihrer »Windel-Schnuller-Milchzahn«-Trilogie mit dem Deutschen Krimi-Preis ausgezeichnet. Zuletzt erschien von ihr »Herzschlag auf Maiglöckchensauce« (2002).

SILVIA KAFFKE, geb. 1962 in Duisburg, studierte Germanistik und Publizistik in Bochum. Sie lebt als Autorin und PR-Agentin in ihrer Geburtsstadt. Ihr Krimi-Debüt »Messerscharf« wurde von SAT1 verfilmt. 2000 erhielt sie den Kulturförderpreis für Literatur der Landeshauptstadt Düsseldorf. Zuletzt erschien von ihr »Herzensgut« (2002).

H. P. KARR, geb. 1955 in Saalfeld/Thüringen, studierte Publizistik in Bochum und lebt als Autor, Journalist und Ghostwriter in Essen. Mitunter schreibt er gemeinsam mit Walter Wehner Großstadtthriller. Für »Rattensommer« aus der »Gonzo«-Tetralogie erhielt das Team Karr & Wehner 1996 den »Glauser-Preis«. Zuletzt erschienen von H.P. Karr drei Bände mit Ratekrimis und »Mehr Morde am Hellweg« (2004).

EDITH KNEIFL, geb. 1954 in Wels/Oberösterreich, studierte Psychologie und Ethnologie in Wien, arbeitete als Journalistin und ist jetzt als Psychotherapeutin in Wien tätig. Sie veröffentlichte inzwischen mehr als ein halbes Dutzend Kriminalromane und Storys. Für »Triestiner Morgen« erhielt sie 1992 den »Glauser«. Zuletzt erschien von ihr »Pastete mit Hautgoût« (2002) und »Die Kinder der medusa« (2004).

RALF KRAMP, geb. 1963 in Euskirchen, lebt und arbeitet als Karikaturist und Autor in der Eifel. Er schrieb mehrere Kriminalromane und zahlreiche Storys und ist Herausgeber einiger Krimi-Anthologien. Mit der Kölner »Agentur Blutspur« veranstaltet er erfolgreich Mörder-Wochenenden in der Eifel. Zuletzt erschienen seine Romane »Hart an der Grenze« (2003) und »Ein kaltes Haus« (2004).

CHRISTINE LEHMANN, geb. 1958 in Genf, studierte in Stuttgart Germanistik und Kunstgeschichte. Sie gab mit anderen eine Literaturzeitschrift heraus, veröffentlichte zahlreiche Essays und wandte sich 1994 mit dem »Kynopolis« dem Krimi zu. Christine Lehmann arbeitet als Nachrichtenredakteurin im Hörfunk des SWR in Stuttgart. Außerdem übersetzt sie aus dem Spanischen. Zuletzt erschien von ihr »Der Racheengel« (2003).

BIRGIT H. HÖLSCHER, nach eigenen Angaben 1958 in Memphis/Tennessee geboren, betrieb nach dem Abitur verdeckte Milieustudien im Knast, in der Drogenszene und im Hamburger Rotlichtviertel St. Pauli. Seit 1998 arbeitet sie als freie Autorin, 2000 erhielt sie den »Marlowe« für die beste Kriminalkurzgeschichte. Zuletzt erschien von ihr »Treibjagd an Bord« (2002).

HORST ECKERT, geb. 1959 in Weiden/Oberpfalz, studierte in Erlangen und Berlin Politische Wissenschaften. Er arbeitete als Fernsehjournalist u.a. für Tagesschau und RTL-Nachtjournal. Heute lebt er in Düsseldorf als freier Autor. Für »Aufgepuscht« aus seiner Romanreihe um die Ermittler der Düsseldorfer Polizei erhielt er 1988 den »Marlowe«, für »Die Zwillingsfalle« 2001 den »Glauser«. Zuletzt erschien von ihm »Purpurland« (2003).

ROGER M. FIEDLER, geb. 1961 in Castrop-Rauxel, ist Diplomphysiker und arbeitete unter anderem als Programmierer, Messebauer, S-Bahn-Schaffner und Reiseleiter, ehe er Krimiautor wurde. 1998 erhielt er den Deutschen Krimi-Preis für »Sushi, Ski und Schwarze Sheriffs«, 2001 wurde er für »Dreamin' Elefantz« mit dem »Marlowe« ausgezeichnet. Zuletzt erschien von ihm »Pilzekrieg« (2003).

PETER ZEINDLER, geb. 1934 in Zürich, studierte Germanistik und Kunstgeschichte in Zürich. Er arbeitete als Journalist, Rundfunk- und Fernsehredakteuer und schrieb neben Kriminal- und Spionageromanen auch Theaterstücke, Drehbücher und Hörspiele. Er erhielt insgesamt viermal den Deutschen Krimi-Preis und wurde 1996 mit dem »Ehrenglauser« der Autorengruppe DAS SYNDIKAT ausgezeichnet. Zuletzt erschien von ihm »Abschied in Casablanca« (2003) und »Toter Strand« (2004).

JÜRGEN ALBERTS, geb. 1946 in Kirchen/Sieg, studierte in Bremen und Tübingen Germanistik, Politik und Geschichte. Er lebt und arbeitet als freier Autor in Bremen. Zwischen 1987 und 1996 veröffentlichte er die zehnbändige »Bremen-Polizei«-Reihe und schrieb zahlreiche weitere Krimis und Romane. Er erhielt 1988 den »Glauser« für »Landru«, 1994 den Deutschen Krimi-Preis für »Tod eines Sesselfurzers« und 1997 den »Marlowe« für »Der große Schlaf des J.B. Cool«. Zuletzt erschien von ihm »Familienfoto« (2003).

Und an der Rezeption:

WALTER WEHNER, geb. 1949 in Werdohl, studierte in Bochum und Essen Germanistik und Kunstgeschichte. Er führt ein großes Lyrik-Archiv, veröffentlichte eine Reihe von literaturwissenschaftlichen Arbeiten und schrieb gemeinsam mit H.P. Karr eine Reihe von Großstadtthrillern und Hörspielen.

Inhalt